Marina Blue
Reitclub Cavallio: Verfolgt

AF239331

Reitclub Cavallio

Marina Blue

Verfolgt

Jugendroman

Bibliografische Information der Deutschen Nationalbibliothek:
Die Deutsche Nationalbibliothek verzeichnet diese Publikation
in der Deutschen Nationalbibliografie;
detaillierte bibliografische Daten sind im Internet
über http://dnb.dnb.de abrufbar.
Die automatisierte Analyse des Werkes, um daraus
Informationen insbesondere über Muster, Trends und
Korrelationen gemäß §44b UrhG („Text und Data Mining")
zu gewinnen, ist untersagt.
Coverdesign und Buchsatz: Sieke Wullkopf unter Verwendung von Bildern von Envato elements (Coverbild: balls340, Kapitelzirden; Maxicons)
Korrektorat/Lektorat: Emma Y

Verlag: BoD · Books on Demand GmbH, In de Tarpen 42, 22848 Norderstedt
Druck: Libri Plureos GmbH, Friedensallee 273, 22763 Hamburg

ISBN: 978-3-7693-0312-4

Vorwort/Triggerwahnung

In diesem Buch gibt es *Darstellung von Gewalt gegen Minderjährige*, wie auch *Darstellungen von Traumata*. Sollte es dir mit diesem Thema nicht gut gehen, dann lies bitte nicht weiter.

Hilfestellen solltest du mit psychischen Problemen zu kämpfen haben, findest du hier:

Telefonseelsorge, jederzeit erreichbar und bietet kostenlose anonyme Beratung an:(0800)1110111 oder (0800)1110222

Nummer gegen Kummer, kostenloses Kinder- und Jugendtelefon, montags bis samstags von 14 bis 20 Uhr: 116111 oder montags bis freitags von 9 bis 11 Uhr: (0800)11105 unter der Telefonnummer können auch Eltern dienstags und donnerstags von 17 bis 19 Uhr die kostenlose Beratung in Anspruch nehmen .

Montags, dienstags und donnerstags bietet die **deutsche Depressionshilfe** ein Infotelefon von 13 bis 17 Uhr und mittwochs und freitags von 8.30 bis 12.30 Uhr. Erreichbar sind sie unter (0800) 33 44 533. Außerdem bieten sie auf ihrer Internetseite Hilfe und Informationen an zu allen Themen rund um Depressionen.

Ansonsten wünsche ich dir ganz viel Spaß beim Lesen!

Liebe Grüße
Marina

Marina Blue

Pferdebücher, die begeistern

Inhaltsverzeichnis

Kapitel 1

Immer wieder hörte ich Sand von einem Spaten rieseln. Metall, das mit Kraft in lose Erde gestoßen wurde. Immer und immer wieder, wie auf einer kaputten Schallplatte. Das Knistern von Planen.

Meine Augenlider zuckten.

Dumpf drang die Stimme der Huber zu mir durch. Sie fluchte über ihren Mann, wimmerte um meine Existenz. Ich wollte diese Stimme nie wieder in meinem Leben hören! Schwärze umhüllte mich, engte meine Brust ein. Die Grillen zirpten, als wenn sie über mich lachen wollten. Mein Herz raste. Ich wollte schreien. Mein Brustkorb zog sich zusammen.

»Stopp!« Ich presste mir die Hände auf die Ohren und verzog das Gesicht. Das war nicht real! Das war alles nur in meinem Kopf. Alles nicht real!

Aber der Spaten klang so laut in meinen Ohren, selbst jetzt als ich fest die Hände darauf drückte und sich der Klang mit dem Rauschen meines Blutes vermischte. Tief sog ich die abgestandene Luft ein. Zäh wie durch Nebel mischten sich weitere Geräusche in dieses Klangbild. Erst war es nur das Ticken der Standuhr, dann das Prasseln des Regens gegen die Fensterscheibe.

Sanft drang die Stimme von Frau Doktor Hoffmann, wie durch Watte zu mir durch. »Tief atmen, einfach nur atmen.

Was siehst du?«

Zittrig atmete ich ein und versuchte eine Hand, von den Ohren zu nehmen. Die Geräusche waren weg. Da war nur das Ticken der kleinen Standuhr am Fenster und das Prasseln des Regens an der Scheibe.

»Ich sehe nichts. Alles ist schwarz. Ich höre nur.«

»Gut.« Ihr Kuli schrappte über das Papier. »Was hörst du?«

»Den Spaten. Hauptsächlich den Spaten.«

»Was fühlst du dabei?«

Ich schluckte und riss die Augen auf. Die Lampe neben dem Sofa, auf dem ich lag, spendete warmes freundliches Licht. Der sonst kahle und kühle Raum wirkte durch die Beleuchtung deutlich gemütlicher.

Meine Therapeutin sah mich fragend über den Rand ihrer Brille an. Den Kuli, mit dem unpassenden roten Plüschbommel am Ende, hielt sie erwartungsvoll über den Notizblock schwebend, in ihrer sonnengebräunten Hand. »Wenn es zu schwer ist, können wir über etwas anderes reden.«

Ich biss mir auf die Unterlippe. Dann würde ich dieses Thema nur weiter meiden und die Fortschritte, na ja, wenn es die geben würde, nur kleiner werden. Langsam beruhigte sich mein Herzschlag. Meine Handflächen fühlten sich immer noch schwitzig an.

»Reden wir doch über ...« Sie blätterte in ihren Notizen. »Lukas. Er war bei dir in der Nacht. Hat sich eure Beziehung seitdem verändert?«

Von einem roten Tuch zum nächsten. Das konnten nur Therapeuten, ohne dass man es ihnen krummnahm. Diese Frage war wie ein Stoß mitten in das nächsten dunkle Loch, das ich am liebsten weiter zu schütten wollte mit Nichtigkeiten.

Ich musste wieder schlucken und richtete mich auf. »Er meidet mich.« Sie würde es eh wissen, wenn sie jetzt anlog.

»Wie geht es dir damit?« Sie lächelte. Aber es war nicht das Lächeln von jemandem, der es mit einem nur gut meinte. Es war das Lächeln von jemandem, der wusste, dass es was zu holen gab. Dass sie kurz davor war mir endlich mal etwas mehr zu entlocken, als das was eh schon im Polizeibericht gestanden hatte und der Notfallseelsorger kurz nach der Nacht notiert hatte.

Wie sollte es mir damit schon gehen? Er schob mich weg. Ich nutzte ihm nichts mehr. Er hatte seine Antworten bekommen. Ich war nur Mittel zum Zweck gewesen.

Ich zuckte mit den Schultern.

Frau Hoffmann oder Anja, wie ich sie nennen sollte, aber nicht konnte, tippte mit der Kulispitze auf die Seite vor ihr. »Hast du eine Idee, warum er dich meidet?«

Ich schüttelte den Kopf. Weil er ein schlechter Mensch war. Weil er all das war, was ich mir einreden wollte, was er nicht war.

»Könnte es sein, dass er Schuldgefühle hat und dich meidet, um nicht mit ihnen konfrontiert zu werden?«

»Dann könnte er mit mir reden.«

»So leicht würde ich mir das nicht vorstellen. Er wird ebenfalls Zeit brauchen. Vielleicht weniger als du, vielleicht mehr. So was lässt sich schwer sagen. Es hängt davon ab, wie tief das Trauma sitzt.« Sie rückte ihre Brille zurecht und die kleinen Glitzersteine auf ihren Zeigefingern blitzten im Lampenlicht auf. »Das, was ihr da erlebt habt, darfst du nicht unterschätzen. Ich bin ehrlich mit dir. Ich habe meine Bedenken, die Schulfähigkeit zu erteilen.«

»Aber wir haben doch Fortschritte gemacht.« Hatte ich das wirklich? Verdammt! Ich wollte nur ein Stück Normalität zurück. Sie hatte mir das versprochen. Tränen stiegen mir in die Augen und ich wandte den Blick zum Fenster, vor dem sich Bäume im sanften Wind wogen und Regentropfen sich ein Rennen die Scheibe hinab lieferten.

Frau Hoffman seufzte und beugte sich vor. Ihr Blick wurde milder. »Marie, ich weiß, dir geht es um den Alltag. Den konnten wir dir ein Stück weit bewahren, indem du zu Hause bleiben durftest, und nicht stationär aufgenommen wurdest. Du bist mir noch zu fragil. Deine Mutter meinte, du hättest mehrere Albträume die Nacht und würdest teilweise bis frühmorgens wachliegen.« Sie lächelte matt. »Denk an dein Abitur, an das, was danach kommen soll. Wenn deine schulischen Leistungen abfallen, dann verbaust du dir die Zukunft!«

»Ich will doch nur mit meinen Freunden zusammensitzen und Ablenkung.« Das musste sie verstehen. Zu Hause klappte das nicht. Im Stall klappte das nicht. Flehend sah ich ihr direkt in die Augen.

Sie ließ den Stift sinken und blickte zur Wanduhr. »Du triffst deine beste Freundin doch wahrscheinlich jeden Tag am Stall. Verabrede dich mit den Anderen vielleicht erst einmal in einem Café oder lad sie ein. Auch das bringt Ablenkung. Wir müssen die Sitzung hier beenden. Die Zeit ist um.« Ihr Lächeln wurde freundlicher. »Was möchtest du dir Positives bis zur nächsten Sitzung vornehmen?«

Ich feuchtete meine Unterlippe mit der Zungenspitze an und senkte den Blick auf den grauen Teppich vor dem roten Sofa. »Ich würde mit Liz ausreiten gehen wollen. Gerne an den Strand.«

»Das klingt gut. Gibt es einen Weg, wie ihr den Wald meiden könnt?«

Ich nickte. »Wir müssen vorne rum vom Hof und am Deich entlang.«

Frau Hartmann erhob sich in einer fließenden Bewegung. Das Notizbuch und den Stift legte sie auf ihren Schreibtisch hinter sich. »Dann gebe ich mein Ok und wünsche euch viel Spaß dabei. Über die Schule reden wir bei unserer nächsten Sitzung noch einmal.«

Bei der nächsten Sitzung...

Fest presste ich die Lippen zusammen und versuchte, mir nicht anmerken zu lassen, wie sehr mich die Situation nervte. Mit einem schmalen Lächeln, nahm ich meine Regenjacke vom Haken bei der Tür und murmelte ein »Auf wiedersehen«

Ehe ich mit hochgezogenen Schultern durch die Praxis zum Ausgang lief. Ich wartete gar nicht darauf, dass Frau Hoffmann noch etwas sagte. Ich wollte es nicht hören.

Mama wartete direkt vor der Tür im Auto. Sie legte ihr neues Buch aus der Hand kaum, dass sie mich sah, und beugte sich zur Beifahrertür, um sie mir zu öffnen. »Na, wie war's dieses Mal?«

»Ging so.« Meine Stimme klang dünn, als ich auf den Sitz glitt und die Autotür zuzog. »Sie will nicht, dass ich nach den Ferien zur Schule gehe.«

»Marie, das ist in Ordnung. Mach dir da bitte keinen Druck. Und solltest du die Q1 nochmal besuchen müssen, ist das nicht schlimm. Du musst jetzt erst einmal lernen, mit dem ... ja ... klarzukommen.« Wie konnte sie bloß so pragmatisch klingen? Sie hatte ja keine Ahnung! Sie gab mir eine lavendelfarbene Box. »Ich war bei Ellie. Sie lässt dich grüßen und hat frisch gebackene Kekse eingepackt. Extra die mit viel Schokolade.«

»Das ist lieb von ihr, aber das hätte sie nicht machen müssen.«

Mama schmunzelte. »Ellie hat sowas schon immer gerne gemacht.« Dann wurde sie ernster. Ein dunkler Schleier legte sich über ihr Gesicht und jegliches Glitzern verschwand aus ihren Augen. »Bei ihr waren die Tage Reporter. Sie wollte Ellie interviewen. Du weißt schon warum ... Jacob war da, er ist dazwischengegangen.« Ihr Brust hob sich, als sie tief einatmete. »Wir sollten schauen, dass wir einen guten Anwalt haben und diese Podcaster zumindest loswerden.«

Ich musste daran denken, wie Lena vor vier Tagen im Stall gegen ein Crime-Podcaster Duo gewettert hatte. Das Sommerloch war immer noch in vollem Gange und wir waren der Lückenfüller geworden. Dieses Duo war so dreist gewesen, die Toten bei Klarnamen zu nennen. Entgegen dessen, was Lena ihnen hochformal auf ihre Anfrage zurückgeschrieben hatte. Alle hatten die Anfragen zurückgewiesen. Zu frisch waren die Wunden. Wir saßen alle am kürzeren Hebel.

Die Stüwes hatten jetzt den Vorteil, dass sie einen Sprecher rausschicken konnten, dicht gefolgt von einer Armee an firmeneigenen Anwälten, angeführt von ihrem langjährigen Familienanwalt. So war das mit Geld.

»Dein Vater wollte sich mal umsehen, an wen man sich da wenden muss. Lena hatte angeboten, dass wir uns beteiligen könnten, aber wir könnten uns nicht einmal das Beratungshonorar ihres Anwaltes leisten.« Mama schnaubte auf und startete den Motor. Kaum merklich, als müsste sie die Gedanken wie Fliegen verscheuchen, schüttelte sie den Kopf. »Das bekommen wir alles hin. Der Staub wird sich schon legen ... irgendwann.« Tröstend legte sie eine Hand auf meinen Oberschenkel.

Irgendwann... Irgendwann wäre dieser Albtraum endgültig vorbei. Ich konnte dieses Wort nicht mehr hören. Genauso wenig wie das Wort Zeit und dass ich mir diese geben musste. Bestimmt schob ich ihre Hand weg.

Kurzerhand öffnete ich die Box und schnappte mir einen der Kekse. Sie rochen wie Ellies Café süß, lecker und so schokoladig, dass einem das Wasser im Mund zusammenlief. »Vielleicht sollten wir uns mit Ellie und Jacob zusammenschließen.« Einer musste hier ja Ideen liefern.

Überrascht zog Mama die Augenbrauen hoch. »Das wäre eine Idee. Sie tun mir so leid.« Und wir? Wir lagen doch auch in Scherben. Klar, tat mir das leid, dass diese wundervolle Frau jetzt in ihrem eigenen Café belagert wurde, wie eine Sensation, aber fühlen konnte ich das nicht. Das Gefühl war lediglich ein Schatten, dumpf, irgendwo im Hintergrund.

Der Sommer hatte so viel kaputt gemacht.

Wäre das Tagebuch geblieben, wo es war – alles wäre nie passiert. Es wäre besser gewesen!

Kapitel 2

Papa kam zeitgleich mit uns nach Hause. Es war immer noch ungewohnt ihn in Laufhose und Sportshirt zusehen, aber wenn es ihm half. Frau Hoffmann hatte schließlich gesagt, dass Trauerbewältigung bei jedem anders aussah. Er rannte, Mama malte Kinderbücher und ich? - Ich ging zur Therapie. Und das nur, weil ich musste.

»Und wie viele Kilometer hast du schon wieder hinter dich gebracht?« Mama bedachte ihn mit einem spöttischen Grinsen. Sie musterte ihn und blieb mit abschätzigem Blick an der neuen teuren Sportuhr hängen.

Er zuckte mit den Schultern. »Ich glaube zwischen zwölf und dreizehn«, japste er und hob sein Handgelenk. Daten, Fakten, sie gaben ihm den Halt, den er seit dem Sommer verloren hatte »Joa kommt in etwa hin. Zwölf Komma vier.« Er starrte noch eine Sekunde länger auf den aufleuchtenden Bildschirm und sein Blick wurde für eine Sekunde finster.

Mama öffnete das Gartentor. Jämmerlich quietschte es auf. »Oh, da müssen wir mal wieder Opa anrufen, oder du versuchst dich nochmal am Heimwerken.«

»Och nee Lou. Das wird nichts mehr mit mir. Papa guckt das Ding doch nur einmal an und das läuft wieder.« Papas Blick fiel auf mich. Ich konnte ihm die Neugierde ansehen, die sofort wieder erlosch, als er meinen Blick sah. »Wolltest du gleich zu Viva?« Er legte den Kopf schief und schenkte mir ein sanftes Lächeln, das etwas in mir auslösen sollte, aber jetzt fühlte es sich falsch an.

»Ich wollte erst Liz fragen, wann sie da ist.«

»Oder ich leihe mir von Hannah ein Pferd und wir reiten mal wieder aus.« Mamas Blick glitt rüber zum Reitclub. In der Ferne konnte man die Backsteingebäude erkennen und eine der Weiden reichte bis an unseren Garten. Sie klang begeisterte und ihre Wangen nahmen Farbe an. Dennoch schwang Verzweiflung in ihrer Stimme mit. Für sie ging es, darum eine normale Fassade aufrecht zu erhalten, sich daran zu klammern, weil dann alles gut wurde. Aber es würde nicht mehr werden wie früher - nicht mehr für mich.

»Ich finde die Idee gut«, pflichtete Papa ihr bei. »Ihr könntet ja runter an den Strand. Den Gezeitenkalender hat Mama letztens mitgebracht, der müsste noch auf dem Küchentisch liegen.« Seine Hand zuckte in meine Richtung.

»Na ja. Frag erst einmal Liz und sollte sie keine Zeit haben, dann regeln wir das schon mit Hannah.« Mama knuffte mich in die Seite. »Und jetzt ab rein da. Ich habe Lust auf Mittagessen. Gibt Lasagne von gestern. Lad Liz doch ein, ist doch ihr Lieblingsessen.« Mit einem Kopfnicken wies sie auf die Haustür.

Während Mama die Auflaufform in den Ofen schob und Papa unter der Dusche stand, tippte ich eine Nachricht an Liz. »Bist du am Stall? Kannst bei uns mitessen, wenn du willst. Gibt Lasagne.« Ich hatte sie mindestens seit zwei Wochen nicht mehr gesehen. Wir hatten uns vorher höchstens mal für eine Woche nicht gesehen und in dieser Woche waren zig Nachrichten hin und her gegangen. Sie war die Konstante, die man nicht wegdenken konnte. Immer da, immer in irgendeinem Chaos verstrickt und nur einen frechen Spruch von Ärger entfernt.

Mama hatte die Bluetoothbox in der Küche angemacht und pfiff leise eines der Lieder von ihrer GuteLaune Playlist mit. Kurz war es, als wäre nie etwas gewesen. Es waren einfach die Klänge eines unbekümmerten Sommers, der Abenteuer versprachen, die große Liebe und viel zu viele Erinnerungen, um sie jemals in ein einziges Fotoalbum zu bekommen bis die Werbung abgespielt wurde.

»Hören Sie jetzt unseren neuen Podcast blutige Idylle - der Mörder-Reiterhof von Kleinblommen von und mit den Hosts von Kaffee und Leiche exklusiv auf ...« Mama stellte die Box aus. Sie verkrampfte sich. Sie umgriff die Küchenzeile vor dem Fenster so fest, dass ihre Knöchel hervortraten.

Stille breitete sich aus, wie eine Mauer. Drückend und voller ungesagter Worte. Es war, als würde sie uns abschirmen. Die Zeit anhalten. Nur für diesen kleinen Augenblick, in dem wir gedanklich in Staub schrieben, dass doch noch nicht alles vorbei war.

»Ich kann es nicht mehr hören!«, murmelte sie und sah aus dem Fenster. Trotz des Regens konnte man schemenhaft einige Pferde auf der Weide hinter der Hecke erkennen. Die Sonnenblumen im Beet direkt vor dem Fenster ließen die Köpfe hängen, so als wäre ihnen genauso alles zu viel, und die buntgestreifte Hängematte zwischen den zwei Kirschbäumen schwang sachte im Wind von Links nach rechts. Sie seufzte. »Du, ich glaube, ausreiten ist heute nicht«, wandte sie sich entschuldigend an mich. »Aber ich frage Hannah trotzdem mal, ob ich ihr ein Pferd abnehmen kann, und komme mit in die Halle.«

Mein Handy blinkte auf. Ein kurzer Blick genügte. Sofort wurde mein Herz schwer. »Liz kann heute eh nicht. Sie kommt nur am Abend zum Longieren.« Ich musste unweigerlich grinsen, als ich doch weiter las. »Und sie weint deiner Lasagne nach.« Das Grinsen konnte aber nicht über die Tatsache hinwegtäuschen, dass ich sie vermisste – mit ganzem Herzen.

Mama lachte herzlich auf. »Sie ist immer willkommen. Wenn ihr mal wieder zusammen Hausaufgaben macht, dann kann ich gerne noch einmal Lasagne machen.«

»Schreibe ich ihr. Warum hast du überhaupt so gute Laune?« Sie war die letzten Wochen seltener zu Witzen aufgelegt gewesen und hatte deutlich weniger gelacht. Alles an ihr war davon gezeichnet gewesen, dass sie helfen wollte – allen, wirklich allen. Aber jetzt, jetzt wirkte sie fast übertrieben fröhlich.

»Das wollte ich erst heute Abend erzählen.« Mama drehte sich zu mir um und fuhr sich durch die schlüsselbeinlangen blonden Haare. Ihre blauen Augen funkelten begeistert. Was war passiert? Gab es endlich mal einen Lichtblick, der den Titel wert war? »Ich habe vom Verlag ein super Angebot bekommen. Ein Kinderbuch und das Beste ein Pferdebuch. Eine ganze Reihe, mit Merch.« Ihr Grinsen wurde breiter. So strahlend hatte ich sie schon zu lange nicht mehr gesehen. Aber ein kleiner dunkler Fleck, auf dieser strahlenden Hülle blieb. »Stell dir das mal vor, meine Zeichnungen auf Rucksäcken, Tassen, Blöcken und Stiften.«

Davon hatte sie immer geträumt, dennoch war es jetzt nur dünner Mörtel, der sich verzweifelt an die feinen und immer tiefer werdenden Risse klammerte.

»Worum soll es denn gehen?«

»Um ein kleines Mädchen und ihr Pony. Sie reitet Springen und hat eine besondere Glitzerzaubergerte. Die Gerte fand ich weniger gut, aber die ist nur Deko und ein getarnter Zauberstab. Ganz verstanden habe ich das Ding noch nicht, aber bei Mädchen und Pony hatten sie mich.« Sie seufzte verträumt. »Die Autorin wollte mich erst nur wegen der Erfahrung mit Pferden, aber dann haben auch meine Zeichnungen gepunktet. Und das Beste, es gab einen großen Vorschuss vom Verlag.«

»Hast du schon Pläne?« Ich rückte das silberne Messer vor mir auf dem Platzset zurecht. Vorschüsse verplante sie schon ab dem Moment, an dem sie von ihnen hörte.

Mama zuckte mit den Schultern. »Mal sehen. Ein Urlaub wäre nett, aber ...« Sie sah wieder aus dem Fenster und zog nachdenklich die Augenbrauen zusammen. Ich war der Grund. Sie musste nicht weiter reden. »So wirklich weg möchte ich im Augenblick gar nicht. Also wird es Teil des Notgroschens, falls Viva sich irgendwann mal so verletzt, dass sie in die Klinik muss, das Auto kaputt geht, oder was am Haus gemacht werden muss.«

Das Gepoltere auf der Treppe kündigte Papa an.

»Dauert noch zehn Minuten!«, rief Mama in den Flur. Sie sah wieder aus dem Fenster, die Augen auf die Pferde gerichtet.

Kurz drauf lugte Papa mit feuchten Haaren in die Küche. »Ist doch nicht schlimm. Geht ihr zusammen ausreiten?«

»Wenn Hannah ein Pferd für mich hat.«

Er nickte langsam und sah zu mir. »Hat Liz keine Zeit?«

Ich schüttelte den Kopf und versuchte, die Enttäuschung zu verbergen. Wir hatten nur noch wenige Tage Ferien und die schrien nur so danach genutzt zu werden. Und Ausritte mit meiner Mutter fielen für mich nicht, in die Kategorie Ferientage nutzen.

»Schade. Aber wollt ihr bei dem Wetter wirklich ausreiten gehen? Ich könnte mir vorstellen, dass es gerade am Strand ungemütlich ist.«

Mama und ich wechselten Blicke. Die Reithalle hatten wir schließlich nicht ausgeschlossen. Sie machte eine wegwerfende Handbewegung. »Ich glaube selbst einen Ausritt nur am Deich entlang, können wir heute beide sehr gut gebrauchen. Gibt nichts was eine Softshellreithose, eine ordentliche Jacke und eine Nierendecke nicht regeln könnten.«

Ich grinsten, auch wenn es nicht die Augen erreichte. Es war ein Anfang. So hatte ich

Mama schon lange nicht mehr erlebt.

Kapitel 3

Nach dem Mittagessen regnete es immer noch, allerdings weniger stark. In der Einfahrt des Reitclubs standen Pfützen in den kleinen Senken, in denen die grauen Pflastersteine über die Jahre in den Boden gesackt waren. Links und rechts von uns spannte sich der herrschaftliche weiße Holzzaun. Die Pferde standen nur eine Armlänge entfernt, unter den dichten grünen Bäumen, die eine kleine Allee bis hoch zum Parkplatz bildeten. Mama hatte eine von Vivas Nierendecken über dem Arm und wich immer wieder den Pfützen aus.

»Ich hoffe, die passt«, überlegte sie laut und ließ ihren Blick über die Pferde rechts von uns wandern. »Hannah sagte ein großer Schecke. Siehst du den hier unter den Ponys?«

Auch ich suchte die kleine Gruppe der Schulpferde ab. Aber ich sah nur die drei Shetlandponys, Debbie und Tweety, zwei Welsh A, Polly und Roberta, zwei Haflinger und eben die vier Warmblüter, die im Fortgeschrittenenunterricht mitgingen und gerne mal für Springstunden eingesetzt wurden. Zora- eine Dunkelbraune, Dolly – eine Rotbraune, Cooper – ein Fuchs und Lotzo- ein Schimmel. Ich hatte immer noch ein Dolly-Trauma von meinen ersten Springstunden.

»Soll der wirklich auf der Weide stehen? Kann der nicht auch bei den Privatpferden mit auf der Wiese sein?«

Mama schüttelte den Kopf. »Nee. Sie schrieb Weide

rechts von der Einfahrt. Ich gucke gleich mal, ob ich Hannah finde.«

Wir passierten das Backsteintor mit den großen schwarzlackierten Torflügeln, in die das Clublogo in Gold eingeschweißt war. Sofort flog mein Blick aus Gewohnheit über die Autos auf dem Parkplatz.

Jacob war da, Ellies Mann. Zumindest stand sein Wagen neben dem Land Rover von Lena Stüwe. Verdammt.

Sofort war mir flau im Magen. Wenn Lena hier war, dann hatte sich ihr Lukas bei dem Wetter garantiert angeschlossen. Ich konnte mir kaum vorstellen, dass er bei dem Regen freiwillig mit dem Fahrrad durch die Felder zum Stall fuhr.

Schnell sah ich mich wieder zwischen den Schulpferden nach einem Schecken um. Nicht dran denken! Das hieß nicht, dass ich ihm auch über den Weg laufen musste. Das Clubgelände war groß.

Da sah ich etwas eingedecktes Großes einsam am Tor stehen. Und schon was zum Ablenken gefunden! Mit einem Grinsen wies ich auf das schlaksige Pferd mit der zu groß aussehenden dunkelblauen Regendecke. »Ist er das vielleicht?«

Mama hielt in der Bewegung inne. »Das ist ja noch ein Baby. Wie ist der denn in den Schulbetrieb gekommen?«

Ein Baby? So eingedeckt sah das Pferd aus, als wäre es vier, höchstens fünf. Unter Baby verstand ich etwas anderes.

»Frag Hannah doch später, wo sie ihn her hat.«

Sie nickte und ließ den Blick nicht von dem Wallach, der uns aufmerksam von seinem Platz am Tor aus mit dem Blick verfolgte.

Im Stall war es erstaunlich leer. Ich hatte mit mehr Betrieb um diese Uhrzeit gerechnet. Wir hatten frühen Nachmittag.

»Na willst du mitkommen?«, begrüßte Mama Jacob, der

seinen Vollblutwallach Dexter unter dem Abdach am Stall angebunden hatte und fragend in den Regen linste.

Er schüttelte den Kopf. »Lass mal Lou. Nicht bei dem Regen. Das machen seine alten Knochen nicht mehr mit.« Wie um das zu untermalen, tätschelte er dem Braunen, mit der von einigen grauen Haaren durchzogene Stirn, die Flanke.

»Dann viel Spaß in der Halle. Mach einen Bogen um die Stüwes.« Mama zwinkerte ihm verschwörerisch zu.

Jacob lachte. »Hatte ich vor. Bevor man Minderwertig-keitskomplexe bekommt.« Mir nickte er nur mit einem freundlichen Lächeln zu. »Euch viel Spaß beim Ausreiten.«

Steif entgegnete ich es. Es lag, mir auf der Zunge nach Ellie zu fragen, aber es wollte einfach nicht raus. Ich schnappte mir nur einen Führstrick und hastete dann raus in den Regen. Ein kribbelndes Gefühl im Bauch, wie eine Unwetterwolke.

Ich zog mir die Kapuze meiner Regenjacke tiefer in die Stirn, als ich mit einem Führstrick bewaffnet zu den Weiden hinter der alten Reithalle lief.

Vor der Halle stand eine große Pfütze und hinter den großen Scheiben brannte die Deckenbeleuchtung. Rhythmisches Hufschlagen und Schnauben war zu hören. Alles war wie ein normaler Regentag am Reitclub.

Aus der Ferne konnte ich Viva schon neben Haddy und Oles Jungpferd, dessen Namen ich immer vergaß, am Zaun stehen sehen. Wie aufgereiht blickten sie verzweifelt unter ihren Regendecken hervor auf den Matschweg zwischen den Holzzäunen.

Tief durchatmend setzte ich den ersten Schritt auf den Trampelpfad und wäre direkt um ein Haar ausgerutscht. Na super! Da liebte ich diese grauen Regentage doch nur noch mehr!

Nachdem ich den Weg hin und mit Pferd zurück über-lebt hatte und wieder an der Halle vorbeilief, war mir der Schlammpfad deutlich lieber, als in den Stall zu gehen.

In dem Moment als ich aus dem kleinen Weg seitlich von der Halle, wieder auf den Hauptweg abbog, öffnete sich die Hallentür. Und zu meinem Erschrecken trat Lukas heraus. Mein Herz hatte sofort ausgesetzt, nur um dann doppelt so schnell weiterzuschlagen. Ich wollte mich umdrehen und wieder gehen, aber er war immer noch ein Magnet, der mich unweigerlich anzog.

Pantas war verschwitzt und hatte eine beige Abschwitz-decke auf der Kruppe und über dem teuren schwarzen Springsattel liegen. Der Hengst ließ den mächtigen Hals locker fallen und schlurfte hinter seinem Reiter zu den Stallungen. Hallensand klebte an den Gamaschen. Viele hätten das Pferd voller Ehrfurcht angestarrt. Der Rappe sah aus wie aus einem dieser Pferdefilme. Aber ich starrte wie gebannt auf den Reiter. Ich musste wissen, wie es ihm ging!

Ich hatte Lukas seit dieser Nacht am Reitverein erst drei-mal gesehen. Er wirkte seitdem ernster, erwachsener. Das beige Poloshirt, das perfekt zur Abschwitzdecke passte, saß locker an seinem Oberkörper, die graue Reithose passte wie angegossen. Die silbernen Dornsporen an seinen schwarzen Reitstiefeln gaben bei jedem Schritt ein leises metallenes Geräusch von sich, das sich mit dem Widerhallen Pantas beschlagener Hufe von den Backsteinmauern der umstehen-den Stallungen vermischte.

Hatte ich auf ein verhaltenes Lächeln gehofft, sah er einfach durch mich hindurch. Die grünen Augen leuchte-ten nicht so wie sonst. Ein trüber Schleier lag über ihm. Nichts war mehr übrig von der eigentlichen Erscheinung, die er war.

Mir lief ein Schauer über den Rücken und ich umfasste Vivas Führstrick fester. Am liebsten hätte ich die Augen geschlossen und ausgeharrt, bis er weg war.

Die geröteten Wangen waren das einzige Indiz, das er

am Leben war. So blass und mit so tiefen Ringen unter den Augen hatte ich ihn noch nie gesehen.

Meine Kehle fühlte sich an wie zugeschnürt. Das. Das war meine Schuld! Ich versuchte, gegen das enge Gefühl anzukämpfen und den Gedanken beiseitezuschieben. Aber es ging nicht. Da war nur diese tonnenschwere Gewissheit, die an mir nagte.

Viva zog zum Stall und ich löste mich aus meiner Starre. Die Leere in seinem Blick sorgte immer noch für eine Gänsehaut bei mir.

Lukas hatte allem Anschein nach im Stall angebunden. Sehr zu meiner Erleichterung. Ich hätte es nicht ertragen, neben ihm Viva fertig zu machen. Seine meterhohe Mauer aus Schweigen machte mich mürber, als dass er so offen unter dem, was meinetwegen geschehen war, litt.

Pantas stand jedenfalls nicht am Balken, als wir in Sichtweite des Stalls kamen.

Der Schecke blickte uns vom Anbindebalken entgegen. Seine braunen Ohren spielten neugierig und er reckte die Nase in unsere Richtung. Von Mama fehlte jede Spur.

Jacob war auch schon weg. Nur noch das Halfter am Anbinder links von dem Schecken deutete darauf hin, dass er bis vor wenigen Minuten sein Pferd hier angebunden hatte.

Ich band Viva unter dem Abdach, rechts des Schulpferdes an. Die Putzkiste stand schon an der Stallwand. Sie stellte die Ohren auf. Aufmerksam betrachtete meine Stute den Neuzugang.

Schmunzelnd streichelte ich ihr über die Schulter. Selbst durch die dünne Regendecke konnte ich deutlich ihre Muskeln und die Wärme ihres Fells spüren. Am liebsten hätte ich mich gegen sie sinken lassen und mich einfach für einen Augenblick weggeräumt.

Weg von den Gedanken in meinem Kopf, weg von den Ängsten, weg von den Erinnerungen. Irgendwohin, wo alles normal war. Wo mich niemand versucht hatte zu töten, wo ich nur eine von vielen war und nicht das Mädchen, das überlebt hatte.

Tief atmete ich ein. Es roch nach Pferd. Allerdings anders als in den Ställen des Reitvereins. Dort hatte es nach Pferd gestunken. Hier roch es nur leicht nach Pferd und nicht nach Ammoniak.

Plötzlich war er wieder da. Der Gestank. Diese Trostlosigkeit. Mein Plus schnellte in die Höhe und ich versuchte etwas zu greifen zu bekommen. Der Haflinger neben mir. Leere Augen, matt und so wenig Pferd, dass einem nur schlecht werden konnte. Das Stroh, das sich so unangenehm in den Stoff meiner schwarzen Jeans gebohrt hatte. Die Schritte, die langsam näherkamen. Die Boxentür, die aufgeschoben wurde. Angst kroch in mir hoch. Ich fühlte mich, als würde ich jeden Moment zerspringen.

Da fasste mich jemand an der Schulter. Ich zuckte zusammen und blinzelte in das schummrige Licht. Die Laterne an der Stalltür flackerte auf.

»Alles in Ordnung?«, fragte Mamas warme Stimme direkt neben meinem Ohr.

Ich hatte das Gefühl, mich nicht bewegen zu können. Meine Atmung ging immer noch unregelmäßig und das Flattern meines Herzens ließ nur langsam nach.

»Es ist alles gut. Hey, Mäuschen, du bist in Sicherheit. Ich bin hier.« Sie strich mir über die Haare und presste mich an sich.

Ich starrte nur mit immer verwaschener Sicht auf die roten Backsteine, während ich ihrem ruhigen Herzschlag lauschte. Wann hörte das auf?

»Vielleicht war das alles zu früh.« Sie klang unheimlich weit weg und würde sie mich nicht im Arm halten, hätte ich den Impuls gehabt nach ihr zu rufen. Sie hatte diese traurige

Nachdenklichkeit in der Stimme. Alles schnürte sich nur noch enger in mir zusammen.

Schwer schluckte ich und konzentrierte mich auf meine Atmung. Was hatte Frau Hoffmann gesagt? Atmen und etwas anderes suchen, auf das ich mich fokussieren konnte. Blinzelnd versuchte ich wieder ein klares Bild vor Augen zu bekommen.

Ein. Aus. Eins. Ein. Aus. Zwei.

Langsam sah ich schon wieder die Konturen der Backsteine.

Ein. Aus. Drei. Ein. Aus. Vier.

Meine Konzentration lag nur auf dem Gefühl von Luft, die durch meine Lungen strömte.

Ein. Aus. Fünf.

Der Mörtel zwischen den Steinen wurde immer erkennbarer. Langsam nahm das enge Gefühl in meiner Brust ab. Meine Schultern sackten gefühlt einen Zentimeter tiefer.

Mamas Griff um mich wurde wieder lockerer. »Willst du immer noch ausreiten gehen? Vielleicht wäre die Halle doch die bessere Option.«

Ich schüttelte entschieden den Kopf. »Nein. Wir reiten am Deich lang. Das … Das geht schon.«

28

Kapitel 4

Der Ausritt war ruhig. Ich konnte spüren, wie angespannt Mama war. Der Regen hatte nicht nachgelassen und war erst lichter geworden, als wir vom Feldweg gegenüber der Hofeinfahrt wieder auf den Hof einbogen.

Vor dem Stall hielten wir an und wollten uns aus dem Sattel schwingen, da sahen wir Hannah unter dem Abdach stehen.

Breit grinste sie Mama an und ihre braunen Augen funkelten vergnügt. »Mensch, das ist ja fast wie früher!«

»Wie meinst du das?« Mama nahm die braunen abgegriffenen Zügel des Scheckens namens Donatello in eine Hand und schlüpfte aus den Steigbügeln.

Hannah kam mit großen Schritten näher. »Na du auf einem Schecken. Der könnte fast als eine etwas verfehlte Kopie von Milka durchgehen.«

Mama lachte. »Ach Quatsch! Wo hast du den Kleinen her? Der ist wirklich schön zu reiten.«

»Aus Polen. Ich habe ihn günstig von Bekannten angeboten bekommen und da Donna bald in Rente gehen soll …« Hannah machte eine wegwerfende Handbewegung. »Aber du sagst, er ist gut im Gelände?«

»Klar. Vor nichts Angst und lässt sich immer bremsen. Selbst die Schafe haben ihn nicht interessiert. Da hatten wir am Anfang mit Viva ja ganz schön zu kämpfen. Wenn du mal wieder jemanden für ihn brauchst, sag einfach Bescheid.«

Hannah sah zu mir. Ihre Mundwinkel zuckten nach oben und ihr Blick nahm einen mitleidigen Zug an. Schnell sah sie wieder Mama an. »Mache ich gerne. Wenn ich ehrlich bin, ist der zu schade für den Schulbetrieb. Mal sehen, was wir mit dem machen.« Plötzlich flackerte etwas in ihrem Blick auf und sie strahlte über das ganze Gesicht. »Hättest du nicht mal Lust, mit dem ne Springstunde zu reiten?«

»Also Hannah, die Zeiten sind vorbei. Dressur vielleicht, aber … nee lass mal! Lieb gemeint.«

»Du, ich hab da ne Idee!« Dann wandte sich Hannah an mich. Ein verschwörerisches Grinsen breitete sich auf ihrem Gesicht aus. »Die Auswahltrainings sind durch.«

Ich presste die Lippen zusammen. Ich hatte die letzten Trainings verpasst, da ich noch nicht wieder reiten konnte und die Prellungen und Brüche noch nicht gut genug verheilt gewesen waren. Meine Chance auf eine brillante Saison bis zum Abi hatte ich damit verpasst. Genauso wie die Möglichkeit von einer so großartigen Reiterin wie Steffi zu lernen. »Ok. Dann Glückwunsch an alle, die es geschafft haben.«

Hannah schmunzelte und trommelte mit ihren langen Fingernägeln auf ihrem Oberschenkel herum. »Du hast die Liste nicht gesehen, oder?«

»Sollte ich?«

Barbie war doch eh durchgekommen, genauso wie mindestens eine ihrer Tussis. Vielleicht auch Felix, der so ganz nett war, aber bisher nur sporadisch auf Turniere gefahren war. Liz war durch. Ganz bestimmt. Sie ritt viel zu gut. Genauso wie Ole und wahrscheinlich auch Lukas. Auch bei Thilo würde es mich nicht wundern. Als Ponyreiter war er wirklich bei allem, was regional gelaufen war. Ich passte nicht in diese Liste. Warum sollte ich sie mir dann ansehen?

Sie zog beide Augenbrauen hoch. »Na dann man Tau! Du wirst dich echt wundern.«

Nein, würde ich garantiert nicht. In den Trainings vor der Sache war ich nicht herausragend gewesen und dass ich danach nicht mehr hatte teilnehmen können, hatte mich doch schon ausgesiebt. Da half es nichts, dass die letzten zwei Runden verschoben worden waren, damit Lukas und ich teilnehmen konnten. Nur durch Liz wusste ich, dass Lukas sich beide Male fast umgebracht hatte, bei dem Tempo, das er im Parcours vorgelegt hatte.

Mama schwang sich aus dem Sattel. »Wann ist Steffi denn mal wieder hier? Bisher habe ich sie immer verpasst.«

»Montag wollte sie für eine halbe Stunde kommen und mit Paps reden. Du weißt schon Saisonplanung und so.« Hannah fingerte ihr Handy aus der Tasche. Kurz dachte ich, sie wäre krank. Hannah ohne ihr Handy, wenn ich den Tag mal erlebe, fresse ich einen Besen.

»Dann schreib mir doch bitte. Ich habe seit damals nicht mehr mit ihr gesprochen. Wir waren so gut befreundet.« Sie lächelte, aber es erreichte nicht die Augen. Zum ersten Mal, seitdem alles passiert war, fiel mir auf, wie müde sie aussah.

»Wird gemacht!« Ohne von ihrem Handy aufzusehen, wies Hannah auf mich. »Und du, guck dir die Liste an!« Dann lief sie schon an uns vorbei zum Schulpferdestall.

Kopfschüttelnd sah Mama ihr nach. »Dass die nie ihr Handy weglegen kann!«

»Mhm«, machte ich, während ich mich ebenfalls aus dem Sattel schwang. Ich kannte Hannah nicht anders und hatte sie auch nie ohne ihre falschen Fingernägel gesehen, die nur an Extravaganz zu und abnahmen.

Gedanklich war ich allerdings schon wieder ganz woanders. Kaum, dass meine Füße wieder den Steinboden berührten, schoss mir wieder meine Begegnung mit Lukas durch den Kopf. Sein Blick … Ich erschauderte. Schnell schüttelte ich den Kopf und lockerte den Sattelgurt. Nicht dran denken! Weiter machen!

Mama klopfte Doni, wie sie ihn getauft hatte, den Hals und lockerte ebenfalls den Sattelgurt. »Willst du dir gleich die Liste angucken?«

Ich schüttelte den Kopf. »Lohnt sich doch gar nicht. Ich bin doch eh raus gewesen.« Meine Stimme hallte dumpf und wie von einem anderen Wesen in meinem Kopf nach.

»Das glaube ich nicht. Steffi ist nicht so, oder war sie zumindest früher nicht. Wenn sie etwas in dir gesehen hat, dann warst du für sie trotzdem noch dabei.«

»Quatsch. Dann wird mir das ausgelegt, als wenn das nur so wäre, weil ihr befreundet wart.«

»Den Bonus hast du garantiert nicht bekommen.« Mama griff nach Donis Zügeln. Zuversichtlich zwinkerte sie mir zu. »Ach guck mal, Jacob ist auch schon wieder da.«

Tatsächlich stand sein Vollblut am Anbinder und wartete geduldig darauf, seine Decke wieder übergeschmissen zu bekommen, um noch einmal für ein paar Stunden auf die Weide zu kommen.

Meine Stute lief erleichtert wieder am Stall zu sein neben mir her. Ihre Ohren wippten bei jedem Schritt, und sie hielt den Hals entspannt gesenkt. Das war einfach nicht ihr Wetter und wer konnte ihr das verübeln. Ich hatte oft das Gefühl, hier an der Nordsee regnete es sich mehr ein als anderswo in Deutschland.

Mama band Doni an, da kam Jacob wieder aus dem Stall. Eine Schüssel Mash in der Hand und eine leichte Regendecke über dem Arm. »Schon wieder zurück?« Überrascht sah er zwischen uns hin und her.

»Bei dem Wetter … war die Halle voll?«

»Ging so. Außer mir war nur Lena da, ihr Sohn ist, kurz nachdem ich rein bin, schon abgestiegen und dann kamen zwei/drei Ponyreiter dazu.« Die Decke legte er vorsichtig neben Doni über den Balken. »Wie geht es Till?« Seine Stimme nahm einen vorsichtigen Klang an.

Mama atmete tief ein. Ja, wie sollte es Papa schon gehen? Er versuchte, wie wir alle nur klarzukommen. »Es war schon mal besser. Er geht gerade sehr viel laufen und vergräbt sich bei jeder sich bietenden Gelegenheit in seinem Büro.« Mama ließ die Schultern hängen. »Was macht Ellie? Ich war heute kurz im Café.«

»Der Podcast setzt ihr zu. Ständig sind Leute da und stellen Fragen. Das stresst sie nur zusätzlich.«

Ich wollte mir gar nicht vorstellen, wie Massen an Leute auf Ellie losstürmten. Ich hatte sie als nette und bemühte Person kennengelernt, die unheimlich unter dem plötzlichen Verschwinden ihrer besten Freundin gelitten hatte. Sie hatte sowas nicht verdient. Bei der Beerdigung hatte sie nur auf den Boden gestarrt und man hatte ihr angemerkt, dass es für sie nicht greifbar gewesen war.

»Wenigstens lassen sie dich in Ruhe.« Mama presste die Lippen zusammen. »Habt ihr schon über rechtliche Schritte nachgedacht?«

»Lena hat mich dasselbe gefragt. Stimmt das, dass sie mit einer Armee an Anwälten diesen Podcast in die Knie zwingen will?«

Mama zuckte mit den Schultern. »Ich würde es ihr zutrauen. Auch Robert und Meredith. Ich glaube, gerade Robert macht da kurzen Prozess.«

Kurz überlegte ich, ob ich mich an Lukas Großeltern erinnern konnte, aber musste feststellen, dass das zu lange her war.

»Ja, das würde passen.« Jacob nickte nachdenklich und löste den Führstrick seines Pferdes vom Anbindeharken. »Ich habe reingehört. Wie die Stüwes dargestellt werden, wird ihnen nicht gerecht. Die großen schrecklichen Industriellen. Was dabei vergessen wird, ist doch, dass sie jemanden verloren haben und es sie sogar härter getroffen hat, weil sie plötzlich ohne Erben dastanden.«

»Als wenn das das Schlimmste wäre!« Mama seufzte. »Ich bin diese Jagd leid. Interviewanfragen schön und gut. Die kann man ja noch ablehnen, aber ist nur eine Frage der Zeit bis sie hier drauf warten, dass jemand etwas sagt. Ich kann mir nicht vorstellen, dass sie in ihrer Sensationsgier die Kinder daraus halten. Und leider haben wir niemanden, der für unsere Familie einen Pressetermin organisiert, ein professionell geschriebenes Statement verließt und dann Fragen beantwortet.«

Die Pressekonferenz der Stüwes hatte Wellen geschlagen. Es wurde sich aufgeregt, dass die Familie nicht selbst etwas gesagt hatte, es wurde sich über die wenigen Details beschwert und es als Anlass genommen, reiche Menschen zu verteufeln. Den Grund für die Konferenz und vor allem, was das für die Familie bedeutete, wurde dabei komplett aus dem Fokus verloren.

Ich strich Viva über die kurzgeschnittene Mähne. In Lukas Haut wollte ich gerade nicht stecken.

Ein feiner Stich in meinem Herzen machte sich bemerkbar und trieb mir unweigerlich Tränen in die Augen. Wie er mich angesehen hatte. Seine Haltung. All das – meine Schuld!

Mama wuchtete Donis Sattel auf den Anbinder. Ein alter abgewetzter Springsattel aus Hannahs Fundus. »Tja, die sind alle ganz schön …« Sie schüttelte den Kopf.

»Abgefuckt? Anders kannst du diese Sensationsgier doch gar nicht betiteln. Man kann nur hoffen, dass das schnell wieder versandet, und bloß Sommerlochfüller war.« Mit der Fußspitze schob Jacob den Masheimer näher zu seinem Pferd. »Ellie macht das nicht mehr lange mit. Sie liebt das Café. Ich will mir nicht vorstellen, was das für sie heißen würde, sollte sie es schließen müssen wegen dieser Idioten.«

»Kommt doch mal zu Abendessen. Oder wir treffen uns

alle hier im Reiterstübchen. Steffi, Ellie, Lena, du und ich.«

Jacob schüttelte den Kopf. »Ellie bekommst du hier nicht mehr her. Was glaubst du, was ich seit Jahren versuche! Sie sagt, sie fühlt sich hier, als würden an jeder Ecke Geister lauern.«

»Kann ich verstehen. Aber wenn wir bei uns Abendessen?«

Wieder schüttelte Jacob den Kopf. »Ihr könnt bei uns vorbeikommen, wenn ihr wollt. Ellie meidet alles, was sie auch nur ansatzweise an Lina erinnern könnte.«

Ich wünschte mir so sehr, Ellie mit dieser Entdeckung geholfen zu haben. Der Gedanke, dass ich es für sie nur schlimmer gemacht hatte, drehte mir den Magen um und ich hatte Mühe den Sattelgurt zu öffnen.

Ich hatte ihr nicht geholfen, ich hatte ihr nur alle Hoffnungen genommen.

36

Kapitel 5

Ich saß im Stall auf einem der Ballen.
Die Schwalben flogen ihre Kreise durch
den Boxengang, und das sanfte Prasseln des Regens auf dem Dach hatte etwas Beruhigendes.

Ich hatte die Liste nicht angesehen. Mama hatte zwar angeboten, mitzukommen, aber es ging nicht. Ich konnte es einfach nicht. Und so wartete ich jetzt auf Liz.

Mama war schon wieder in ihr Büro, hatte etwas von Inspirationsschub gefaselt und war dann nach mehreren Absicherungen, dass ich allein bleiben konnte, abgezogen.

Es war ja lieb, dass sie sich so viele Sorgen machte, aber so bekam ich mein altes Leben niemals zurück. Nicht, wenn sie mich so in Watte packte.

Fahrradbremsen quietschten vor der Stalltür und ich hörte Liz fluchen.

Sofort sprang ich auf die Füße und hastete die Stallgassen entlang. Sie war die Quelle der Normalität im Augenblick. Mein Herz flatterte. Endlich! Endlich sah ich sie wieder.

»Oh Mann! Wann hört das mal auf, so zu schütten?«, murmelte meine beste Freundin, während sie ihr Fahrrad anschloss und sich die klatschnassen dunklen Haare aus der Stirn strich.

»Wir hatten gerade ein Fenster mit weniger Regen.« Ich blieb in der Tür stehen und beobachtete, wie Liz innehielte und sich ihre Miene augen-

blicklich erhellte, als wenn jemand eine Glühbirne
in der dunkelsten Nacht angeknipst hatte.

»Marie! Oh Mann, was machst du denn hier? Und vor
allem allein.« Ohne ihren Schlüssel wie sonst achtlos in
ihre Tasche zu stopfen, eilte sie zu mir herüber und zog
mich in ihre Arme. »Du hättest echt nicht warten müssen! Ich hätte auch gleich vorbeikommen können.«

»Ich wollte aber warten.«

Liz schüttelte den Kopf und ließ mich los. »Aber es
hätte, wer weiß was passieren können. Was, wenn du einen
Schub, oder Flashback, oder wie das heißt gehabt hättest?«

»Hatte ich nicht. Beruhig dich. Erzähl mir li-
ber, warum du heute erst so spät kommst.«

Sie seufzte und rollte mit den Augen. »Du weißt
ja, mein Zeugnis war nicht so berauschend.«

»Was ja hauptsächlich an Mathe und Physik lag.« Ich erinnerte mich noch sehr gut an
das Gespräch nach der Zeugnisvergabe.

»Genau. Für meinen Vater hieß das, dass er mir jetzt
neue Grenzen setzten muss. Er hat mir eine halbe Stunde
erklärt, warum er Haddy verkaufen würde, wenn ich nicht
im nächsten Halbjahr wenigstens ne drei in Mathe packe.
Davor hatte ich eine Stunde Nachhilfe bei so ner Mathestudentin, die noch schlechter erklären kann als der Meeste.«

»Oje.« Ich konnte mir förmlich vorstellen, wie ihr
Vater zusätzlich dabei gesessen hatte, um auch ja si-
cherzugehen, dass Liz die Aufgaben machte, und nicht
versuchte, die Mathestudentin abzulenken. Den Stress
wollte ich mir lieber nicht vorstellen. »Und wenn wir
hier am Stall mal fragen, ob dir jemand helfen kann?«

Liz zuckte mit den Schultern. »Der ist so versessen auf
diese Studentin. Die hat von Hypotenuse geredet und mir
hätte sie genauso gut etwas über Nilpferde erzählen
können. Die sprach Spanisch, das schwöre ich dir.«

Unweigerlich musste ich schmunzeln.

Das war Liz, wie sie leibt und lebte.

»Ist Ole da?« Sie verrenkte sich fast den Kopf, als sie hinter mir auf die Stallgasse spähte.

»Nein. Ich habe ihn jedenfalls noch nicht gesehen. Kann auch sein, dass er morgens da war.«

Liz seufzte und verzog das Gesicht. »Schade.«

»Du wirst langsam wirklich obsessiv. Der arme Junge.«

»Der arme Junge lässt mich am ausgestreckten Arm verhungern!« Liz schob die Unterlippe vor und machte einen großen Schritt in die Stallgasse. »Wenn der immer so zuvorkommend und lieb zu mir ist, dann mache ich mir eben Hoffnungen.«

»Du weißt schon, dass das so ein bisschen seine Art ist, oder?«

Sie schnalzte mit der Zunge. »Schon, aber da war vor zwei Wochen eine Party am Strand … Und wir haben uns unterhalten … und ich hatte das Gefühl, es könnte etwas gehen.«

»Du hattest das Gefühl!«

»Ja und dann kam Lukas. Der Typ ist so ein Stimmungskiller. Man!«

Ich zuckte unweigerlich zusammen. Mein Magen machte eine 180-Grad-Drehung, von der ich mir vor wenigen Sekunden noch sicher gewesen wäre, dass er das nicht konnte! »Was hat er gemacht?«

»Sorry. Ich weiß, sensibles Thema.«

»Liz, jetzt sag schon!« Ich musste es wissen! Ich hatte sein Leben ruiniert! Ich musste wissen wie sehr!

Liz blieb stehen und ihr Blick huschte über mich, als müsste sie sichergehen, dass ich einigermaßen stabil war. »Er hat erst nach dir gefragt und ich dachte, super er ist weg, dann hat er sich jedoch so die Kante gegeben, dass Ole ihn nachhause gebracht hat, und damit war dann Schluss.«

Ich schluckte. Mein Hals fühlte sich ganz trocken an. Er hatte sich die Kante gegeben. Ausgerechnet Lukas, der mir nie wie jemand vorkam, der seine Probleme in Alkohol versuchte zu ertränken.

Liz legte mir eine Hand auf die Schulter. »Ist nicht deine Schuld. Ole sagt, Lukas war davor schon schwierig.«

»Ja, weil irgendein Idiot behauptet hat, dass er ihn eine Treppe heruntergestoßen hätte und seine Mutter ein Fass aufgemacht hat, dass er seinen Vater nicht kennenlernen darf. Ich finde, das sind gute Gründe, durchzudrehen.« Und ich war jetzt als Grund obendrauf gekommen. Ich hatte sein Leben nur noch komplizierter gemacht.

Liz drückte meine Schulter. »Trotzdem machst du dir jetzt keinen Kopf um ihn! Marie, du musst an dich denken, daran, dass du wieder gesund wirst. Ihn zu retten kannst du für deinen Helferkomplex noch später irgendwann versuchen.« Aus ihrem Mund klang der letzte Satz wie ein viel zu flapsiger Kommentar hinsichtlich des Kontextes.

»Ich will ihn nicht retten!«

Liz zog ihre Hand weg und hob nur beide Augenbrauen. Klar, dass sie mir nicht glaubte. »Kommst du mit in die Halle. Ich will nur ein bisschen ohne Sattel reiten und wir können quatschen.«

Ich nickte. Besser als zu Hause allein in meinem Zimmer zu sitzen war es alle mal. Das wichtigste, es war das Normalste seit Wochen.

»Ach … äh, keine Ahnung, ob dich das interessiert.« Sie warf mir einen Seitenblick zu und ich zog automatisch in der Erwartung weiterer schlechter Neuigkeiten die Schultern hoch. »Aber Bea hat jetzt anscheinend was mit Nico.«

Erleichtert atmete ich aus. »Echt mit Nico?« Bisher hatte ich nicht mitbekommen, dass Bea auch nur ansatzweise Interesse an ihm gezeigt hatte. Obwohl, bei der letzten Party hat sie den Abend recht lange an der Bar verbracht und er hat ausgeschenkt.

Liz grinste. »Das war so ein bisschen süß. Ich meine, er hat ja schon lange was für sie übrig gehabt und … ach, komm einfach mit zu nächsten …« Fest presste sie die Lippen aufeinander. »Tut mir leid. Ich will dich zu nichts drängen und wenn du dich nicht danach fühlst …«

»Schon ok, Liz, wirklich. Ich komme vielleicht nicht mit auf die Party, aber ich fände es einfach schön, wenn wir uns alle mal treffen könnten.«

Liz blieb vor der Sattelkammertür stehen und legte die Stirn in Falten. Ihre Hand schwebte über der schwarzen Plastikklinke. »Können wir machen, aber wir sehen uns doch in wenigen Tagen sowieso in der Schule.«

Ich musste schlucken. Tränen stiegen mir in die Augen und ich schüttelte den Kopf. »Ich darf noch nicht. Es ist auch die Frage, ob ich überhaupt dieses Jahr darf.« Mit jedem Wort brach meine Stimme mehr und es fühlt sich an, als würde etwas ganz tief in mir nur noch mehr Schrammen bekommen.

»Was?« In Liz' Gesicht spiegelte sich meine Verzweiflung wider. Auch ihre Augen wurden glasig und sie ließ die Hand über die Klinke sinken. Ihre Schultern sacken nach unten. »Das … das geht doch nicht!«, stammelte sie und wischte sich mit ihrem Handrücken über die linke Wange. »Wie soll ich das ohne dich überleben? Scheiße! Und … und kann es nicht vielleicht sogar helfen, zumindest sowas, wie einen Alltag zu haben. Ich meine gelesen zu haben …«

Ich unterbrach sie. »Wenn die Frau Doktor nein sagt, dann heißt das nein. Ich will doch auch da sein. Wie soll ich ohne euch Abi machen?«

»Und was, wenn wir uns alle treffen und so was wie einen Notfallplan ausarbeiten? Wir bekommen das bestimmt durch, dass mindestens eine von uns immer in einem Kurs mit dir ist. Wir können uns doch bei Ellie treffen und darüber reden.«

»Ich glaube so, leicht ist das nicht. Ich weiß doch selbst nicht, wie tief das Ganze geht.« Und ob ich überhaupt jemals bereit wäre, so tief in meinen Verstand hinabzusteigen.

»Fuck!«, Liz schnaubte auf und griff nach der Klinke.

»Aber wir müssen doch was machen können? Wir können dich nicht hängen lassen! Wie unfair wäre das denn bitte.«

Kapitel 6

Liz hatte gerade die Sattelkammertür geöffnet und wollte in den hellen Raum treten, da stolperte sie um ein Haar in Mona hinein. »Oh, Hi. Äh … was machst du hier?«

Die kleine Dunkelhaarige sah uns mindestens genauso irritiert an. Dabei hatten wir eindeutig mehr Grund zu fragen, denn ihr alter Ponywallach stand hinten bei der kleinen Reithalle im Offenstall. »Könnte ich euch auch fragen. Ihr wisst schon, dass die Liste aushängt, oder?«

Ich seufzte und sah die Stallgasse hinunter. Was sollte mich das interessieren? Ich war raus, Liz drin, Thema gegessen! »Reitest du wieder für Samira?«

Mona verzog kaum merklich die Mundwinkel. »Mhm … sonst hätte ich mir vielleicht ein Schulpferd nehmen können, nachdem ich die Ponystunde heute Nachmittag gegeben habe.«

»Ich checke das Mädel einfach nicht!« Wut glomm in Liz Augen auf. »Die hat so tolle Pferde, aber kümmert sich einen Scheiß drum. Sie kann froh sein, eine Freundin wie dich zu haben.«

Von Barbies Entourage war Mona mit Abstand die netteste und vor allem ohne die Anderen so verdammt erträglich.

»Guckt euch die Liste an. Ihr werdet euch freuen. Sie schienen mit kleinen Ausnahmen sehr fair gewesen zu sein.« Kleine Ausnahmen … was auch immer das heißen sollte. Mona schob sich mit einem matten Lächeln an uns vorbei, ein braunes Lederhalfter mit Glitzer und goldenen Beschlägen in der Hand.

Liz sah ihr kopfschüttelnd hinterher. »Wenn ich sie wäre, hätte ich Barbie schon längst gesagt, dass sie zur Hölle fahren soll. Warum reitet die überhaupt?«

Ich seufzte und hielt ihr die schwere Metalltür auf. »Reg dich nicht auf. Irgendwann bekommt sie die Retourkutsche, oder aber verliert das Interesse.«

»Das Interesse hat sie doch schon verloren. Ich habe das Gefühl, die ist nur in der Turniersaison zum Training hier, und um ab und an mal mit jemandem zu flirten.«

Da konnte Liz recht haben. Zumindest konnte ich mich nicht daran erinnern, Barbie im Winter jemals im Stall gesehen zu haben. Aber Matsch vertrug sich wahrscheinlich auch einfach nicht gut mit ihren italienischen Lederstiefeln.

»Haddy kann noch etwas warten. Lass echt auf diese Liste gucken.« Liz stieß mich an und ich ließ die Tür los.

»Ich weiß nicht.«

»Komm schon. Was soll schon sein?«

»Hannah meinte auch schon, ich solle sie mir ansehen und hätte Grund zur Freude und ehrlich …

Aber ich freue mich für euch, aber …«

»Ich weiß schon.« Sie unterbrach mich mit ruhiger Stimme. »Du willst dir das nicht ansehen, weil es dich nur daran erinnert, was dir durch diese … nennen wir es mal, Scheiße … entgehen könnte. Aber bist du nicht zumindest so ein bisschen neugierig?«

Zittrig atmete ich ein. »Du bist drin, genauso wie Ole und … Lukas …« Allein seinen Namen auszusprechen schickte einen dumpfen Schmerz durch meinen Brustkorb.

»Ob Lukas das geschafft hat? Keine Ahnung. Ich schwöre dir, in der letzten Runde hätte der sich fast umgebracht. So reitet keiner durch den Parcours, der noch klar denken kann.«

Wer könnte auch nach so einer Geschichte noch klar denken? Ich konnte ihm das zumindest nicht vollständig verübeln. Nur dass er Pantas damit ebenfalls in Gefahr brachte, das verstand ich auf keiner Ebene. Das passte nicht zu ihm, aber was passte schon noch zu ihm? Ich kannte ihn doch eigentlich schon lange nicht mehr und dass wir uns näher gekommen waren, war eine reine Illusion gewesen.

»Na komm. Let's go. Ein Blick drauf und wir gehen Haddy holen. Dann überlegen wir, wie wir das mit Schule geregelt bekommen. Oder zumindest mit einem Treffen.«

Wenig später standen wir auf dem kleinen Steinvorplatz vor dem Schwarzenbrett neben der Glastür zum Büro in dem Anbau an die große Reithalle. Es regnete immer noch und ich verkroch mich, nach bestem Wissen und Gewissen, tief in meiner neuen blauen Regenjacke.

Liz hatte sich ebenfalls die Kapuze tief in die Stirn gezogen und fuhr mit dem Finger die Namen ab.

»Thilo Hellinger«. Sie stöhnte auf. »Samira Gutsmann, Lukas Stüwe. War klar. Nichts bleibt einem erspart. Uh … du hattest recht. Ole ist dabei. Der heißt mit Zweitnamen echt Niglas? Wusste ich gar nicht.« Dann wurde sie plötzlich still und drehte sich breit grinsend zu mir herum.

Ich setzte ein halbherziges Lächeln auf. Mehr schaffte ich einfach nicht. So sehr ich mich auch für sie freuen wollte, da war nur ein kleiner Funken ganz tief in mir.

Liz' Grinsen wurde breiter und sie griff nach meinen Schultern. Fest drückte sie zu und quietschte vor Freude. Es fehlte nur noch, dass sie zum Gummiball mutierte. Ihre blauen Augen funkelten wie Sterne in einer wolkenklaren Nacht über dem Meer. »Wir sind dabei!«

»Glückwunsch«, murmelte ich. »Nimm es mir nicht übel, aber ich kann es gerade einfach nicht wirklich zeigen, aber ich freue mich echt für dich. Du hast dir das verdient.«

»Sag mal, hast du mir gerade zugehört?« Liz senkte den Kopf und sah mir fest in die Augen. »Wir, nicht ich, wir sind dabei!«

»Was?« Die mussten sich verdruckt haben. Ich hatte nichts geleistet und es waren ganz klar Leute dabei gewesen, die deutlich besser ritten als ich. Wie konnte das sein?

»Lies nach, wenn du mir nicht glaubst, aber ich hatte am Ende doch recht. Es ist doch irgendwie, zumindest in Teilen, unser Sommer geworden.«

Ich musste hart schlucken und dachte an die Narbe in meiner Handfläche und die kleine an meiner Schläfe. Die in der Handfläche brannte manchmal, wie auch in diesem Moment. So als wenn mich der Sommer einfach nicht freigeben wollte.

Kapitel 7

Ich hatte den Tag mit unserer Schullektüre begonnen. Der Stoff kam mir viel zu trocken vor und ich quälte mich durch die eng bedruckten Seiten des Reklameheftes. Warum war dieses Buch nur Pflicht im Abitur? Hätten sie nicht etwas Spannenderes nehmen können?

So landete es nach einer Stunde auf meinem Nachttisch und ich griff nach meinem Handy. Eigentlich hatte ich damit aufhören wollen, so viele Stunden auf den verschiedensten Plattformen zu verbringen, und ein sinnloses kurzes Video nach dem nächsten zu schauen. Aber dadurch verging die Zeit und ich kam nicht ins Denken.

So zusammengerollt und an meinem Handy festgeklebt, verbrachte ich die Zeit, bis es klingelte und dann plötzlich an meiner Zimmertür klopfte.

»Guten Morgen. Aufstehen, Handy weg. Oder willst du nicht in den Stall?« Liz dunkler Lockenkopf schob sich durch die Tür und sie grinste breit.

»Was machst du schon hier?« Ich schloss die App, und schlug die Bettdecke zurück.

»Schau mal auf die Uhr, wir haben halb elf.«

Ich seufzte auf und fuhr mir müde über die Augen. »Wann willst du rüber?«

Sie winkte ab. »Hat noch etwas Zeit. Wenn wir an den Strand wollen, dann können wir sowieso erst gegen drei los.

Vorher ist die Flut zu hoch.« Neugierig trat sie ins Zimmer und an das Fenster, neben dem mein Schreibtisch stand. Vor dort konnte man den Reitclub sehen, oder zumindest die vorderen Weiden und den Parkplatz. »Deine Mutter sagte, wir dürfen nicht gehen, bevor du nicht gefrühstückt hast.« Sie machte kurzerhand das Fenster auf kipp und ließ neben einer sanften Brise, die nach Pferd und Meer roch, auch noch ausgelassenes Vogelgezwitscher in mein Zimmer.

»Sicher, dass sie von Frühstück gesprochen hat und nicht von Mittagessen?«

»Musst du sie selbst fragen. Und jetzt hopp, aus den Federn und rein in die Reitklamotten! Wir müssen auch noch besprechen, wie wir das machen, wenn wir uns mit den anderen treffen.«

Ich ließ mich von der Bettkante gleiten und streckte mich. Liz hob nur eine Augenbraue, als sie das alte verwaschene T-Shirt von Papa und die weite Schlafanzughose sah. Selbst bei ihrer Schlafanzugwahl war Liz modebewusster, als ich es je sein würde.

So wunderte es mich nicht, dass sie schnurstracks zu meinem Schrank lief. Wortlos riss sie die Tür auf. »Also ich hatte mir das so gedacht und würde das gleich auch mit deiner Mama absprechen. Du hast ja vorher Therapie, also setzt sie dich am Café ab und ich bringe dich später, wenn ich eh noch in den Stall möchte, nachhause.«

»Und mein Fahrrad?«

»Das bekommen wir hin. Mir fällt da schon was ein.« Sie zog eine dunkelblaue Reithose aus dem mittleren Fach. »Bea freut sich jedenfalls schon dich zu sehen und du kannst dich darauf verlassen, dass sie zur Not jeden Tag nach der Schule vorbeikommt und mit dir den Stoff nochmal durchpaukt. Sie meinte, sie hätte auch was davon.« Liz rollte mit den großen, blauen Augen. »Frag mich nicht was!« Sie warf mir die Reithose zu und darauf folgten direkt ein gestreiftes Top und ein leichter Sport-BH. »So anziehen!«

»Was macht eigentlich deine Nachhilfe?« Ich schlüpfte umständlich aus dem T-Shirt und schmiss es einfach auf mein Bett.

»Frag nicht! Papa schwärmt von dieser Tussi. Ich verstehe allerdings immer noch kein Wort. Bea habe ich schon gefragt, aber die meinte, ihr fehle die Geduld, mit mir zu lernen.«

»Und dann will sie mit mir lernen?«

»Du kannst dich länger konzentrieren und bist nur halb so schnell abgelenkt. Ihre Worte nicht meine!« Liz schnaubte auf.

»Wir können doch wirklich am Club fragen. Hannah weiß vielleicht jemanden. Wenn wir ihr deine Lage schildern, dann wird auch sie Himmel und Hölle bemühen. Vielleicht ja Jacob. So wie ich das mitbekommen habe, ist der Ingenieur. Oder du fragst mal die Jungs.«

»Und gebe mir die Blöße? Auf keinen Fall!«

»Das ist doch keine große Sache. Ok Lukas könnte vielleicht einen bösen Spruch auf Lager haben, aber wenn der weiß, dass du sonst Haddy verlierst, dann würde auch er dir helfen. Und Ole, keine Ahnung. Ich kann ihn einfach noch nicht einschätzen, aber auch der würde dir bestimmt helfen, wenn du nett fragst. Ansonsten ist da ja auch noch Thilo, aber der ist jetzt nicht gerade die Leuchte.«

Liz fuhr sich durch ihren Pferdeschwanz und verzog das Gesicht. »Können wir das als letzte Option im Hinterkopf behalten?«

Seufzend zog ich mir das Top über den Kopf. »Meinetwegen, aber du stellst dich echt an. Es ist doch wirklich nichts dabei, um Hilfe zu bitten.«

Ich konnte ihr an der Nasenspitze ansehen, dass sie noch etwas sagen wollte, aber sie biss sich auf die Zunge.

»Reden wir doch lieber über unser Treffen. Charly kommt direkt nach dem Training. Ist vom Dojo wohl nicht weit. Ich meine, das ist im Hafen. Bea und Emma wollten sowieso noch neue Schulsachen kaufen und sind in der Stadt. Ich wollte schon vorher im Café sein. Bist du dir überhaupt sicher, dass wir uns da treffen sollten? Das war doch jetzt auch schon in dem Zusammenhang in der Presse.«

Ich nickte. Ich wollte genau dahin. Ich wollte in die warme Atmosphäre von Ellies kleinem Café, wo es nach Limonade, Kaffee und dem leckersten Kuchen roch. Und ich wollte Ellie sehen. Seit der Beerdigung hatte ich, sie nicht mehr zu Gesicht bekommen, und ich mochte sie.

»Ok. Wenn was ist, sagst du es aber sofort, oder? Genauso gleich am Stall.«

Ich rollte mit den Augen. Immer dieselbe Leier. »Ich schwöre dir hoch und heilig, dass sobald ich mich auch nur ansatzweise unwohl fühle, ich dir das sofort sage.«

»Weniger Sarkasmus und ich nehme es dir ab!«

»Was? Es nervt, dass ihr mich alle in Watte packt. Ich weiß, ihr meint es gut, aber …«

Sie hob abwehrend die Hände und ließ sich auf meinen Schreibtischstuhl fallen. »Du musst dich nicht rechtfertigen. Wir waren alle nie in deiner Situation. Tut mir leid, wenn es etwas viel ist.« Ihre Lockerheit war vergangen und sie ließ die Schultern hängen.

»Hey, es sollte jetzt auch gar nicht …«

»Ist schon gut. Ich nehme dir das nicht übel.«

»Ok.« Noch nie war ich so dankbar für eine Freundin wie Liz, auch wenn es mir schwerfiel zu glauben, ich hätte sie nicht verletzt.

Kapitel 8

Eine gute Stunde später, die wir hauptsächlich mit Mama in der Küche verbracht hatten, der Liz natürlich auch von ihrem neuen Projekt erzählen musste, waren wir schon auf dem Weg in den Stall.

Die Sonne lachte, kleine Wattewolken zogen über den sonst blauen Himmel. Alles schrie, dass es Sommer war. Aber die Leichtigkeit wollte sich einfach nicht bei mir einstellen. Für mich hätte es genauso gut, tiefster Winter sein können.

Wieder standen links und rechts der Einfahrt die Pferde unter den Bäumen. Sie ließen träge die Köpfe hängen, die sie nicht einmal hoben, um uns zu begrüßen.

Wir liefen am Parkplatz vorbei, der für die Mittagsstunden schon reichlich voll stand. Einige ältere Mädchen standen in einer kleinen Gruppe am Zaun, gelehnt an der Einfahrt, und musterten uns distanziert.

»Sag mal, ist das nicht die …?«, sagte eine von ihnen wohl lauter als beabsichtigt.

»Pscht. Ja, ist sie«, merkte eine andere prompt an.

Ihre Blicke brannten in meinem Rücken, und ich zog automatisch die Schultern hoch. Am liebsten hätte ich eine Strickjacke gehabt, in die ich mich hätte einmurmeln können, aber so konnte ich nur die Hände vor der Brust verschränken und schneller laufen.

»Die sieht so normal aus. Also Leiche finden und dann … Ich weiß ja nicht.«

Liz hielt tapfer mit mir Schritt und erdolchte diese Schnepfen im selben Augenblick mit Blick. Ihr Kiefer knirschte und sie hatte die Hände zu Fäusten geballt. So reagierte sie sonst nur auf Barbies einfallslose Stichelei.

»Tief durchatmen!«, mahnte ich sie und eigentlich auch mich selbst.

Ich traute mich, erst wieder langsamer zu werden, als wir durch das Tor waren und auf den Stall zuliefen.

»Durchatmen? Ernsthaft? Marie! Das ist so respektlos? Was erwarten sie? Dass du das arme kleine Opfer gibst, oder was?« Liz hatte schon wieder rote Flecken im Gesicht vor lauter Aufregung. »Man! Denen hätte ich so gerne was gehustet!«

»Und hättest dich nur in Teufelsküche gebracht.« Wie so oft. Liz schaffte es immer, sich in Schwierigkeiten zu bringen, bisher hatte sie es nur immer glimpflich wieder rausgeschafft.

»Wäre es mir wert gewesen!« Sie verzog das Gesicht und drehte sich noch einmal zu den Tussen am Parkplatz um. Die Hände schob sie dabei tief in die Taschen ihrer Reithose. »Was manche Leute sich rausnehmen! Ehrlich. Da soll man nicht den Glauben an die Menschheit verlieren.«

»Ist gut. Du kannst es nicht ändern.«

»Ich weiß. Trotzdem nervt es mich.«

Unsere Schritte hallten über den sonst still daliegenden Hof. Es war zu warm, um ans Reiten überhaupt zu denken, und alle waren in den Stallungen oder im Reiterstübchen, das an die alte Reithalle anschloss. Dort gab es immer etwas zu trinken und ab und an mal Kuchen zu besonderen Anlässen.

»Reiterstübchen oder Stall?«, fragte Liz und sah sich suchend auf dem Hof um. Zwischen den Büschen raschelte ein Vogel auf Futtersuche.

Unschlüssig sah ich zwischen der sperrangelweit offenen Tür zum hellen, wenn auch etwas rustikalen Reiterstübchen und Stalltür hin und her. Meine Hände wurden schwitzig. Nicht noch mehr Menschen! Im Stall war die Gefahr, geringer Leuten über den Weg zu laufen, die sich ihre Meinung über mich schon längst gebildet hatten. »Stall!«

Liz lief mit großen Schritten voran und summte leise vor sich hin. Das Lied kannte ich. Mama hatte es neulich beim Kochen in ihrer Playlist.

Kühle Luft schlug uns entgegen. Es roch nach frischem Stroh, als sei eben erst gemistet worden. Leise Stimmen kamen vom gegenüberliegenden Tor.

Sofort reckte Liz den Hals. Ich wusste, nach wem sie suchte. Nur Sekunden später packte sie mich wortlos am Arm und schwebte engelsgleich den Boxengang herunter zum Strohlager.

»Hi«, grüßte sie in die Runde bestehend aus Lukas, Ole und, zu meiner Überraschung, Mona.

Mona sah nicht minder überrascht aus, uns zu sehen. »Hey.« Oder sie wunderte sich einfach über Liz prüfenden Blick. Sie saß schließlich direkt neben Ole auf dem vorderen Strohballen.

»Passt auf, dass Hannah das nicht sieht«, murmelte ich lasch. Es war mir unangenehm, Lukas gegenüberzustehen. Ich konnte ihm nicht mal in die Augen sehen. Wieder wünschte ich mir eine Strickjacke.

Ole streckte sich und lugte die Gasse runter. »Ist sie auf dem Hof unterwegs?«

»Immer. Hannah ist immer überall hier auf dem Hof.« Liz hob gewichtig die Augenbrauen und musste kichern. »Seid ihr schon geritten?« Es war auffällig, dass sie lediglich

Ole und Lukas ansprach, Mona allerdings keines Blickes würdigte.

Ole schüttelte den Kopf. »War noch zu warm. Gegen Nachmittag soll es windiger werden. Wir wollten eventuell ausreiten gehen.«

»Hatten wir auch vor. Gegen drei ist Ebbe.« Grinsend legte Liz einen Arm um mich. »Wollt ihr mitkommen?«

Mona machte den Mund auf, aber schloss ihn direkt wieder, als sie Liz Blick sah. Langsam rutschte sie vom Ballen.

»Klar, oder?« Auch für Ole war sie wohl außer Frage, denn er sprach nur Lukas an.

Aus dem Augenwinkel konnte ich sehen, wie angespannt er war. Er saß auffallend grade. »Nein.«

»Komm schon!«

»Nein. Ich will nicht. Geh meinetwegen mit, aber ohne mich.« Sein Kieferknochen trat deutlich hervor, so sehr presste er die Zähne aufeinander. Die Hände hatte er tief ins Stroh gedrückt.

Ich spürte, wie ich unweigerlich die Schultern hochzog. Auch wenn er es nicht sagte, wusste ich, dass ich der Grund war, nicht mit uns ausreiten zu gehen.

»Ich meine, ich muss eh zweimal aufs Pferd. Dann gehe ich mit der Kleinen bei den Mädels mit, und mit Nigal mit dir ne Runde. Ist das ein Kompromiss?« Wie immer beneidete ich Ole um seine Ruhe.

»Tschüss. Ich gehe mal nach Samira in der Halle gucken.« Verabschiedete sich Mona und löste mit ihrer Verabschiedung nur ein Kopfschütteln von Liz aus.

»Klar, dass die Kuh auf dem Pferd sitzt«, schnaubte sie leise und lenke mich damit vom Gespräch der Jungs ab.

»Verantwortungsloser Mensch. Die hat ihre Pferde einfach nicht verdient.«

»Mhm«, machte ich gedankenverloren. Was hatten wir überhaupt verdient? Wer beschloss was wir im Leben ver-

4

dienten? Und war das wirklich immer fair?

Das nächste, das ich mitbekam, war Lukas filmreifer Abgang. Ohne ein Wort und mit großen Schritten lief er einfach an uns vorbei. Um ein Haar hätte er mich unsanft an der Schulter erwischt.

»Alles ok, bei dem? Ich meine, er hat ja immer schlechte Laune, aber heute … ganz neue Hausnummer.« Liz sah ihm nach und drückte dabei aufmunternd meine Schulter, als würde sie spüren, wie sehr mein Herz sich in diesem Moment verkrampfte.

Ole seufzte. »Bei Lukas ist gar nichts mehr in Ordnung. Aber das gibt sich wieder. Gerade einfach viel los bei ihm.«

»Kenn ich.« Auch ich sah mich nach Lukas um. Seine Haltung war weiterhin verkrampft, die Schritte wurden kaum langsamer und er wirkte auf eine komische nicht-Lukas-Art perfekt unperfekt. So als würde er nur der fadenscheinige Abklatsch eines seiner Instagrampostings sein.

Mir lief ein Schauer über den Rücken, als ich an unsere Begegnung vom Vortag dachte. Das war alles meine Schuld.

»Wie geht es dir eigentlich? Ich habe dich seit Wochen nicht mehr gesehen. Ist alles gut verheilt?« Ich drehte mic wieder zu Ole. Er war der Erste, der mich nicht mitleidig ansah, sondern ehrlich besorgt.

»Die Rippen sind wieder ganz, manchmal tut es beim Atmen noch leicht weh. Der Fuß war eh nur geprellt, das war schnell wieder ok. Das Einzige, was noch nicht wieder in Ordnung ist, ist hier.« Ich wies auf mein Herz.

Er nickte. Es war schön, nichts erklären zu müssen. Liz drückte wieder, sachte meine Schulter und zog mich etwas enger an sich.

»Das wird auch wieder.« So bemüht zuversichtlich, wie sie klang, fühlte sich das schwer an zu glauben. »Zeit heilt alle Wunden.«

»Wird schon.« Ich lächelte matt und sah mich wieder

nach Lukas um, aber der war schon nicht mehr zu sehen. »Wo geht er hin?«

Ole zuckte mit den Schultern. »Wahrscheinlich zu Pantas. Würde mich nicht wundern. Mach dir wegen ihm keinen Kopf.«

Das sagte er so leicht. Lukas hatte im Vergleich zu mir ein ganz schönes Päckchen zu tragen. Erst hatte man ihn verdächtigt, einen anderen Jungen die Schultreppe heruntergestoßen zu haben, dann hatte seine Mutter ihn nach Wales verfrachtet und seinen Vater von ihm ferngehalten.

Als würde das nicht reichen, hatten die beiden auch noch ständig Stress miteinander. Tja, und dann war da ja noch diese Sache von Anfang der Ferien. Die Sache, an der ich schuld war. Ich könnte kotzen.

Liz ließ mich los und sprang neben Ole auf den Ballen, auf den Platz auf dem eben noch Mona gesessen hatte

»Wenn ich mal so blöd fragen darf, welche Leistungskurse hast du?«

Am liebsten hätte ich losgelacht. Daher wehte also der Wind.

»Äh …« Ole fuhr sich durch die kurzen blonden Haare, die ihn etwas wie einen älteren Michel aus Lönneberger aussehen ließen. »Deutsch und Kunst. Warum?«

»Ach nur so.« Liz ließ die Schultern hängen und blickte für einen Augenblick angestrengt auf den Betonboden. Was hatte sie auch erwartet? Dass er sich ganz romantisch über Matheaufgaben in sie verlieben würde? Selbst sie konnte nicht so eine Traumtänzerin sein.

»Du hast echt Deutsch? Hätte ich nicht erwartet.« Ich setzte neben sie und jetzt war ich es, die nach ihrer Hand griff.

Ole musste lachen. »Warum auch nicht? Nur weil ich nicht hier geboren bin, heißt es ja nicht, dass ich das Fach nicht mögen kann.«

»So war das auch nicht gemeint.« So ins Fettnäpfchen stolpern, war echt ein Talent. »Ich hätte, warum auch immer, eher mit Englisch gerechnet.«

»Glaub mir, der LK macht einfach keinen Spaß, wenn Lukas auch drinsitzt. Er war ja nur ein halbes Jahr nicht da, aber davor gab es nur Stress mit dem Lehrer.«

»Klingt sehr nach ihm.« In unserer Kindheit hatte er wirklich manchmal ein ziemlicher Besserwisser sein können. Ich musste sofort daran denken, wie er mir vor einer gefühlten Ewigkeit meine Hoffnung darauf, Lina in Wales zu finden, geschmälert hatte. Rational denkende Menschen konnten wirklich Fluch und Segen zugleich sein.

»Seid ihr bei der Party am Leuchtturm?«, fragte Liz da vollkommen unvermittelt.

»Ist das die Party nächstes Wochenende? Da bin ich in Peelbergen auf einem Turnier. Lukas wollte hin.« Das war das erste Mal, dass ich wirklich bewusst Ole Akzent rau hörte. Er sprach das G in Peelbergen, weicher aus, sodass es eher nach J klang. »Wenn ihr da seid, könntet ihr ein Auge auf ihn haben? Aber vielleicht bekomme ich ihn noch dazu nachzunennen.«

Liz hob beide Augenbrauen und riss die Augen auf. »Ich kann nichts versprechen. Ich kann nur mal Nico anhauen, wenn der wieder die Bar macht, dass er ein Auge drauf hat. Der hat doch eigentlich immer einen ganz guten Überblick, oder Marie?«

»Kann sein.« Ich kannte Nico kaum. Höchstens vom Sehen im so verhassten Physikkurs und er hatte in Mathe eine Reihe vor mir gesessen. Aber geredet hatten wir nie.

»Also, wenn du das könntest, das wäre super! Wirklich. Ich schulde dir dann eindeutig was.«

Wie auf Knopfdruck wurde Liz rot und lächelte viel zu zuckersüß. »Quatsch, alles gut.« Da bekam man allein vom Zuhören schon fast Karies.

Unter normalen Umständen hätte ich breit grinsen müssen, aber so setzte sich der Gedanke an Lukas, der viel zu viel trank, um klarzukommen, in meinem Kopf fest. Wie Karamell in den Backenzähnen. Egal, wie sehr ich daran zog, kratzte und es zu verwässern versuchte, die Vorstellung blieb. Damit auch ein tonnenschweres Schuldgefühl.

Kapitel 9

Ole ritt entspannt hinter uns. Seine junge Stute hampelte zwar in einer Tour herum, aber er saß so locker in ihrem Sattel, dass es kaum auffiel.

Liz hielt Haddy bemüht neben mir, aber ich konnte spüren, dass sie sich lieber zurückfallen lassen wollte. Super.

So hatte ich mir den ersten gemeinsamen Strandritt seit Wochen vorgestellt.

Der Seewind spielte mit den Gräsern links und rechts vom Feldweg, und die Sonne brannte weiterhin auf uns nieder. Einige Stoppelfelder hätten bei bewölktem Wetter zu rasanten Galoppaden eingeladen, aber so würden wir uns nur mit einem Galopp am Strand begnügen. Kühler würde es kaum werden.

„Hätten wir nicht den Waldweg nehmen können?" Liz parierte durch, um einem genervt schauenden Rentnerpaar mit ihren Fahrrädern Platz zu machen. Ohne ein Wort fuhren sie an uns vorbei, der Mann besaß sogar noch die Dreistigkeit, Ole und seine Dröttningen, wie die Braune hieß, anzuklingeln. „Ein Danke schön, wäre nett gewesen!", rief Liz ihnen daraufhin genervt nach.

„Tut mir leid." Sofort überkam mich das nächste Schuldgefühl. Sie konnte den Ausritt nicht genießen und das nur meinetwegen. Nur, weil ich einmal mutig war.

Der bloße Gedanke an den Wald reichte, um mein Herz

wieder in den Panikmodus switchen zu lassen. Mein Magen
zog sich schmerzhaft zusammen und kalter Schweiß rann
mir über den Rücken. Ich schluckte, als sich die ersten
Bilder der Nacht aufdrängten. Haltsuchend griff ich in
Vivas weiche Mähne. Der schmale Pfad, das Rascheln
im Gebüsch, und dann … Ich biss mir auf die Unterlippe.
Nicht jetzt!

Vivas Ohren zuckten nach vorn und sie brummelte leise.
Mit langen Schritten querten wir eine Landstraße und waren
nur noch 500 Meter vom Dünenweg entfernt.

„Können wir den nicht für den Rückweg nehmen?", fragte Liz und hob die Hand, um auch Ole zu signalisieren,
dass sie zum Nachgurten stehen bleiben wollte. „Ich meine, schön, dass die Leute sich bei dem Wetter sportlich
betätigen wollen, aber so viele verhalten sich da einfach
wie offene Hose. Man!"

Ich musste schlucken. Allein bei dem Gedanken daran,
auch nur schemenhaft die Stallungen des Reitvereins zu
sehen, wurde mir schlecht. Das Schild, auf dem der Name
inzwischen mit „Mörderhof" übersprüht worden
war, würde
ich auch sehr gerne meiden. Die Felder und damit auch
die Querung der Landstraßen war das Sicherste.

„Und wenn wir den Umweg über die Tannenschonun-
gen hinten bei Klagemanns nehmen und am Deich zu-
rückreiten?"

„Echt? Den Umweg?" Liz drehte sich zu Ole, der eine
Pferdelänge hinter uns seine nervös mit dem Kopf schla-
gende Stute angehalten hatte. „Kennt die Schafe?"

„Noch nicht. Wollt ihr über die Schonung zurück?" Auch
er sah nicht begeistert aus.

In meiner Brust machte sich ein nie da gewesener Druck
bemerkbar. Viel zu kräftig umfasste ich die Zügel und
machte mich fest. Viva riss daraufhin den Kopf hoch und
fing an zu tänzeln. „Also, wir müssen nicht."

Scheiße, doch wir mussten. Vor meinem inneren Auge

konnte ich deutlich den Feldweg am Waldrand sehen und hinter dem Feld diese vermaledeiten Stallungen. Kalter

Schweiß rann mir über den Rücken. Ich riss mich gerade so zusammen, nicht jetzt schon panisch zu werden.

„Lass gleich drüber reden!", beschied Liz schulterzuckend und nahm die Führung ein.

In den Dünen trabten wir an. Der feine Sand umspielte die Pferdehufe und das Kreischen der Möwen paarte sich mit dem sanften Gesang des Dünengrases im Wind.

Dieses Mal kam uns niemand entgegen, was wohl am Schild; „Privatweg – Betreten nur für Mitglieder des Reit- clubs Cavallio",

liegen mochte. Vielleicht konnte ich daher auch einen Moment durchatmen.

Liz summte wieder leise vor sich hin. Viva schnaubte kräftig und spannte sich in freudiger Erwartung an.

Das war das Erste in den letzten Wochen, das normal war. So als hätte es diese Nacht nie gegeben. Als wäre es ein normaler Sommer gewesen.

Der Wind peitschte gegen meine Wangen und ich wünschte mir, doch eine Jacke angezogen zu haben. Liz hatte alle Hände voll zu tun, Haddy in einem spannigen

Trab zu halten und hob schließlich eine Hand. Ich nahm sofort die Zügel auf und legte sie mir zurecht, dass sie eine

Brücke über den Hals bilden konnten. Kurz drehte sie sich um, streifte mich mit dem Blick, dann gab sie die Zügel frei

und Haddy schoss los. Viva folgte ihr auf den Huf und wir fegten am Wellensaum entlang über den Strandabschnitt.

Die Möwen kreischten, flogen auf und der feuchte Sand stob unter den Hufen auf.

Ein Hochgefühl machte sich in mir breit. Ich fühlte mich unendlich, glücklich, frei und alles war vergessen. Da war

61

nur das Trommeln der Hufe auf dem feuchten Sand, Viva,
die alles gab und sich mit jedem Galoppsprung nur noch
länger machte.

Kurz vor dem Dünenweg, der wieder auf den Reitweg führte, parierte Liz Haddy vor mir durch. Ich hatte Viva
schon auf der Hälfte wieder angefangen, zurückzuneh-
men, und kam direkt neben ihr zum Stehen.

Liz strahlte mich an. Ihre Wangen waren rot vom kalten
Wind und in ihren blauen Augen funkelte das pure Leben.
Auf ihre Art sah sie wild aus, leidenschaftlich.

„Ich hab das so vermisst!", rief sie. Ihre Stimme war von
der Anstrengung der Galoppade gezeichnet. „Mit Freddie
habe ich nie so einen Spaß!"

Ich lächelte. Noch immer konnte ich mir nur schlecht
vorstellen, dass Liz mit der eher ruppigen Bereiterin Freddie wirklich ausreiten gegangen war, als ich noch nicht
wieder reiten durfte.

„Du hättest auch bei uns mitkommen können." Ole hielt
seine Stute neben uns an. Das Gebiss klirrte gegen ihre
Zähne und sie riss den Kopf hoch. Der rasante Galopp hatte
sie aufgeheizt.

Wären Liz Wangen nicht schon so rot vom Wind, dann
hätte sie wohl kaum verstecken können, wie sehr sie diese
Aussage eigentlich freute. „Nimm's mir nicht übel, aber um
Lukas mache ich lieber einen Bogen."

„Also wo wollen wir jetzt her?", schaltete ich mich
schnell ein. „Klagemanns?" Bitte! Ich konnte nicht durch
den Wald. Ich konnte das einfach nicht!

„Meinetwegen." Liz seufzte und setzte Haddy wieder in
Bewegung. Die Braune spielte mit den Ohren und machte Anstalten, antraben zu wollen, aber Liz hielt sie eisern
im Schritt.

Ich sah entschuldigend zu Ole. Der lächelte mich allerdings nur an, als würde er eine Ahnung haben, warum ich
diesen Umweg machen wollte.

Kapitel 10

Ich höre es. Das Geräusch. Wieder und wieder. Erde rieseln. Noch ein Spatenstich. Das Schrappen einer Plane über Kiesel und Erde. Mir gefror das Blut in den Adern. Ich wollte aufstehen und rennen. Einfach nur rennen! Irgendwo in dieses Schwarz. Hauptsache weg. Aber ich konnte mich nicht bewegen. Etwas hielt mich fest und drückte mich auf den feuchten, kalten Boden. Alles drehte sich. Ich bekam keine Luft mehr. Wieder dieses Geräusch. Schwere Erde, die auf etwas geworfen wird. Das Gewicht auf mir wird immer schwerer. Es wird immer dunkler.

Nach Luft schnappend, wachte ich. Mein Herz raste und vor meinem Fenster tobte der Wind durch die schwarze Nacht. Kein Stern blitze am Himmel auf, der Mond war von Wolken verhangen.

Ich zog die Bettdecke enger um mich, krallte meine Finger in ihren Saum und versuchte mich, daran zu erinnern, dass es nur ein Traum war. Alles war gut. Alles war normal in diesem Zimmer, in diesem Haus. Mir konnte nichts passieren. Der Tag war doch so gut gewesen! Das war nicht fair! Nach dem Ausritt hatte ich etwas mit Liz an den Weiden gesessen und durch den Umweg über die Schonung hatte ich alle Triggerpunkte vermieden.

Der Wind peitschte an mein Fenster. Augenblicklich fuhr ich zusammen und es war, als würde wieder alle Luft aus meinem Brustkorb gedrückt werden. Scheiße! Alles drehte sich. Die Wände kamen in einem düsteren Grau langsam näher. Verzweifelt schloss ich die Augen und hielt mir die Ohren zu.

Das musste aufhören! Ich zitterte am ganzen Körper, rollte mich immer tiefer unter der Bettdecke zusammen, als wäre sie mein Schutzschild.

Mir konnte nichts passieren. Ich war hier sicher.

Ich versuchte mich, auf meine Atmung zu konzentrieren und langsam bis zehn zu zählen. Ein. Aus. Eins. Ein. Aus. Zwei.

Draußen krachte es.

Was, wenn sie es waren und sich rächen wollten? Wenn sie zu Ende bringen wollten, was sie nicht geschafft hatten?

In meinem Kopf streiften die Hubers um unser Haus und versuchten einen Weg hineinzufinden. Spaten und Flinte dabei. Ich sah quasi vor mir, wie Britta Huber ihre Finger um die Klinke der Terrassentür schloss und dran rüttelte. Ein Schauer lief mir über den Rücken.

Das Blut rauschte in meinen Ohren. Instinktiv rollte ich mich enger zusammen, schützte meinen Kopf mit den Armen und wimmerte auf. Diese Bilder … Sie gingen einfach nicht.

Sie würden nicht da sein. Sie saßen im Gefängnis. Für die nächsten dreißig Jahre würden sie da nicht mehr rauskommen. Ich würde, diesen Menschen nie wieder gegenüber treten müssen. Ich musste jetzt rational denken.

Draußen wurde es ruhiger. Der Wind legte sich und wurde zu einem leisen Pfeifen. Wenn ich mich konzentrierte, konnte ich sogar das Meer in weiter Ferne leise rauschen hören. Die Wellen schlugen bestimmt krachend gegen den Deich. Das kleine Wäldchen bog sich gerade im Wind und die Pferde waren in ihren Boxen garantiert unruhig geworden.

Hannah würde aufstehen, in ihrem schrecklichen hellblauen Bademantel und mit der Taschenlampe in der Hand vom Haus über den Hof laufen, um einmal nach allen zu sehen. Sie würde am Offenstall anfangen und dann weiter zu den Pferden mit den Paddockboxen gehen. Zum Schluss würde sie noch nach den Schulpferden sehen. Ich versuchte, mir Hannahs Bademantel im Detail vorzustellen. Das verwaschene Frottee, der Gürtel, den sie im Rücken zusammengebunden hatte und wie ihre blonden Haare in einem unordentlichen Pferdeschwanz über den Stoff strichen.

Ich konnte wieder frei atmen. Die Strategie hatte funktioniert!

Vorsichtig wagte ich es, eine Hand unter der Bettdecke hervorzustrecken und nach der Kordel meiner Nachttischlampe zu tasten.

Als warmes Licht den Raum erleuchtete, traute ich mich endlich wieder unter der Decke hervor. Alles sah aus wie immer. Mein Herzschlag beruhigte sich schlagartig. Ich hatte mich nur wieder zu tief hineingesteigert.

Mit einem Blick auf mein Handy sah ich, dass es gerade mal eins war. Ich sollte wieder schlafen, aber konnte ich das? Sollte nicht lieber Mama oder Papa wecken?

Der Traum würde wieder kommen. Das wusste ich inzwischen. Es war jedes Mal dasselbe. Vor vier Tagen hatte ich Mama geweckt. Sie war bei mir geblieben, bis ich eingeschlafen war. Dabei hatte sie so müde ausgesehen und hatte früh losgemusst zu einem Gespräch mit einem Autor, für den sie ein Buch illustrierte.

Papa hatte morgen wichtige Termine und ging selbst auf dem Zahnfleisch, seit … eben seit … Ich wollte Mama nicht wieder wecken. Ich war zu alt, um jede Nacht an ihre

Tür zu klopfen.

Ich ließ mich in die Kissen sinken und blickte zur Decke.

In der Therapie wurde mir gesagt, das wäre normal und mein Kopf würde nur versuchen zu verarbeiten. Wann war er damit denn endlich einmal fertig? Wann durfte ich endlich wieder richtig schlafen?

Die Frau Doktor Hoffman hatte mich zum Hausarzt verweisen wollen, um ein Schlafmittel zu bekommen, aber Mama hatte sich quer gestellt. Es würde sich einrenken und ich wäre zu jung um schon solche Medikamente zunehmen.

Ich musste mich ablenken. Kurzerhand griff ich nach meinem Handy und öffnete Instagram. Liz hatte ein neues Foto von Haddy gepostet. Ole hatte ein paar alte Turnierfotos in seine Story gestellt. Barbies Story zeigte sie beim Reiten in der Halle mit einem komplett nassgeschwitzten Pferd und danach beim Wimpernlifting.

Und dann war da ein Foto, an dem ich zu lange hängen blieb. Länger als ich wollte.

Es war ein typisches Foto von Lukas. Mühelos, aber trotzdem, sodass man nicht wegsehen konnte. Viel zu aalglatt, um von dieser Welt zu sein. Der Gesichtsausdruck war ernst. Das Licht hob seine Wangenknochen vorteilhaft hervor und die grünen Augen funkelten schon wieder absolut undefinierbar in die Kamera. Ich bekam eine Gänsehaut, je länger ich in seine Augen sah.

»Still standing.« Zwei Worte. Mehr nicht. Die einzige Bildunterschrift, die er brauchte, um in mir wieder dieses tiefe Bedürfnis auszulösen mit ihm zu reden. Ihm noch einmal nah zu sein, in der Hoffnung, das würde die Wunden zumindest etwas lindern.

Mit zittrigen Fingern öffnete ich unseren Chat.

Wie von selbst tippten sie auf die Tastatur ein. »Rede mit mir. Ich brauche dich.«

Mein Handybildschirm verschwamm vor meinen Augen.

Alleine die Vorstellung wieder mit ihm zu reden schmerzte tief in mir und riss die Wunde nur noch tiefer auf. Es würde nicht passieren. In meinen Gedanken lag ich wieder in seinen Armen. Er roch nach Nachtluft und einfach Lukas. Ich dachte an diesen einen Kuss am Strand, der so nichts bedeutend gewesen war, aber den ich trotzdem nicht bereute. Daran, wie seine Lippen sich angefühlt hatten.

Verdammt! Sollte ich das wirklich tun? Ich löste den Blick vom Bildschirm, starrte auf meine zitternden Finger. Was, wenn er mich wieder nur ignorierte? Oder noch schlimmer, wenn er mir zurückschrieb. Freundlich wäre die Antwort jedenfalls nicht!

Ich sackte wieder in mir zusammen und schickte die Nachricht ab, ehe mir die Tränen kamen. Wie konnte man eine andere Person so vermissen, obwohl sie noch lebte?

Es war ein Fehler. Diese Nachricht war ein Fehler, oder? Ich brauchte ihn doch nicht wirklich?

Mein Herz fühlte sich schwer an und ich sank ganz allmählich wieder in einen unruhigen, zumindest traumlosen Schlaf.

Kapitel 11

Wieder trommelte Regen an die Fensterscheiben und vermischte sich mit dem Ticken der Standuhr.

Frau Hoffmann drehte ihren Stift zwischen den Fingern. »Du hattest also wieder einen Albtraum.«

Ich nickte. Die Ringe unter meinen Augen sprachen Bände. Das konnte ich einfach nicht verleugnen. »Es war nicht schlimm. Ich konnte danach auch schnell wieder einschlafen.«

Sie hob eine Augenbraue und musterte mich prüfend. »Wovon hast du geträumt?«

»Das übliche.«

»Was ist denn das übliche?«

Ich presste die Lippen aufeinander. Ich wollte nicht dahin zurück. Jeder Gedanke an diese Nacht ließ sie mich wieder spüren. Diese Erinnerungen gehörten ganz tief in einem schwarzen und tiefen Loch vergraben!

Frau Hoffmann machte eine Notiz. »Hast du dein Ziel umgesetzt?«

Ich nickte.

»Und?«

»Es war normal. Als wäre nie etwas gewesen.« Zumindest, wenn man nur das Reiten am Strand in Betracht zog. Von allem anderen drumherum wollte ich lieber nicht anfangen.

Wieder flitzte der Kuli meiner Therapeutin über das

Blattpapier vor sich. »Ok. Und sonst? Wie ist es zu Hause? Hast du dich sonst noch mit Freunden getroffen?«

»Es ist alles gut.« Ich dachte daran, dass Liz mich brauchte und ich hier saß und nur hoffen konnte, dass all meine Aussagen reichten, damit diese Frau mir meine Schulerlaubnis gab! »Ich treffe mich hier nach mit den Anderen.«

»Fühlst du dich denn dazu in der Lage? Manche Patienten brauchen nach der Therapiesitzung Ruhe und Zeit zum Verarbeiten. Lass es lieber langsam angehen. Wir wollen dem Trauma keine Möglichkeit geben sich zu festigen, oder?« Schon wieder sah sie mich prüfend an. Sie tat immer so, als würde sie mir nichts zutrauen. Eigentlich sollte mich das rasend machen. Sie saß da, stellte ach so kluge Fragen und hatte keine Ahnung, was ich da eigentlich durchmachte. Ich musste versuchen, mit den Dingen zu leben. Ich musste weitermachen – nicht sie. Was brachten ihre Fragen da schon?

Ich lehnte mich auf dem Sofa zurück. »Es ist alles in Ordnung. Ich bin an keinem Punkt allein und weiß gerade nicht, wo hier das Problem sein soll.«

»Das Problem ist, dass wenn du dir keine Zeit gibst, nichts heilen kann. Du willst doch zurück in die Schule, oder?« Ihre Stimme war schärfer geworden und sie ließ den Kuli sinken.

Mein Blick glitt wieder zum Fenster. »Ich fühl mich wieder bereit. Der Ausritt lief gut und ich weiß nicht, was dagegen spricht, wie alle anderen am Montag in die Schule zurückzukehren.«

»Es spricht aus meiner Sicht eine Menge dagegen. Du bist in der Verarbeitung und ein Podcast mit deinem Fall wird gerade in ganz Deutschland hochgehalten. Marie, es wäre nicht förderlich, wenn man dich darauf anspricht. Du weichst mir hier in der Therapie, in einem geschützten Raum, nur aus. Wie soll das dann erst in der Schule sein, wenn Klassenkameraden dich ansprechen?«

Ich malte angestrengt die Faserung des weißen Stoffes,

des Sofas nach. Mein Herz schlug allein bei dem Gedanken viel zu schnell und ich hatte das Gefühl, mich mehr auf meine Atmung konzentrieren zu müssen als sonst.

Frau Hoffmann räusperte sich und strich sich eine hellbraune Haarsträhne aus dem Gesicht.

»Hast du noch Kontakt zu dem Jungen, der damals dabei war? Ihr wart doch gute Freunde?«

Klar, dass sie das Thema irgendwann noch einmal ansprechen musste. Ich zog die Schultern hoch und sank tiefer in das Sofa. Das war der Punkt, an dem ich ihr eigentlich gestehen müsste, dass ich ihm seit Wochen verzweifelte Nachrichten schrieb. »Wir sehen uns ab und an im Stall.«

»Redet ihr dann auch?«

»Manchmal.« Wir hatten seit dieser Nacht kein Wort mehr miteinander gesprochen. Er wich mir schließlich in einer Tour aus. Meine Anwesenheit reichte schon, dass er die Flucht ergriff.

Sie notierte sich etwas. »Worüber redet ihr meistens?«

»Die Pferde.«

»Worum ging es in eurem letzten Gespräch genau?«

Ich holte tief Luft und in meinem Kopf ratterte es. »Sein neues Pferd aus England kommt bald hier an und wir haben darüber geredet, wie lange er es stehen lassen will, bevor er anfängt es zu arbeiten.«

»Mhm. Und was hat er vor?«

»Er weiß es noch nicht. Er will sehen, wie das Pferd sich entwickelt.« Das klang zumindest nach Lukas. Ich würde sogar meine Hand dafür ins Feuer legen, dass er genau das antworten würde. »Er wollte allerdings nicht mit uns ausreiten kommen, als Liz ihn gefragt hat.« Hoffentlich schluckte sie die Ablenkung.

»Wie ist es gerade mit Liz? Ihr habt euch Wochen lang nicht gesehen, oder?«

»Ja. Am Anfang war sie komisch, aber das hat sich gelegt. Ich hatte das Gefühl, sie musste erst testen, was ok ist.«

Frau Hoffmann lächelte. »Das ist normal. Ein Trauma verändert Menschen unweigerlich auf so vielen erdenklichen Ebenen. Es kann jemanden, dem man nah stand, plötzlich zu einem Unbekannten machen.«

Tief holte ich Luft. Ich konnte mir nicht vorstellen, dass ich für Liz eine Unbekannte geworden war. Ich fühlte mich anders, ja, das gab ich gerne zu, aber im Kern war ich noch das Mädchen von vor dem Sommer. Es hatte mich wohl kaum für immer verändert! Ich würde wieder werden wie früher, alles würde wieder werden wie früher.

Sie sah auf die Uhr. Das untrügliche Zeichen, dass es bald vorbei war. »Ok. Wir haben nur noch fünf Minuten.« Sie seufzte, rückte ihre Brille zurecht und musterte mich. »Ich würde das nächste Mal gerne tiefer über die Rolle von Lukas an dem Abend reden. Er scheint eine Schlüsselrolle zu haben. Wir müssen Fortschritte machen.«

Mussten wir das? Mental war ich schon in Ellies Café und saß mit Charly, Emma, Bea und Liz am Tisch am Fenster. Wir fraßen uns hier nur weiter in Kleinigkeiten fest.

Kapitel 12

Liz stand, die Hände tief in den Taschen ihrer Jeans vergraben, vor dem Café und grinste mir breit entgegen. "Na? Auch mal da?"

Ich rollte mit den Augen. Ich war vielleicht zehn Minuten zu spät.

Mama legte mir eine Hand auf den Rücken. »Viel Spaß. Ich bin noch eben im Künstlerbedarf am Hafen, wenn etwas ist. Ansonsten, sei bitte spätestens um sechs zu Hause.«

»Danke. Ich melde mich, falls etwas sein sollte.«

»Ok.« Mama nickte Liz zu und lief dann an uns vorbei, die Straße Richtung alten Hafen weiter runter.

»Ich war schon drin.« Liz lächelte. »Ellie hat uns den Tisch am Fenster freigehalten.«

»Wie lieb von ihr.« Ich klang viel zu lahm, obwohl es mich eigentlich freute, dass Ellie extra dafür gesorgt hatte, dass wir den schönsten Tisch im ganzen Café für uns hatten.

»Und sonst alles ok? Ich weiß, nach Therapie und so fragt man nicht. Ich will nur wissen, ob es dir damit besser geht. Mehr musst du mir darüber wirklich nicht erzählen.«

»Alles so weit ok.« Auch wenn ich mich ausgezehrt fühlte.

Liz hielt mir galant die schwere Glastür mit den verschnörkelten Griffen auf. Sofort wehte mir der Geruch nach Kaffee entgegen, untermalt von dem süßen Duft der vielen

Kuchen und Kekse in der Auslage zu unserer Rechten.

Ellie stand hinter dem Tresen und wischte sich gerade die Hände an einem fliederfarbenen Geschirrtuch ab. Sofort hellte sich ihre Miene auf, als sie mich sah. »Hallo Marie.«

»Hallo.« Ich konnte es nicht verhindern und musterte nervös die anderen Gäste. Kannte mich jemand von ihnen? Starrte mich jemand an? »Wie geht es dir?« Ich hatte Ellie zuletzt auf der Beerdigung gesehen, und da war sie nur ein Schatten ihrer selbst gewesen.

Sie lächelte matt. »Ach, geht schon. Die Gewissheit tut gut, falls du weißt, was ich meine.«

Ich nickte und wandte mich endlich den Kuchen in der Auslage zu.

Liz wies auf einen Stapel Brownies. »Die sehen wirklich total gut aus, Ellie! Seit wann hast du die denn auf der Karte?«

»Seit gestern. Mir war nach etwas Neuem. Ansonsten sind auch die Lemonbars daneben neu.« Sie zwinkerte uns zu. »Aber die Brownies würde ich euch besonders empfehlen. Mit Vanilleeis und einer kalten Erdbeerlimo.«

Liz drehte sich zu mir. »Klingt doch verlockend, oder?«

Wieder nickte ich nur. In meinem Nacken stellten sich alle Haare auf, als jemand hinter uns trat. Sofort machte sich wieder eine Unruhe in mir breit, die mir den Magen umdrehte.

Ellie hob beide Augenbrauen und griff über den Tresen sanft nach meiner Schulter. »Setzt euch hin. Ich bringe das gleich rüber. Wenn du magst, können wir reden.« Sie senkte die Stimme. »Glaub mir, ich verstehe das!«

Angespannt nickte ich. »Das wäre … nett?« Das erste Mal mit jemandem reden, der zumindest ansatzweise verstand, was ich da durchmachte und nicht so tat, als wäre alles gut und normal … das klang zu gut!

»Ok.« Ellie lächelte so herzlich, dass mir ganz warm ums Herz wurde. »Ich setzte mich gleich dazu, wenn das für dich ok ist. Sahra ist in der Küche und übernimmt hier vorne bestimmt gerne.«

Wenig später saßen Liz und ich am großen Tisch am Fenster. Lavendelzweige standen in der Tischmitte und verströmten ihren Duft nach Sommer und Provence. Während Liz den Gastraum im Auge behielt, betrachtete ich das Leben vor dem Fenster.

Touristen liefen über den kleinen Platz vor dem Café. Die einzige Kirche Kleinblommens, in der wir irgendwie nur Weihnachten und auch nur anstandshalber waren, warf lange Schatten auf das Kopfsteinpflaster und einige Kinder kühlten ihre Füße im kleinen Brunnen in der Platzmitte.

Sie lebten alle ihre Leben und ich beneidete sie um jedes befreite Lachen, um jedes ehrliche Lächeln. Ich fühlte mich bestohlen. Als hätten die Hubers mir genau das genommen, alle Freude, allen Glanz. Ein Knoten bildete sich in meinem Hals. War es wirklich so schlau, herzukommen? Hatte Frau Hoffmann nicht vielleicht doch recht?

Ich zuckte zusammen, als Ellie ein Glas ihrer göttlichen Erdbeerelimonade neben mir abstellte, dicht gefolgt von einem Teller mit einem Brownie, auf dem eine große Kugel Vanilleeis in der Sonne schmolz.

Sie rückte sich den Stuhl neben mir zurecht. »Was macht das Reiten?«, wandte sie sich jedoch erst an Liz.

»Ach, alles wie immer. Marie und ich dürfen bei Stefanie Jacobsen reiten, wusstest du das?«

Ellie nickte und musste über Liz unverhohlene Begeisterung schmunzeln. »Ja, das hat Jakob die Tage erwähnt. Er hat Steffi neulich wohl am Stall getroffen. Sie muss ja sehr angetan von eurer Truppe sein.«

»Hat sie das gesagt?« Liz lehnte sich mit glitzernden Augen in Ellie Richtung und kippte dabei fast vom Stuhl.

Ellie lachte auf. »Ein Lob von Steffi ist schon was wert.

Sie hat damit zumindest nie um sich geschmissen.«

Liz konnte man ansehen, dass sie am liebsten vor Freude ausgeflippt wäre, aber sich gerade noch so zusammenriss. An einem anderen Tag hätte ich bestimmt gelacht.

»Wie geht es dir denn damit? Fühlst du dich denn schon bereit, wieder Turnier zu reiten?«, sprach Ellie den Gedanken aus, den ich bisher vermieden hatte.

Ich schluckte und blinzelte in den, verglichen mit dem inzwischen wieder strahlenden Sonnenschein draußen vor der Cafétür, dunklen Gastraum. »Keine Ahnung.« Der Knoten in meinem Bauch zog sich nur noch enger zusammen. »Ich will nur wieder normal sein!«, flüsterte ich erstickt in Ellies Richtung.

»Oh Gott, ja!« Ellie seufzte und stützte die Unterarme auf die Tischplatte. »Das fühle ich. Aber was ist schon normal? Darfst du denn in die Schule?«

Ich schüttelte den Kopf. »Ich habe also nicht mal sowas wie einen Alltag bis auf Weiteres. Ich stehe auf, gehe irgendwann in den Stall und dann war's das. »

»Mhm …«, machte Ellie mitfühlend und strich sich eine dunkle Haarsträhne aus dem Gesicht. Angestrengt zog sie die Augenbrauen zusammen, dann hellte sich ihr Gesicht plötzlich wieder auf und sie grinste breit. »Ich habe vielleicht eine Idee. Also ein bisschen ins Blaue und du musst erst mit deinen Eltern sprechen, aber vielleicht könnte es dir helfen, hier einmal die Woche, vielleicht auch zweimal, falls du das schaffst, auszuhelfen. Es hat nichts mit dem zu tun, was im Sommer passiert ist. Hier kennt dich niemand und ich bin immer hier. Vielleicht einfach nur als Anstoß, dass du zumindest etwas ins Leben kommst.«

Liz fiel ihre Gabel aus der Hand. »Sicher, dass das eine gute Idee ist? Ich meine, Leute aus der Schule können auch herkommen.«

»Hier kommen meist nur Touris her und ein paar Leute aus einem der Büros ein paar Straßen weiter.« Ellie sah mich fragend an. »Was sagst du denn dazu?«

Fragend horchte ich in mich hinein. Aber da war nur das Wort Alltag, das in mir wieder hallte. »Klingt ok. Ich weiß aber nicht, ob Mama und Papa das mitmachen.«

»Ich rede mal mit ihnen.« Ellie knuffte mich lächelnd in die Seite und blinzelte mich dabei wieder so lieb an, dass ich mir sicher war, dass hier zu arbeiten eine gute Idee sein könnte. »So, gibt es neuen Gossip?«, wandte sich Ellie da schon wieder an Liz.

»Nicht wirklich, aber …« Liz redete und redete. Wie immer. Als sei nichts gewesen, aber da war auch dieses Zögern, dieses Unsichere, wann immer ihr Blick mich streifte. Ich vespannte mich. Frustrierte es sie? War sie genervt, dass mir nicht helfen konnte, dass nicht mehr wie früher war? Hatte Frau Hoffmann recht und ich war eine Unbekannte für sie geworden? Mir wurde schlecht und ich hatte plötzlich immer weniger Lust auf den eigentlich echt leckeren Brownie vor mir.

Neben Liz landete in einem Bogen eine Sporttasche, gefolgt von einer verschwitzt aussehenden Charly.

»Ah, du und der kleine Sjögren also?« Ellie hob gerade grinsend eine Augenbraue und Liz lief, wie immer, wenn es um Ole ging, knallrot an.

»In ihren Träumen vielleicht«, warf Charly grinsend ein.

Liz schob die Unterlippe vor. »Ich schwöre dir, bei der letzten Party hätte was gehen können, aber Lukas musste ja besoffen dazwischen funken.«

»Red dir das nur ein …« Charly seufzte und wandte sich an Ellie. »Ich habe vorne schon bestellt.«

Aber Ellie hörte ihr gar nicht zu. »Lukas Stüwe?«, fragte sie.

Liz und Charly nickten synchron.

»Anstrengender Typ«, seufzte Charly und fuhr sich durch ihre Locken. »Wenn auch echt hübsch … leider.«

»Lena ist ja auch nicht einfach. Aber dass der so trinkt

…« Ellie schüttelte den Kopf und knuffte mich noch einmal aufmunternd gegen die Schulter. »Ich lasse euch Mädels mal allein. Ich drücke dir die Daumen mit deinem Architektensohn.« Sie zwinkerte Liz im Aufstehen zu.

Augenblicklich wurde Liz wieder rot und murmelte, »Ihr erzähle ich noch mal was!«

Kaum dass Ellie weg war, lehnte sich Charly in die Tischmitte. »Habt ihr mitbekommen? Bea hatte was mit Nico.« Sie biss sich grinsend auf die Unterlippe und hob vielsagend die Augenbrauen.

»Nein! Ist das jetzt offiziell?« Liz klappte die Kinnlade herunter. »Und weißt du mehr?«

Mich hätte das wohl auch überraschen sollen, aber eigentlich machte mir die Geschichte nur klar, wie viel ich in den letzten Wochen verpasst hatte. Sie hinterließ einen bitteren Nachgeschmack.

»Zwei Nerds, passt doch.« Charly schnappte sich Liz Gabel und stach sich etwas von ihrem Brownie ab.

»Charly! Aber das hat sich ja schon so ein bisschen abgezeichnet letzte Woche.« Liz klaute ihre Gable wieder zurück. »Iss nicht meinen ganzen Brownie! Bestell dir selber einen.«

Endlich sah Charly mal zu mir. »Du siehst, aber echt mitgenommen aus!«

»Oh, was ein Wunder, Charly! Manchmal frage ich mich echt, wo du deine social skills gelernt hast!«, fing sie sich prompt eine von Liz.

Charly wurde rot und sah weg. »Sorry.«

Kapitel 13

Meine Eltern hatten Ellies Vorschlag hitzig diskutiert. Nur um zum Schluss zu kommen, dass sie das erst einmal mit Frau Hoffmann besprechen würden. Ich hatte am Abend an Papas Bürotür Mäuschen gespielt.

In den nächsten Tagen sah ich niemanden von meinen Freunden. Liz war mit Nachhilfe ausgelastet und kam nur, um Haddy etwas dressurmäßig zu reiten oder zu longieren.

Am Montagmorgen saß ich an meinem Schreibtisch. Ich wollte nicht heruntergehen und sehen, wie alle anderen Kinder und Jugendlichen, die in dieser Straße lebten, zur Schule fuhren. Sie erinnerten mich nur an all das, was ich verpassen würde.

Nie hätte ich gedacht, dass das Thema mich mal so mitnehmen würde. Vor wenigen Wochen hätte ich mich über etwas mehr Schulfrei gefreut, aber da war mir hier nicht die Decke auf den Kopf gefallen.

Unter meinem Fenster wurden die Pferde auf die Weide gestellt. Viva und Haddy trabten einträchtig nebeneinander auf unseren Gartenzaun zu, als würden sie darauf spekulieren, dass Mama raussah und ihnen einen Apfel zustecken würde.

Vielleicht sollte ich einfach früher in den Stall gehen und in der morgendlichen Ruhe mit Mama und Viva etwas Bodenarbeit machen oder Spazierengehen. Vielleicht auch mit Papa.

Es klopfte.

»Ja!«, rief ich genervt. Wahrscheinlich wollte Mama nur nachgucken, ob ich wach war, und mich daran erinnern, dass ich heute Nachmittag alle LK Aufgaben, die heute schon reinkamen, nacharbeiten musste.

Mama lugte zur Tür herein. »Willst du nicht frühstücken kommen?«

Ich schüttelte den Kopf. »Später.« Wenn alle weg waren und mich nicht unnötig daran erinnerten, dass ich anders war.

»Die Schulleitung hat angerufen. Sie wollen die Aufgaben gesammelt für die ganze Woche morgen schicken, zusammen mit deinem Stundenplan.«

»Was heißt das jetzt?«

»Dass du heute wohl noch frei hast.« Mama lächelte und trat ins Zimmer. »Steffi hat mich gestern ebenfalls angesprochen und wollte wissen, ob du Freitag schon das erste Training mitreitest.«

Ich schluckte. So wie sie klang, hatte sie nein gesagt. Ich war doch kein Vogel in einem Käfig! Sofort musste ich gegen die Tränen ankämpfen, die sich unbarmherzig ihren Weg bahnten und mir die Kehle zuschnürten.

»Ich habe ihr gesagt, dass du meinetwegen mitreiten darfst, sie allerdings etwas auf dich aufpassen soll.« Sie presste die Lippen aufeinander. »Marie, ich habe dabei kein gutes Gefühl. Ich bin da ehrlich mit dir.«

»Liegt es an Papa?«

Sie schüttelte den Kopf und sah aus dem Fenster. »Nein. Nein, mach dir da mal keine Sorgen. Er hat sich wieder beruhigt.« Die Art, wie sie auf ihrer Unterlippe herumkaute, sprach eine andere Sprache. »Er macht sich nur Sorgen und … Na ja … kommst du frühstücken?«

»Kommst du gleich mit zu Viva?«

Sie schüttelte den Kopf. »Ich muss arbeiten. Die Illustrationen müssen fertig werden und ich habe noch einiges vor mir. Du findest schon etwas, was du machen kannst. Sonst setz dich doch zur Abwechslung mal mit einem Buch in die Hängematte. Am Nachmittag habe ich Zeit.«

»Aber ich kann doch allein rübergehen. Es sind doch nur fünfhundert Meter.«

»Marie.« Ihre Stimme wurde weich.

»Was? Ich bin schon mit sechs allein rüber. Mama, was soll am Club passieren?«

»Was ist, wenn du wieder eine … Episode hast?« Sie dachte an unseren Ausritt. »Es reicht doch ein kleiner Funke. Eine kleine Erinnerung und alles kommt hoch. Ich will nicht, dass du dann allein bist.«

»Kann Papa nicht mitkommen?«

»Musst du ihn selbst fragen. Ich glaube, er will joggen gehen.«

»Schon wieder?«

Sie zuckte mit den Schultern. »Wenn es ihm hilft. Aber los jetzt! Frühstück steht unten auf dem Tisch und wird nicht besser, je länger es auf dich warten muss.«

Widerwillig erhob ich mich.

»Sag mal, weißt du was zu Lukas? Lena hatte mich gestern darauf angesprochen, ob er wenigstens mit dir reden würde.«

Ich hielt in der Bewegung inne und schüttelte den Kopf. Ein schwerer Stein legte ich auf meinen Brustkorb. Er ignorierte mich. Er floh vor mir. Trotzdem war er wie ein Schatten, der über mir hing und mich im Griff behielt. Ich wollte ihn nicht brauchen und dennoch fühlte es sich so an. Mit jedem Tag mehr.

Schmerzlich schossen mir die Bilder von der Stallgasse vor wenigen Tagen durch den Kopf. Die Art, wie er mich angesehen hatte.

Mama ließ nur ein leises, »Hmh«, hören und hielt mir dann meine Zimmertür auf.

»Der wird sich auch wieder fangen.«

Lukas fing sich nicht. Er war jemand, der einfach weitermachen konnte, bis es ihn brach. Er konnte die Leute blenden. Wahrscheinlich tat er genau das jeden Tag. Niemand würde je die gesamte Wahrheit kennen.

Papa saß am Frühstückstisch und blätterte durch die Zeitung. Sein Teller war leer und der Kaffee schon zur Hälfte ausgetrunken. »Morgen«, nuschelte er, ohne den Blick zu heben.

Direkt auf der ersten Seite prangte ein großes Bild des Reitvereins. Ein Schauer lief mir über den Rücken und ich bemühte mich, nicht genauer hinzusehen. Es war vorbei.

»Papa?«

Er lugte über den Zeitungsrand. Untern den Augen hatte er schon wieder so tiefe Ringe, dass ich mir sicher war, dass er wenig geschlafen hatte. Von einem Albtraum war ich zwar verschont geblieben, aber ruhig war der Schlaf trotzdem nicht gewesen.

»Kommst du gleich mit zum Stall?«

Er atmete tief ein und senkte den Blick wieder auf das Papier zwischen seinen Fingern. »Lou, willst du nicht mit?«

»Ich kann nicht. Ich muss arbeiten. Außerdem hättest du nicht viel zu viel Angst, dass ich sie nicht einfach wieder stehen lasse?« Mit Schwung stelle sie die halbvolle Kaffeekanne auf den Tisch. Etwas schwappte über.

Papa versuchte seine Reaktion auf ihren bissigen Kommentar hinter der Zeitung zu verbergen, aber es gelang ihm eher schlecht als recht.

»Sag es doch einfach! Dann haben wir es hinter uns!« Wie um ihre Wut zu unterstreichen, blieb Mama stehen und lehnte sich vorwurfsvoll an die Küchentheke, ohne ihn aus den Augen zu lassen. »Sag es Till! Du hältst mich für verantwortungslos. Eine schlechte Mutter. Dabei musst du dir genauso an die Nase fassen!«

»Könnt ihr nicht …?«

Papa ließ die Zeitung sinken. Seine Miene war wie versteinert. »Im Gegensatz zu dir, Lou, habe ich sie nicht einfach stehen lassen. Es hätte, wer weiß, was passieren können!«

»Es ist aber nichts passiert und wir reden hier davon, dass ich sie im Stall gelassen habe. Im Stall, Till! Dort ist immer jemand. Es gibt mehr als genug Überwachungskameras und Hannah wusste Bescheid.«

»Hannah? Ja? Die immer nur auf ihr Handy starrt und man sich fragen muss, wie sie überhaupt etwas von ihrer Umwelt mitbekommt!«

»Darf ich auch mal was sagen?« Sie sollten nicht streiten. Es brachte doch nichts! Es machte nichts ungeschehen. Wut glomm heiß in mir auf. Dieser unsichtbare Keil, der sich immer weiter zwischen sie schob, musste zerstört werden! »Hört auf damit! Ich habe Mama gesagt, dass sie gehen kann. Ich habe entschieden!«

Papas Blick zuckte zu mir. Er rümpfte die Nase und verengte leicht die Augen. Aussprechen musste er nicht, dass ich nichts zu entscheiden hatte, nicht nachdem ich so dumm gewesen war und in diesen Stall gerannt war, anstatt vernünftig zu handeln und die Polizei zu rufen.

»Till, du kannst sie nicht in Watte packen. Irgendwann wird sie wieder zur Schule gehen, allein zu Freunden fahren, zur Uni gehen.« Mama klang schon um einiges versöhnlicher. »Das gerade ist keine einfache Zeit. Für uns alle. Aber es wird besser. Du musst es nur zulassen.«

»Pack deine Kalendersprüche ein!« Papa schob geräuschvoll seinen Stuhl zurück und erhob sich. Wortlos lief er an mir vorbei und in den Flur. Mit einem lauten Knallen schloss sich nur Sekunden später seine Bürotür hinter ihm.

Mama holte tief Luft. Ihre Unterlippe zitterte und sie sah weg. „Das wird wieder!" Auch ihre Stimme zitterte und sie klang eher, als würde sie sich selbst davon überzeugen müssen. „Er beruhigt sich, geht brav zur Therapie und bald ist alles wieder in Ordnung."

„Glaubst du?", fragte ich tonlos und ließ sie nicht aus den Augen. Egal wie stark sie auch tat, jetzt bröckelte die Fassade ordentlich. Seit am Reitverein gegraben worden war, hatte sie alles in die Hand genommen, sich um alles gekümmert, während Papa und ich lediglich auf Autopilot funktioniert hatten. Sie hatte alles mit der Schule geklärt, für Papa über einige Kontakte eine Therapeutin organisiert, die ihn spontan noch aufnahm. Ohne sie sähe das alles viel schlimmer aus. Jetzt hatte ich nur das Gefühl, sie hatte sich selbst vergessen.

Sie lächelte. Es reichte gerade mal bis zum äußeren Augenwinkel. Die tiefe Falte auf ihrer Stirn war wie eingemeißelt. „Ja. Ganz sicher. Du, ich glaube, ich kann auch heute Mittag und heute Abend arbeiten. Ich frage gleich mal Hannah, ob sie mir Doni ausleiht, und wir nutzen den Vormittag für einen Ausritt. Wie klingt das?"

Viel zu spontan für sie.

„Können wir machen. Liz will heute Nachmittag eh nur longieren. Sie hat Nachhilfe. Wenn ihre Noten nach den Herbstferien nicht besser sind, wollen ihre Eltern Haddy verkaufen."

Sofort sackten Mamas Mundwinkel wieder nach unten. „Oh nein! Warum hat sie denn nichts gesagt?"

„Du kennst sie doch. Ich habe ihr schon angeboten zu helfen, aber in Mathe bin ich ja selber nicht so eine Leuchte."

„Geht es nur um Mathe?"

Ich nickte.

„Da findet sich doch jemand. Hat sie mal die Jungs vom Schloss gefragt? Die sind doch einen Jahrgang über euch."

„Sie hat vor ein paar Tagen mal Ole angesprochen, also nicht wirklich direkt darauf, aber …" Ich zuckte mit den Schultern. Ansonsten blieb nur Lukas und nach einigen

6

seiner Kommentare im Sommer würde das in Mord enden.

„Ole, das ist der … äh … von den Architekten, oder?"

Ich nickte. „Der ist ganz gut mit Lukas befreundet."

„Ja sagte Lena. Aber auch mit ihm
muss er nicht wirklich reden."

Wenn er nicht mit Ole redete, dann würde er auch nicht mit mir reden. Da war ich mir zu einhundert Prozent sicher. „Lukas wird nicht mit mir reden. Da müsst ihr mich gar nicht fragen." Der betrank sich lieber jedes Wochenende bis an den Rand seines Bewusstseins.

„Wir … ach egal." Mama stieß sich von der Theke ab und zog ihren Stuhl zurück. „Ich muss dir später unbedingt meine Zeichnungen zeigen. Du wirst sie lieben!"

„Mama, ich bin keine sechs mehr und freue mich über Ausmalbilder!"

„Hör mal. Das sind keine Ausmalbilder. Das sind echte Illustrationen für T-Shirts, Tassen, Taschen und eben ein Kinderbuch." Gespielt beleidigt verschränkte sie die Arme vor der Brust. „Und manchmal wünschte ich mir, wir könnten die Zeit nur ein paar Jährchen zurückdrehen. Du warst so süß und jetzt … jetzt machst du bald Abi und dann ziehst du aus … wie schnell das alles doch plötzlich geht!"

8

Kapitel 14

Viva stand am Gatter und blinzelte mir fast schon empört entgegen, als ich mit dem Halfter in der Hand auf sie zukam. Ihre Fliegendecke war etwas verrutscht und hing reichlich schief auf ihrem Rücken. Der Nebel waberte in der Ferne noch über die Felder und die Luft war klar.

„Sorry, Mädchen. Glaub mir, ich wäre jetzt auch gerne bei meinen Freundinnen, aber die haben alle zu tun. Damit bleibst nur du."

Sie schnaubte und machte einen Schritt vom Metalltor weg, als ich das Schloss öffnete. Haddy drängte sich an ihre Flanke und streckte sich, um an meiner Hand zu schnüffeln, die ich Viva zur Begrüßung hinstreckte. Sofort schnappte meine Fuchsstute nach ihrer Freundin, die drauf hin auf Sicherheitsabstand ging.

Kopfschüttelnd halfterte ich Viva auf. „Du kleine Zicke. Wofür war das denn?"

Natürlich bekam ich keine Antwort, nur einen Stupser gegen die Hosentasche.

Doni stand schon angebunden unter dem Abdach und döste vor sich hin. Er hob nur kurz den Kopf, als ich Viva neben ihm anband, aber danach ließ er den feinen Kopf mit der breiten Blesse wieder hängen.

„Und der soll erst vier sein!" Mama lachte und stellte eine abgegriffene Putzkiste neben dem Wallach ab. Der Betonboden sah frisch gefegt aus.

Viva zog sofort mit dem Kopf in die Richtung. Oh
nein! Heute nicht! Und schon gar keine fremde Putzkiste. Bei unserer war es mir ja schon immer unangenehm, dass sie das Ding auf dem halben Hof verteilte. „Er weiß sich zumindest zu benehmen."

„Och Viva-Maus!" Schmunzelnd griff
Mama in ihr Halfter und schob sie von der Kiste weg. „Du und diese kleine Unart!"

Ich seufzte. „Wenigstens beißt, steigt oder tritt sie nicht."

„Da hast du auch wieder recht. Das neue Pferd
von Lukas ist laut Lena ein Steiger. Das hätte ich dir aber sowas von ausgeredet!"

Hatte Lena bei ihrem Sohn versucht, aber nach allem, was zwischen ihnen gewesen war, musste dieses
Pferd ein Versuch der Annäherung sein. Anders konnte man sich ihr Nachgeben sonst nicht erklären.

„Guten Morgen. Geht ihr ausreiten?", lugte da plötzlich Lena aus dem Stall. Sie musste gekommen sein,
als ich Viva geholt hatte. Auch sie hatte ich seit der Beerdigung nicht mehr gesehen. Sie sah aus wie immer.
Vielleicht ein wenig befreiter. Die langen dunklen Haare trug sie in einem lockeren Zopf, der nicht so recht
zu ihrem sonst akkuraten Reitoutfit passen wollte.

„Mhm. Was sagst du denn zu meinem Leihpferd?" Mama
lehnte sich grinsend gegen Donis Kruppe, der prompt einen
Schritt zur Seite machte, um sich wieder auszubalancieren.

Lena hob eine Augenbraue. „Optisch erinnert
er mich an Milky. Wo ist der denn gezogen?"

„Polen."

„Oh. Na ja. Dafür sieht er auf den ersten Blick ja ganz
in Ordnung aus. Ostblockpferde sind immer so eine
Sache." Wie um ihre Worte zu unterstreichen, hob sie
eine Augenbraue und musterte den Wallach kritisch.

Mama rollte mit den Augen. „Ist doch

egal, wo er herkommt! Lässt sich schön reiten und ist einfach ein lieber Kerl."

„Pass auf, dass Hannah ihn dir nicht verkaufen will. Wie willst du das deinem Mann beibringen?" Lena schmunzelte und blickte kurz zu mir. Für einen Bruchteil einer Sekunde bekam ihre Fassade einen Knacks.

Mama schnaubte auf. „Den geht das gar nichts an! Sollte ich das Geld haben, dann ist das allein meine Entscheidung. Ist ja auch mein Geld."

„So will ich das hören!" Lenas Blick flog wieder zu mir. „Wie geht es dir?"

„Gut." Was sollte ich auch sonst auf diese Frage antworten? Die Wahrheit wollte keiner hören, oder sie würde nur in zu langen Gesprächen enden. „Willst du mitkommen?"

Sie zögerte. „Ich muss erst gucken, was mit Lukas ist." Ich musste ihr nicht ins Gesicht sehen, um zu wissen, dass ihre Augen angefangen hatten zu spiegeln und sie bestimmt nicht mehr so lässig im Türbogen stand. „Er wollte, glaube ich, auf den Platz. Mit mir ausreiten gehen, ist ja auch uncool." Ihr Lachen war nur noch halb so gelöst, wie vor wenigen Minuten.

„Hast du denn ein gutes Gefühl dabei, ihn allein zu lassen?" Mama bückte sich und fischte eine Kardätsche und einen Striegel aus der Putzbox.

„Habe ich eine Wahl? Wenn er mich nicht um sich haben will, dann ist das so. Ich kann mich ihm nicht immer aufdrängen. Außerdem, wir sind hier im Reitclub. Was soll da schon passieren? Hier kann er höchstens vom Pferd fallen, allerdings ist der Junge so sattelfest, wenn der ordentlich reitet, dass der eher mit Pferd fällt. Das Szenario halte ich, aber bei den sauber abschleppten Plätzen für unwahrscheinlich."

„Beschwör nichts. Was sagte Fiete immer?"

„Wenn man es sagt, dann passiert es. Das hat er euch aber nur vor Turnieren gesagt, wenn ich mich recht erinnere."

„Stimmt. Manchmal vermisse ich seine motivierenden Reden." Mit kräftigen Strichen befreite sie Donis Kruppe von Staub.

„Die findest du motivierend?" Lena stieß sich vom Türrahmen ab. „Ich suche jetzt mal meinen Sohn! Euch ganz viel Spaß."

„Danke", murmelte ich leise.

Eine halbe Stunde später stieg ich in den Sattel meiner Fuchsstute. Manchmal kam ich mir vor, als wenn hier oben alles anders wäre. Die Sorgen klein zu meinen Füßen und im Sattel wehte frischer Wind.

„Hat Ellie mit dir gesprochen?", fragte ich an Mama gewandt, die neben mir auf Donis Rücken glitt.

„Ja." Ihre Stimme klang kühl. So als wenn ich gar nicht weiter fragen müsste. „Ich weiß nicht, ob das eine gute Idee ist. Wenn Frau Hoffmann dich schon nicht in die Schule schicken will … ist Arbeiten in einem Café dann das Richtige?"

Ich sah auf die Schulter meiner Stute. Ihr rostfarbenes Fell leuchtete in der Sonne. „Es geht nicht um die Arbeit. Es geht darum, etwas anderes zu sehen. Ich muss doch irgendwie wieder unter Menschen, oder nicht? Bei Ellie kennt mich niemand. In der Schule schon. Verstehst du?"

„Nein, verstehe ich ehrlich gesagt nicht. Was machst du, wenn Leute da sind, die wegen des Podcasts gekommen sind? Marie, kannst du das?"

„Die wissen doch nicht, wer ich bin."

„Aber die wissen, was passiert ist und werden Fragen stellen."

Wir ritten im Schritt auf dem Weg zwischen den Weiden durch. Links und rechts schnaubte es neben uns und ein paar Pferde trabten zum Zaun. Es wirkte zu idyllisch für so ein Gespräch.

„Ich muss sie doch nicht beantworten. Außerdem ist Ellie immer da."

Mama seufzte. „Ich weiß nicht."

„Und was ist, wenn Frau Hoffmann ja sagt?"
Hoffnung keimte in mir auf. Diese Idee konnte die Frau nicht abschmettern!

„Dann … dann können wir noch mal reden. Wirklich wohl ist mir bei der Sache trotzdem nicht."
Da hielt sie Doni plötzlich vor mir an. „Hey, lange nicht gesehen. Deine Mutter sucht dich."

Ich musste gar nicht an ihr vorbei spähen, um zu wissen,
dass Lukas bei Pantas, der immer noch allein neben einer
Wallachgruppe stand, auf dem Zaun saß. Mein Herz schlug
schneller und ich dachte sofort an die Nachricht von letzter Nacht. Sie nagte an mir. Aber ich wusste, nichts hatte
sich dadurch verändert, als er mich einfach ignorierte.

„Kann sein", antwortete er betont genervt. Deutlicher konnte man nicht mit dem Zaunpfahl winken.

Aber Mama machte keine Anstalten, weiter-
zureiten. „Wie lange soll er noch allein stehen?"
Sie löste eine Hand von den Zügeln und wies auf
den Rappen, der direkt neben Lukas graste.

„Bis Donnerstag, dann kommt Blaze dazu.
Ob's klappt, wird man sehen. Der war bis
vor nem halben Jahr noch Hengst."

Mama nickte. „Dann drücken wir mal ganz fest die
Daumen. Oder Marie?" Sie drehte mich zu mir.

„Klar", sagte ich mit belegter Stimme. Konnten wir
jetzt weiterreiten? Ich ertrug es nicht, Lukas so zu sehen.

Er wirkte immer noch wie ein Schatten seiner
selbst. Als wenn er nicht geschlafen hätte, oder nur
sehr schlecht. Das Schelmische fehlte, das Lässige.

Vielleicht wollte ich auch einfach nur weg, um nicht
all die unbeantworteten Nachrichten erinnert zu werden.

Mama drehte sich wieder ihm zu. „Ok. Na dann. Wir

wollen mal weiter. Viel Spaß mit deinem Teufel."

Lukas ließ nur ein gleichgültiges, „Hmh", hören. Ich wünschte mir in genau diesem Moment, dass ich die Zeit zurückdrehen konnte. Ich hätte dieses Tagebuch nie gefunden und wir hätten einfach wieder Freunde sein können.

Wir ritten weiter. Erst am letzten Weidezaun sprach Mama mich noch einmal auf ihn an. „Aber zwischen euch ist alles gut?"

Ich zögerte. Was sollte ich jetzt sagen? Dass ich verletzt war, weil er mein bester Freund war, mich geküsst hatte und jetzt eine einzige Eiswand war? Oder dass wir uns nichts mehr zu sagen hatten, weil ich mir in einer Tour Vorwürfe mache, ihn in diese Sache mit reingezogen zu haben? „Ist gerade alles nicht so einfach, auch für ihn."

„Das sehe ich. Aber redet ihr noch?"

Ich schüttelte den Kopf. „Gerade nicht."

„Das ist schade! Ihr wart so …"

„Wir waren so süß als Kinder. Ich weiß, aber wir sind keine Kinder mehr und haben ganz schön was mitgemacht. Wir reden irgendwann wieder, aber nicht jetzt." Das hoffte ich zumindest.

Mama seufzte. „Wie kannst du in deinem Alter nur so weise sein? Bin ich froh, dass du das alles nicht mit dir selbst ausmachst. Es muss die Hölle sein."

Es war die Hölle. Bilder, Geräusche, … Verzweiflung. Damit lebte ich jetzt. Aber es würde alles wieder normal werden. Ganz bestimmt.

„Was genau musst du jetzt eigentlich malen?", lenkte ich schnell vom Thema ab.

„Ach nichts Großes, eine Spingszene mit der Glitzergerte im Fokus, das Mädchen im Turnierdress mit Gerte und das Pony mit der Gerte in der Schnauze. Den Rest darf ich, freestylemäßig umsetzen. Meinst du, Doni nimmt eine unserer Springgerten in die Schnauze für ein Referenzfoto?"

„Probier es aus. Haben wir nicht noch so ein Foto von

Fee?" Ich meinte mich zumindest daran zu erinnern, dass mein ehemaliges Pony so einen Mist gerne gemacht hatte.

In der Ferne rauschten die Bäume des nahen Waldrandes. Eine Gänsehaut flog mir über den Rücken. Wir waren so nah, dass ich das vermodernde Laub und den Waldboden riechen konnte.

Das letzte Mal, als ich das gehört und gerochen hatte, hatte ich Lukas Hand genommen. Das war auf dem Weg gewesen. Ich konnte wieder die kühle Nachtluft schmecken, das Zirpen der Grillen hören. Mein Herz schlug schneller.

Ich musste schlucken und versuchte mich, mich nur auf Viva zu konzentrieren. Tief fühlte ich in jeden Schritt hinein und ließ meine linke Hand von den Zügeln auf ihre Schulter und weiter auf den Hals gleiten, um ihre gleichmäßige Atmung zu spüren.

„Alles in Ordnung?", hörte ich Mama wie durch Watte fragen. Mechanisch nickte ich. Ich wollte jetzt nicht erklären, was es war, das mich triggerte. „Alles … alles gut. Reite einfach weiter."

Aus dem Augenwinkel konnte ich sie die Augenbrauen zusammenziehen, sehen und spürte ihren Blick auf meiner Schulter. Ihre Unterlippe zitterte.

„Alles gut!" Wiederholte ich mit mehr Nachdruck. Aber mein Herz schlug immer noch heftig gegen meine Rippen, als wolle es meine Lüge um jeden Preis entlarven.

Irgendwann. Irgendwann würde ich wieder durch diesen Wald reiten können!

94

Kapitel 15

Am Freitag sah ich endlich Liz. Es kam mir wie eine Ewigkeit vor, seit ich sie zuletzt gesehen hatte, dabei hatten wir uns in der letzten Woche nur immer verpasst.

Breit grinsend sprang sie vor dem Stall vom Fahrrad und lehnte es gegen den Holzzaun.

Ich hatte Viva schon unter dem Abdach angebunden und wühlte gerade in meiner Putzbox, die dringend mal wieder aufgeräumt werden musste.

»Hey!«, rief sie und blieb auf der anderen Seite des Balkens stehen. Neugierig musterte sie mich und zog dann tadelnd die Augenbrauen zusammen. »Warum musst du in letzter Zeit immer aussehen, als hätte man dich gerade aus dem Bett gezogen?«

»Mhm?« Ich hob den Blick und sah an mir herunter. Die graue Reithose saß zugegeben recht locker und der rote Hoodie war, mit Flecken übersät, von Vivas Kuschelattacke vor wenigen Minuten.

Liz lachte. »Schon gut. Du hast Heu in den Haaren.« Sie wies auf meinen Pferdeschwanz.

Sofort glitt meine Hand in die Haare und ich zog die Halme heraus. »Wie war es in der Schule? Du hast so gute Laune.« Mathe würde sie dann nicht gehabt haben.

»Erzähle ich dir gleich. Ich hole eben Haddy.«

Wenig später machten wir unsere Pferde zusammen für die erste Stunde bei Steffi fertig. Ich hätte aufgeregt sein sollen, aber das drang komischerweise kaum zu mir durch.

»Du hast sowas von, was verpasst!« Liz schob ihren Putzkasten etwas von Vivas Schnauze weg, die schon zur Giraffe geworden war und mit dem Maul versuchte, an die Tüte obendrauf zukommen. Apfel-Bananen-Leckerli. Sie fand die sogar noch besser als Hagebutten.

Ich seufzte. »Erzähl.« Eigentlich wollte ich es nicht hören. Ich würde mir dann nur noch mehr wünschen, dass ich wieder zur Schule durfte. Eine einfache Aussage darüber, ob es gut in der Schule gewesen war oder nicht, würde schon reichen.

»Also …« Liz grinste verschwörerisch. »Bea hat tatsächlich was mit Nico. Seit der letzten Party. Sind auch irgendwie ganz niedlich zusammen. Aber so ganz offiziell will sie sich dazu nicht äußern.«

Ich konnte mir das trotzdem nicht wirklich vorstellen. Das Bild von Nico und Bea … da fehlte eindeutig eine Menge bei mir. Verdammt, hatte ich da Nachholbedarf. Neid stieg in mir auf. Früher hätte ich einen Witz gemacht und jetzt? Jetzt wusste ich nicht, was ich sagen sollte. Das war alles so weit weg, als wenn es in einem Buch passieren würde und immer die wichtigsten Seiten herausgerissen worden waren.

»Ja, ansonsten, alles wie immer. Die Müller nervt. Die Schröder ist über die Ferien noch wunderlicher geworden und es gibt einen neuen Biolehrer, auf den die Hälfte der Stufe abfährt.«

»Wie sind die LK's?«

»Geht. Hatte ich mir spannender vorgestellt. Und du fehlst! Mit dir konnte ich immer so schön über alles lästern. Bea lässt mich nicht und Charly hört mir zu selten zu.«

»Was ist mit Emma?« Ich griff nach meinem Mähenkamm, um Heu aus Vivas kurzer Mähne zu kämmen.

Liz seufzte. »Die schmachtet den Biolehrer an.«

Gut, hätte ich mir auch denken können. Ich warf ihr einen mitfühlenden Blick zu. »Und ansonsten?«

»Was soll ansonsten sein? Mein Papa macht immer noch Stress wegen der Nachhilfetrulla. Ich meine gute Idee, aber die erklärt das so verdammt, kompliziert, da könnte ich auch versuchen, die Herleitungen im Mathebuch zu lesen.«

»Hast mal Bea gefragt?«

Liz griff in ihre Putzbox und holte eine Kardätsche heraus. »Bin ich lebensmüde? Den Vortrag würde ich mir gerne sparen! Wie läuft es bei dir mit den LK-Aufgaben?«

Ich hatte die Hälfte geschafft. Allein konnte ich mich einfach nicht aufraffen, stetig über diesen Aufgaben zu sitzen und nicht vor Langeweile zu sterben. »Holprig. Hast du vielleicht gleich noch Zeit, mit mir durch Deutsch zu gehen?« Am liebsten hätte ich sie gefragt, ob sie wieder wie letztes Schuljahr ab und an spontan zum Hausaufgabenmachen vorbeikäme. Vielleicht hätte ich dann wieder genug Motivation, diese Aufgaben durchzusitzen.

»Können wir machen. Wollen wir vielleicht mal wieder ins Reiterstübchen? Ich hätte einfach mal wieder Lust auf eine Cola.«

Wie vor wenigen Tagen, als ich mit Mama am Wald vorbeigeritten war, schoss mein Puls in die Höhe. Ich würde angestarrt werden! Bestimmt! Und es würde getuschelt werden.

Stopp! Ich musste anfangen, mich der Situation zu stellen. Und wo war ein besserer Anfang als hier am Club? Ich kannte alle, es war so gesehen ein sicherer Ort. »Ok. Wollen wir danach zu uns?«

»Das klingt doch nach einem Plan. Jetzt lass uns aber erstmal dieses Training hinter uns bringen. Ich bin so gespannt, was Steffi vorhat!«

Ich hätte das wohl auch sein sollen, aber gedanklich saß ich schon im Reiterstübchen an einem der kleinen

Tische mit Liz gegenüber von mir. Ich konnte die Blicke quasi auf mir spüren und sie nahmen mir den Atem.

Kapitel 16

Als Erstes sah ich natürlich Barbie, die lustlos auf ihrem Palomino im Schritt den Hufschlag blockierte und uns nur einen abschätzigen Blick zuwarf. Sie trug ein eng anliegendes, champagnerfarbenes Set in Monochromoptik. Den Reißverschluss des Oberteils hatte sie zu ein Viertel nach untern gezogen, sodass man selbst vom Boden aus einen etwas zu tiefen Einblick in ihr Dekolletee bekam.

Liz hob nur beide Augenbrauen und ließ ein genervtes Schnauben hören.

Thilo hatte seine Stute an der kurzen Seite angetrabt und hob eine Hand, um uns zu grüßen.

Von allen anderen fehlte noch jede Spur.

An der Aufstieghilfe auf der Mitte des Platzes ließ Liz mir den Vortritt und hielt auf der anderen Seite am Steigbügel gegen, als ich in den Sattel kletterte.

Vivas Plüschohren spielten und sie schien genau auf alle anderen zu achten.

»Ehy Thilo, wo ist der Rest?«, rief Liz quer über den Platz, nachdem sie den Steigbügel losgelassen hatten.

Der hagere Junge zuckte mit den Schultern und parierte neben uns wieder in den Schritt durch. »Keine Ahnung. Da war, glaube ich, was mit Lukas neuem Pferd. Wollte nicht allein auf der Weide bleiben und Steffi hilft reinbringen und fertig machen.«

»Ich bin neidisch! Mir hätte sie auch ruhig helfen können.« Liz lachte und drehte sich zu mir. »Starr keine Löcher in die Luft und mach mir mal die Aufstieghilfe frei!«

Ich nuschelte irgendwas von »Entschuldigung« und ließ Viva einige Schritte nach vorne gehen.

»Ich bin eher neidisch auf das Pferd.« Thilo hielt seine Braune neben mir an. »Habt ihr das schon gesehen?«

»Ach, ist ein Vollblut. Ist nicht so meins.« Liz kletterte auf den Hocker und angelte nach dem Steigbügel.

»Wo hat der immer so Pferde her?« Thilo schüttele nachdenklich den Kopf. »Die müssen richtig Asche kosten!«

»Thilo, wir reden hier über einen Stüwe. Die haben Geld. Für die ist das Portokasse.«

Ich räusperte mich. »Er hat das Pferd aus Wales. Der Wallach hat eine Macke.«

»Lukas hat da Verwandte, die irgendwas mit Pferden machen, oder?« Thilo sah zwischen mir und Liz hin und her. Als wenn Liz das wüsste …

»Ja. Sie haben ein Gestüt und züchten Vollblüter und Welshponys.«

»Na, das erklärt einiges.« Thilo lachte zynisch und nahm die Zügel wieder auf. Er wollte gerade wieder anreiten, da zögerte er. »Ich dachte nicht, dass ich dich hier sehen würde. Geht's dir soweit gut?«

Ich nickte. Es war alles in Ordnung! Es würde alles nur noch besser werden.

So dachte ich zumindest. Spätestens als Lukas mit Pantas am langen Zügel auf den Platz ritt, wurde mir wieder schlecht. Mein Herz schlug mir bis zum Hals. Optisch hätte man denken können, dass alles normal war, es ihm hervorragend ging und er nur verdammt schlechte Laune hatte. Aber da war etwas ganz Feines, so fein, dass ich es nicht benennen konnte, dass sich mir die Nackenhaare aufstellen ließ. Am liebsten hätte ich die Flucht angetreten, aber ich blieb wie angewurzelt im Sattel sitzen.

Er sah mich wieder nicht an. Selbst als Pantas Viva

anbrummelte, hob er nicht mal den Blick. Stur sah er geradeaus und ritt wortlos an mir vorbei. Er war der Schatten einer Erinnerung und das tat verdammt weh!

Thilo hob beide Augenbrauen und sah fragend zu mir, aber ich schüttelte den Kopf. Was wusste ich schon.

Der Wind frischte wieder einmal auf und strich durch die Blätter der am Springplatz stehenden Bäume. Mir lief ein Schauer über den Rücken. Viva spannte sich sofort an und tänzelte nervös, aber ich schluckte das Gefühl herunter, das wie ein böses Omen in mir hochstieg.

Neben mir grüßte Liz mal wieder etwas zu freundlich Ole, der dieses Mal im Sattel seiner Braunen saß und eine Spur weniger entspannt wirkte als sonst.

Als ich Viva eine Parade gab und auf den Hufschlag abbog, konnte ich aus dem Augenwinkel sehen, wie Barbie Lukas zutextete und allem Anschein nach darauf hoffte, dass ihr Outfit bei ihm ankam.

»Ist die heute auf den Kopf gefallen?« Ich hörte Liz losprusten und musste ebenfalls über Oles Kommentar schmunzeln. »Die liegt gleich eher im Dreck, als dass sie bei ihm punkten kann.« Kopfschüttelnd ritt er neben mich und Liz. »Ist die schon immer so?«

»Oh, du hast sie nicht mit dreizehn erlebt. Welche Phase war das noch, Marie?«

Ich zuckte mit den Schultern. Ich wusste nur, dass ich in dem Jahr mit Fee alles gegen sie gewonnen hatte und sie danach auf der Silvesterfeier des Clubs einen Heulkrampf hatte, als ich statt ihr den Preis für die beste Ponyreiterin U16 erhalten hatte.

Liz seufzte. »Na, egal … Sie war auf jeden Fall maßlos in einen der Pferdepfleger verknallt. Gorgio, oder so. Tat mir fast leid, aber nur fast. Wir reden hier von Barbie.«

»Barbie?« Ole stutzte.

»Ihre Lieblingsfarbe ist pink, das Blond ist nicht echt und sie bekommt alles, was sie will. Wie Barbie eben«, klärte ich ihn auf, während Liz wieder einmal rot angelaufen war.

Er zuckte bloß mit den Schultern. »Ich finde sie bisher nur anstrengend.«

Zehn Minuten später waren auch Hannah und Steffi am Springplatz angekommen und bauten die Sprünge auf. Immer wieder sah Steffi sich dabei nach uns um und verengte die Augen, als wenn sie nachdenken würde.

Das änderte sich nicht, als sie die ersten beiden Sprünge zum Einspringen freigab und stumm daneben stand, um eventuell schon erste Tipps zu geben oder die Stange wieder aufzulegen.

»Glaubst du, sie sagt was?«, raunte Liz mir zu, während sie gebannt verfolgte, wie Ole locker über das niedrige Kreuz setzte und seiner Braunen sofort den Hals streichelte, als sie wieder gelandet waren. Es hatte harmonisch ausgesehen und so, als wenn sie das jeden Tag taten. Steffi nickte jedenfalls zufrieden, aber sah immer noch so komisch aus.

Ich kaute nachdenklich auf meiner Unterlippe herum. »Wozu?«

»Na …«, plötzlich wurde sie ganz kleinlaut. »Du weißt schon. Das ist dein erstes Training seit … und du bist die letzten Qualis nicht geritten.«

»Sie wollte mich doch trotzdem. Wo ist da das Problem?«

Sie sah weg und schob sich mit einer Hand den dicken dunklen Pferdeschwanz von der Schulter. »Ich … es … es war nur so ein Gedanke. Sorry.«

Fest biss ich die Zähne zusammen. Nein. Es war so nicht! Ein leises Pochen machte sich an meiner Schläfe bemerkbar und in meiner Brust breitete sich das Gefühl eines tosenden Sturms aus. Ich war nicht schwach. Ich hatte diese Nacht überlebt und mich würde keine Springstunde dieser Welt, egal bei wem, in die Knie zwingen!

»Ey, war echt nicht so gemeint!«, Liz wollte nach meinem Arm greifen, aber ich ritt etwas schneller und trabte an.

Ich trabte noch zwei Runden auf beiden Händen, dann ging ich in das Aufwärmen im Galopp über. Viva sprang voller Vorfreude in die ersten Sprünge und buckelte ausgelassen nach dem dritten Galoppsprung. Überrumpelt konnte ich mich gerade noch so halten. Sie war wirklich zu lange nicht mehr richtig gesprungen worden und ich vielleicht nicht mehr richtig geritten …

Auch bei den Aufwärmsprüngen hatte sie eine Motivation, wie ich die nur selten von ihr kannte. Mit aufgestellten Ohren zog sie nur so auf das niedrige Kreuz, das für sie eigentlich höchstens ein Stolperer war. Sie ließ sich kaum versammeln.

Von Steffi hörte ich ein sehr missmutiges Grummeln, bevor sie rief: »Ran reiten, Mädchen. Bein dran, Hand vor und ran an den Sprung!«

Sofort kroch mir die Röte ins Gesicht. Das hatte ich schon mal besser gekonnt und bestimmt bereute sie es gerade, mir einen Platz freigehalten zu haben. Ich scheiterte schon an einem Aufwärmsprung, das konnte nur noch weiter danebengehen!

»Konzentriert reiten!«, kommentierte Steffi meinen zittrigen Versuch, Viva zu wenden. Sie lief natürlich auf den Hufschlag und schmiss den Kopf hoch. »Auch wenn sie heute Feuer hat, kannst du nicht wie ein nasser Sack einfach im Sattel sitzen und versuchen das auszusitzen. Hier sind weitere Leute auf dem Platz!«

Immer noch versuchte ich, sie herumzuziehen und in eine Volte zu bekommen, aber sie schlug stattdessen lieber einen Haken.

Als Nächstes fand ich mich im Sand wieder und sah Viva immer noch buckelnd durch die Bahn rennen.

103

Tief holte ich Luft, da war etwas Druck auf der Rippe. Bitte nicht! Wie zur Hölle war das passiert? Langsam richtete ich mich auf. Tat irgendwas weh? Ich horchte in mich hinein, bewegte die Finger und die Zehen, aber alles ok. In meinen Ohren rauschte es.

»Kannst du aufstehen? Tut was weh?« Hannah klang aufgekratzt und schmiss sich neben mich in den Sand. Vorsichtig nahm sie meinen Kopf zwischen die Hände, tastete mit kalten Fingern meinen Nacken ab. »Ok … Ok …«, murmelte sie leise, als müsse sie sich selbst beruhigen. »Fühlt sich alles richtig an. Kannst du aufstehen?«

Ich nickte. »Wo ist Viva?«

»Steffi hat sie. Willst du wieder aufsteigen? Die hat heute, aber Hummeln im Hintern!« Sie streckte mir die Hand hin.

»Alles gut?«, hörte ich da auch schon Liz fragen, die eine nervös mit den Ohren spielende Haddy nur einen Meter von uns angehalten hatte.

»Geht schon!« Ich lächelte gezwungen. Peinlicher konnte es eindeutig nicht mehr werden. Barbies gehässiger Blick bohrte sich förmlich in meinen Rücken.

Steffi kam zu uns. Viva an ihrer Hand pumpte und schlug immer noch nervös mit dem Schweif. Die Nüstern hatte sie weit gebläht und Schaum tropfte aus ihrem Maul. Ansonsten sah sie unverletzt aus. Sofort wurde mir leichter ums Herz.

Steffi hingegen sah aus, als wenn sie mir am liebsten eine Standpauke halten würde. Sie hatte die Augenbrauen zusammen gezogen, sodass zwischen ihnen eine steile Falte entstanden war, und die Augen leicht verengt. »Das geht so nicht!«

»Ich … ich weiß.«

Sie schüttelte den Kopf. »Hannah, du hüpfst mal eben drauf.«

Weit riss ich die Augen auf. Das konnte sie nicht ernst meinen! Sie wollte mir helfen, klar, aber, dass sie so enttäuscht war?

Unwillig ließ Hannah mich los. »Muss das?«

»Muss! Sie ist heute unkonzentriert und Viva muss jetzt erstmal ein bisschen herunterkommen.« Steffi griff an den Sattelgurt. Beim Nachfühlen, ob der Gurt fest genug saß, sah sie zu mir. »Ist alles so weit in Ordnung?«

Wieder nickte ich. Ein bitterer Geschmack machte sich in meinem Mund breit. Ich durfte mich nicht so von der Angst beherrschen lassen. So viel zum Thema, ich wäre stark.

»Hannah, jetzt komm! Und Marie, in Zukunft reitest du bei mir nur, wenn du auch einhundert Prozent dabei bist. Mir ist egal, was in der Schule ist, ob du dich mit irgendwelchen Freunden gestritten hast, oder was auch immer, hier gilt deine Aufmerksamkeit einzig und allein deinem Pferd.«

Betreten nickte ich. Das war mal eine klare Ansage. Ich sah zu Boden. Ich hatte das hier doch gar nicht verdient. Die Blicke der Anderen streiften mich, bohrten sich wie Speere in meinen Rücken.

Hannah schwang sich derweil in den Sattel. Ihre langen Beine passten gerade so zur Steigbügellänge und sie nahm direkt die Zügel auf. Mit einem Schnalzen trabt sie Viva an und von mir und Steffi weg.

Elegant galoppierte meine Fuchsstute an, wieder wollten sie den Kopf hochreißen, aber Hannah ritt sie energisch vorwärts. Nach einer kurzen Diskussion ließ sie den Hals fallen und setzte sich auf Hannahs Hilfen hin, auf die Hinterhand. Immer mehr trat sie unter und Hannah ließ sie immer kleiner werden, nur um ihr wenig später wieder Raum zu geben und den ersten Sprung anzusteuern. Wieder schnellten Vivas Ohren vor und sie zog an, aber Hannah hielt sie eisern in der Versammlung. Erst kurz vor dem Sprung gab sie die Hand vor. Viva machten einen enormen Satz, der nur wieder zeigte, dass sie mehr Vermögen hatte, als sie und ich jemals nutzen würden.

Zufrieden klopfte Hannah ihr den Hals, als alle vier Hufe

hinter dem Sprung aufgekommen waren. Schon deutlich entspannter galoppierte Viva unter ihr weg und schnaubte.

»So macht man das!«, lobte Steffi lachend und hob die Hand. »Komm mal wieder her, Hannah!«

»So unsicher ist die gar nicht!«, rief Hannah, als sie zu uns trabte und schließlich wieder in den Schrittparierte.

»Das trügt.« Steffi griff wieder in die Zügel und fuhr meiner Stute über die weiche Nase. »Du hast einfach nur mehr Mumm und Erfahrung als Marie. Das kannst du nicht vergleichen.« Sie sah mich an. »Von dem Pferd kannst du eine Menge lernen! Du musst dich nur konzentrieren, die verzeiht es nun mal nicht, wenn du dich ihr nicht widmest. Und jetzt reiß dich zusammen. Du kannst das!«

Kapitel 17

Ich drehte die Colaflasche vor mir von links nach rechts. Die dunkle Flüssigkeit schwappte dabei wie kleine Wellen an das Glas. Die Stunde war zwar nach dem Sturz doch noch ganz gut gelaufen, aber ansonsten war meine Laune endgültig im Keller. Liz, hatte ich ihre Andeutung, wenn ich ehrlich war, auch noch nicht verziehen.

Mir saß Liz ebenfalls mit einer Cola gegenüber und beobachtete neugierig die Leute, die durch das in die Jahre gekommene Lokal mit alter Eichenholzbar liefen. Mein Opa hatte mal erzählt, an der Bar hätten sie in dieser Gegend jahrelang ihr Feierabendbier getrunken, aus Ermangelung an Alternativen. Auch heute stand Hannahs Mutter, Nora, hinter dem Tresen und putzte Gläser.

»Bist du echt noch sauer?«, fragte Liz schließlich zögerlich in unsere Stille.

Ich zuckte mit den Schultern und gab der Flasche schließlich einen sanften Schubs, sodass sie gegen den karierten Stoff des Tischläufers stieß. Dabei geriet sie leicht ins Schwanken, aber bleib zum Glück stehen. »Es hätte einfach nicht sein müssen.«

»Ich mache mir halt Sorgen um dich.«

»Brauchst du nicht.«

»Doch! Du bist meine beste Freundin, hast gerade die Hölle auf Erden mitgemacht und ich kann nicht ignorieren, dass es dir nicht gut geht.«

Ich seufzte und lehnte ich in dem knarzenden Stuhl zurück. »Es ist ok! Lieb von dir, aber es ist ok. Wirklich! Mach dir lieber Sorgen um dich selbst und vor allem deine Mathenote.«

Sofort wurde Liz Mine düsterer und sie sah auf die Tischplatte. »Erinnere mich nicht!«

»Wir wollten zusammen nach einer Lösung suchen. Oder hast du das vergessen?«

Sie schüttelte den Kopf und fuhr sich durch die vom Reiten noch etwas feuchten Locken an der Stirn. Wenn man genau hinsah, konnte man sogar noch den Abdruck erkennen, den ihr Helm hinterlassen hatte. »Wie könnte ich!« Sie hob ihre Flasche wieder an die Lippen, aber die Sorgenfalte auf ihrer Stirn glättete sich keinen Millimeter. »Mein Dad nervt. Wir mussten vor vier Tagen Hausaufgaben abgeben. Ich habe nichts gerafft.« Sie schluckte und blinzelte. »Fünf und das nur, weil ich was auf dem Papier stehen hatte, im Gegensatz zu Nico.«

Betreten sah ich zu Boden. Die Abreibung zu Hause konnte ich mir förmlich vorstellen und auch wie Liz danach in den Stall geradelt war, um bei Haddy den Trost zu finden, den ihre Mutter ihn nicht geben würde. »Und die Nachhilfetussi?«

»Soll jetzt häufiger kommen, auch wenn Papa kurz laut überlegt hatte, ob ich nicht zu dumm für das alles bin.« Sie klang bissig und rümpfte die Nase.

Mir klappte der Unterkiefer herunter. »Das hat er nicht gesagt! Da darfst du gar nicht drauf hören, ja?«

»Aber wenn er recht hat? Dann ende ich wie meine Mutter. Unzufrieden damit, dass ich nie was erreicht habe und am Rockzipfel eines Cholerikers.«

»Das darfst du nicht mal denken! Du bist nicht dumm. Mathe liegt dir nur nicht!«

»Können wir über was anderes reden?« Sie vergrub

das Gesicht in den Händen und ihre Stimme zitterte.

Ich wollte gerade protestieren, dass wir eine Lösung finden mussten, und zwar schnell, da blieb jemand an unserem Tisch stehen.

»Ist hier noch Platz für uns?«

Sofort hob ich den Blick und sah in das Gesicht von Ole. Ihn schickten die Götter! Niemand würde Liz wieder so schnell zum Lächeln bringen wie er. Nur dass Lukas neben ihm stand, dämpfte meinen Enthusiasmus, ja zu sagen, gehörig. Er sah schon wieder aus, als wäre er gezwungen worden, hier zu sein und am liebsten in einem Erdloch zu verschwinden. Er hatte den Blick auf den Boden gerichtet und die Lippen fest aufeinander gepresst. Sein ganzer Körper war angespannt.

»Klar.« Ich rutschte. Ole schnappte sich einen Stuhl vom Nachbartisch, während sich Lukas sehr widerwillig neben mich setzte. Es war förmlich aus der Luft zu greifen, wie unangenehm ihm das war.

»Respekt, dass du wieder aufgestiegen bist. Steffi war nicht gerade freundlich«, fing Ole das Gespräch an. Die Stimmung am Tisch war wirklich ausgelassen. Ich kam mir inzwischen eher vor wie in einer sehr schlecht laufenden Selbsthilfegruppe.

Ich griff wieder nach meiner Colaflasche. »Danke, aber sie hatte ja recht. Ich war nicht da. Das war unfair, Viva gegenüber. Ich hätte mich so nicht erst in den Sattel setzen sollen.«

»Viva ist sensibel und wenn ich das mal so sagen darf, nicht unbedingt ein Pferd, dass keine Führung braucht. Sie sah unheimlich fragend aus.«

Bei dem Gedanken musste ich schmunzeln und verschluckte mich fast an meiner Cola. »Manchmal glaube ich, sie hält mich für bescheuert.«

»Ach, tun meine bestimmt auch.« Ole grinste und wandte sich an Liz. »Alles ok bei dir? Du siehst blass aus.«

Tatsächlich war meine beste Freundin sehr bleich um die Nase und blinzelte auffällig oft. »Ja … ja, geht schon.« Das Lächeln gelang ihr nicht und sah eher nach einem verunglückten Versuch zu knurren aus, als sie die Mundwinkel wieder sinken ließ.

»Sagt mal, ist einer von euch wirklich gut in Mathe?«, nutzte ich den Moment einfach mal. Sie würde es schließlich nicht tun.

»Lukas hat seit Jahren mühelos eine solide Eins, als wenn du Hilfe brauchst und gleichzeitig beleidigt werden willst, ist er die beste Adresse.« Fuck. Nee. Das klang nicht gut. »Ansonsten, ich kann auch helfen.« Das schon eher.

»Nein … äh … geht nicht um mich.« Ich wies unauffällig auf Liz.

Ole hob eine Augenbraue und wandte langsam den Kopf zu ihr. »Ach, deswegen hast du neulich nach Mathe-LK gefragt!«

Röte kroch ihr in die Wangen und sie zog die Schultern hoch. »Ich wollte nicht so direkt fragen.«

»Wo harkt es denn?«

Liz wurde nur noch röter. »Bei … ja … allem.« Hoffnungsvoll sah sie vom Tisch auf, als wenn er ihr rettender Anker wäre, bevor der Sturm mit dem Namen ihres Vaters sie raus aufs Meer ziehen würde. Ganz weit weg von Haddy und uns.

Zu meiner Überraschung zuckte Ole nur mit den Schultern. »Wenn es mehr nicht ist. Eine bessere Chance, alles für das Abi zu wiederholen, bekomme ich bestimmt nicht. Also, wie hattest du dir das gedacht?«

Liz blinzelte und sah zu mir, als wenn ich die Antwort auf der Stirn stehen hätte. »Bald?«

»Klar. Wann bist du Montag am Stall?«

Sie schluckte auf. Mit großen Augen öffnete sie langsam den Mund. »Um vier.«

»Gut, ich bin circa vier Uhr dreißig hier, muss um halb

sechs auf dem Pferd sitzen … Halbe Stunde schaffen wir!«

Lukas räusperte sich. »Eine halbe Stunde klingt sehr optimistisch.«

Ole seufzte. »So, du packst deine schlechte Laune mal ein und versuchst vielleicht zur Abwechslung mal nicht schwarzzusehen.«

»Rein statis...«

»Halt die Klappe, Lukas! Kümmer dich mal lieber darum, dass der Matzen dich nicht killt, weil du Sozialwissenschaften nicht abgegeben hast.«

Ich stockte. Er hatte was nicht gemacht? Irritiert sah ich ihn an. Wo war der Musterschüler hin, der vielleicht oft eine etwas zu große Klappe hatte und so sensibel war wie ein Honigdachs, aber immer seine Arbeit machte?

Lukas gähnte. »Lass mich damit in Ruhe. Keine Ahnung, was er sich bei der Aufgabenstellung gedacht hat, aber es langweilt mich.«

»Und deswegen gibst du es nicht ab? Der war am Toben! Wollte sogar schon dein Attest anzweifeln. Mit dem würde ich mich echt nicht anlegen, Luke.«

»Musst du ja nicht!« Lukas grinste. »Den bekomme ich auch allein beschäftigt.«

Ole schüttelte den Kopf und sah zu mir. »Gibst du alles ab, oder bist du genauso drauf?«

»Nein. Ich habe bisher noch nicht alle Aufgaben bekommen. Die Mühlen malen anscheinend bei uns langsamer, aber was hatte ich, habe ich passend abgegeben.«

»Tja, Städtisches eben.« Liz zuckte mit den Schultern und nippte wieder an ihrer Cola. »Die sind froh, wenn der Beamer überhaupt mal läuft, ob sie da eine E-Mail passend verschicken können, bezweifle ich.«

»Bei uns ist auch nicht alles Gold, was glänzt. Ihr habt die schickere Sporthalle, die nicht halb im Wasser steht und deswegen zu jeder Jahreszeit gefühlte Minustemperaturen hat.«

Lukas nickte bestätigend, während er sein Handy aus der

Hosentasche fischte. Für einen Augenblick meinte ich mir eingebildet zu haben, er hätte mich angesehen. Mein Herz schlug schneller und kurz keimte die Hoffnung auf, er würde mit mir reden, aber er sah nur auf das Display und erhob sich mit der aussagekräftigen Erklärung, »Grandma.«, die wohl nur Ole verstand, der eine scheuchende Handbewegung machte und sich dann wieder an Liz wandte.

»Ist ja auch egal! Mathe bekommen wir auf jeden Fall hin.«

Hoffentlich. Sonst wäre nicht nur Haddy verloren, sondern Liz todunglücklich, dass sie sich mal wieder in einen Heuchler verguckt hatte. Das wollte ich wirklich nicht erleben und Ole bestimmt auch nicht.

»Geht nur darum, dass ich, bis Herbst mal eine Drei habe. Sonst …« Liz verstummte. »… Egal. Marie, soll ich dir Montag von Schäfer die Aufgaben in Deutsch besorgen? Die vergisst die E-Mail bestimmt und ich kann direkt nach der Schule bei dir vorbeikommen.«

»Das wäre super. Ich weiß sonst nicht, wann ich das alles aufholen soll.« Und vor allem war das meine Chance, Liz vor der Nachhilfestunde nochmal zu beruhigen, bevor sie nicht hinging, nur weil sie zu nervös war, allein mit Ole an einem Tisch zu sitzen. »Ich sage Mama, dass du kommst, dann macht sie Lasagne zu Mittag.«

Kapitel 18

Papa saß schon am Tisch, als ich in die Küche kam. Ich war erst vor einer halben Stunde aus dem Stall gekommen und meine Haare waren feucht vom Duschen.

»Wie war die Stunde? Deine Mutter meinte, du wärst vom Pferd gefallen.«

Der Buschfunk funktionierte. Ich nickte widerwillig. »Aber es ist alles in Ordnung. Das war nur die Retourkutsche dafür, dass ich mal wieder nicht ganz bei Viva war.«

»Vielleicht sollte ich mich auch mal etwas ernsthafter draufsetzen. Du bist fast fünf Wochen nicht geritten und ich war viel zu viel mit ihr im Gelände.« Mama stellte einen Teller mit geschnittener Gurke und einem bunten kleinen Schälchen voller Hummus auf den Tisch. »Ich sollte doch mal Hannah auf eine Springstunde ansprechen.«

»Quatsch. Ich reite sie ja wieder vernünftig. Heute war nur nicht unser Tag.«

Mama seufzte und setzte sich auf ihren Platz. Sie sah müde aus. »Ich habe leider eine gute und eine schlechte Nachricht.«

Papa hielt in der Bewegung inne, als er gerade nach einem der Brötchen greifen wollte, und ließ die Hände zurück auf die helle Tischplatte sinken. »Hat der Verlag das Projekt abgesagt?«

Sie schüttelt den Kopf. Fahrig strich sie sich eine Haarsträhne hinter das Ohr. Ihre Stirn zierte eine tiefe Sorgenfalte. »Es geht um den Podcast.«

Ich hielt den Atem an. Was war da jetzt schon wieder passiert? Warum ließen diese Menschen uns nicht in Ruhe! Gebannt beobachtete ich, wie Mama ihr Handy zückte und es Papa herüberschob.

Er las die Nachricht darauf gar nicht. Er sah sie einfach nur an, grau und verloren, als wenn auch ihm inzwischen jede Energie fehlen würde, sich noch ein kleines bisschen mit diesem Mist zu beschäftigen. »Müssen wir klagen?«

Mama sagte nichts, sondern wies nur auf ihr Handy.

Aber Papa schob es zurück. »Beantworte mir einfach die Frage. Was wollen sie, Lou?«

Sie blinzelte. »Es tut mir so leid. Ich bin so dumm!«

Verwirrt wollte ich schon fragen, wofür sie sich da entschuldigte, da sprach sie weiter.

»Sie haben unsere Adresse. Von meiner Website. Till, wirklich, es tut mir leid. Ich hätte sie abstellen sollen, zumindest bis diese Sache durch ist.«

»Heißt das, sie könnten jeden Moment hier stehen und uns belagern?« Seine Stimme wurde schneidend und er spannte sich an. »Damit hättest du rechnen müssen.«

»Wieso denn?« Mamas Blick flackerte Hilfe suchend zu mir. »Wer konnte denn ahnen, dass diese Menschen nach mir suchen würden? Ich... ich hatte das nicht auf dem Schirm.«

Papas Miene verdunkelte sich. »Wie du so vieles nicht auf dem Schirm hast! Lou, verdammt noch mal! Reicht es nicht, dass diese Journalisten den Fall ausschlachten! Was sollen wir jetzt machen?«

»Ich habe Lena schon geschrieben.«

»Nein! Wir halten die Stüwes daraus!«, beschied er. Fest biss er die Zähen zusammen, als müsse er sich zusammenreißen, Mama nicht den Kopf abzureißen.

»Aber …«, wollte ich sie gerade verteidigen, da war Mama schon aufgestanden und griff wieder nach ihrem Handy.

»Till, sie kann helfen! Niemand kann uns gerade so helfen. Verstehst du das nicht?«

Papas Adamsapfel hüpfte, als er schluckte und die Augen verengte. Mir war plötzlich danach, die Fenster aufzureißen. Die Luft war zum Zerschneiden dick. »Warum rennst du immer zu ihr, anstatt erst einmal mit mir zu reden?«

Mama ließ ihr Messer sinken und straffte die Schultern. »Wir sitzen im selben Boot, Till. Und nur für den Fall, dass du das vergessen haben solltest, sie hat Recht studiert! Außerdem hört sie mir zu und flippt nicht direkt aus.«

»Ich flippe nicht aus!« Die Ader an seiner Schläfe pochte. »Diese Familie ist nur mehr Fluch als Segen.«

»Spricht nicht so über sie. Lena bemüht sich, diesen Podcast in die Knie zu zwingen.«

Müde zuckten seine Mundwinkel und er nahm eine Brötchenhälfte von seinem Teller. »Und wie macht sie das? Schüchtert sie das Team nur ein, kauft sie den Sender, oder hat sie schon geklagt?«

Mama schnaubte auf. »Lass deine Vorurteile daraus!«

Ich räusperte mich, als Papa zu einer Gegenantwort ansetzen wollte. »Kommst du morgen wieder mit ausreiten?«

»Marie«, mahnend hob Mama die Stimme und griff wieder nach ihrem Brötchenmesser. »Samstag ist mein Tag mit Viva, falls du das vergessen haben solltest. Solange keine Turniere sind, gehe ich samstags immer noch die Dressurstunde bei Freddie.«

»Ich dachte, du könntest dir vielleicht wieder Doni liehen.« Sicherheitshalber sah ich zur Wand. Hoffentlich hatte ich damit das Gespräch entschärft und vor allem nicht anmaßend geklungen. Ich konnte strenggenommen immer noch froh sein, dass ich überhaupt ein Pferd hatte.

Sie seufzte. »Sie wollte ihn mir schon für eine Stunde morgen geben …«

»Dann reite die doch mit und ich nehme deine Stunde bei Freddie.«

Papa legte seine Brötchenhälfte, ohne reinzubeißen, wieder auf den Teller. »Seit wann bietet dir Hannah ständig Pferde an?«

Mama warf mir einen scharfen Blick zu, ehe sie sich an ihn wandte. »Seit sie einen neuen Wallach hat, der für den Betrieb zu schade ist.«

»Moment. Lou, schlag dir das aus dem Kopf!«

»Wieso sollte ich? Ich habe weder ja gesagt noch nein. Wenn würde ich ihn sowieso erst einmal zur Verfügung nehmen. Außerdem ist es mein Bonus. Es ist meine Sache, wofür ich ihn ausgeben, das war früher nie ein Thema und wird es jetzt auch nicht werden.«

Er sah zu mir. »Hängst du da mit drin?«

Ich schüttelte den Kopf. Mir war das auch neu. »Die Idee ist doch nicht schlecht, oder nicht?« Ich biss mir auf die Unterlippe und suchte nach den richtigen Worten in diesem Minenfeld. »So kann man es doch erst einmal ausprobieren, ob es mit zwei Pferden klappt, und dann kann man immer noch weitersehen. Mama sieht auf ihm immer sehr viel glücklicher aus, als auf Viva.«

Papa sah zu Mama. »Ein Pferd!
Das war immer der Deal.«

»Nach Milky, ja.« Sie nickte und ihr Blick spiegelte deutlich die Wehmut wider, die der Gedanke an ihr erstes Pferd in ihr auslöste. »Es ist eine einmalige Chance. Er fügt sich wunderbar ein, außerdem, was soll ich machen, wenn Marie in wenigen Jahren wegzieht und Viva mitnimmt?«

»Dann … dann kannst du doch eine Reitbeteiligung nehmen. Lena, wäre doch bestimmt froh, wenn du ihr Pferd ab und an mitreitest.«

Am liebsten hätte ich laut losgelacht. Mama und Libby, nie im Leben! Das würde in Geheule enden. Außerdem sagte er nicht eben, dass er Lena nicht mochte? Warum sollte Mama dann ihr Pferd reiten?

Mama warf ihm einen vernichtenden Blick zu.

»Ich diskutiere das nicht! Zumindest nicht jetzt.«

»Nein, du kaufst lieber einfach das Pferd.« Papa klang verbittert, als er sich wieder sein Brötchen vom Teller nahm. »Hannah hat dich doch schon längst überzeugt.«

Sie fuhr sich durch die Haare und lehnte sich im Küchenstuhl zurück. Das Holz knarzte leise und sie richtete den Blick auf die Blumen in der kleinen Vase unter einer alten Fotografie, die sie eigentlich nicht wirklich mochte. Das Foto war nicht sonderlich schön und eines dieser Möbelhaus-Bilder, die viel zu viele Menschen ohne Bedeutung an ihre Wand gepinnt hatten. Sie sagte immer, es wäre seelenlos, aber hatte sich nie mit Papa auf eine ihrer Illustrationen oder Zeichnungen einigen können. »Denk doch, was du willst! Lass mich raten, du willst ihn dir nicht mal ansehen.«

Papa ließ sein Brötchen zum dritten Mal sinken. Er sah inzwischen aus, als wenn er einfach nur in Ruhe Abendessen wolle. »Das habe ich so nicht gesagt. Ich finde die ganze Idee nur … gewöhnungsbedürftig.«

Was war daran bitte gewöhnungsbedürftig? Insgeheim war doch immer klar gewesen, dass dieses Arrangement mit einem Pferd für Mama und mich nie ganz aufgehen würde. Wir wollten einfach zu unterschiedliche Dinge und Viva hatte da nur ganz knapp reingepasst.

»Dann komm morgen mit! Ich schreibe Hannah und …« Sie seufzte und sah zu mir. »Du reitest Viva.«

Ich musste wirklich an mich halten, nicht breit zu grinsen, oder gar jetzt schon nach meinem Handy zu greifen, um Liz zu fragen, was sie morgen vorhatte.

118

Kapitel 19

Es war Montag. Der Zweite, seitdem die Schule wieder angefangen hatte. Der Zweite, den ich in meinem Zimmer verbrachte und auf den Bildschirm meines alten Laptops starrte.

Die Aufgaben für den Englisch-LK waren fein säuberlich vor mir auf dem Bildschirm in eine Worddatei eingefügt, die ich meinem Lehrer bis heute Abend geschickt haben musste. In einem zweiten Fenster lächelte mich das dazugehörige Arbeitsblatt als schlechte Kopie an.

Gedanklich war ich bei Samstag und Papas Begutachtung von Doni. Schon als er den Schecken gesehen hatte, war ihm jegliche Farbe aus dem Gesicht gewichen, als wenn ihm genau in dem Moment bewusst geworden wäre, dass er das zweite Pferd nicht abwenden konnte. Mama hatte breit gegrinst und Hannah zugezwinkert, die nur so darauf lauerte, endlich einen Vertrag aufsetzen zu können.

Nur leider hatten sie danach nicht mehr über Doni gesprochen. Allgemein hatten sie am Wochenende wenig gesprochen. Papa war laufen gewesen. Fast den ganzen Sonntag hatte er damit verbracht. Mama hatte immer wieder auf die Uhr gesehen, aber um sechs aufgegeben und ihm ein geschmiertes Brötchen auf dem Küchentisch stehen gelassen, nachdem wir schon zu Abend gegessen hatten.

Mein Handy leuchtete auf.

»Wo seid ihr alle?«, ploppte eine Nachricht von

Charlie auf meinem Sperrbildschirm auf.

»Oberstufenraum, aber aufpassen, Nona und Co sitzen direkt an der Tür«, kam prompt die Antwort von Emma gepaart mit einem Schlangenemoji.

Schlagartig wurde mir übel. Ich hatte ihre Stimmen förmlich im Ohr. Sah Emma wie so oft in ihrer Tasche kramen. Charlie verbrannte sich die Zunge garantiert wie fast jeden Tag an ihrem Kaffee und Bea fachsimpelte mit Liz über ihre schulischen Leistungen oder viel mehr, warum diese nicht besser werden wollten. Ich konnte meine beste Freundin vor meinem inneren Auge, mit den Augen rollen sehen. Bestimmt redeten sie leise über Nona und ihre Clique oder Pläne für das nächste Wochenende. Bea redete vielleicht auch über Nico und versorge alle anderen mit kleinen Details, bei denen sie ins Schwärmen kam. Charlie würde sie dann damit aufziehen, bevor sie Emma beim Klingeln zur nächsten Stunde nach einem Kaugummi fragte. Davon hatte Emma immer mindestens eine Packung in ihrem schwarzen Rucksack, aber nur mit Erdbeergeschmack. Besonders nach Mathe roch sie immer danach.

Ich vermisste sie. Tränen stiegen mir in die Augen. Ich wollte mit ihnen da sitzen. Lästern, Pläne schmieden, sogar Beas Ausführungen über Nico, würde ich mir gerne anhören. Ein Kloß bildete sich in meinem Hals. Er fühlte sich kalt und scharf an, als hätte ich einen Stein verschluckt und er würde immer tiefer meine Kehle entlangwandern.

Selbst der Griff zur Wasserflasche half nicht, und ich blickte wie von selbst zum Reitclub. Nur zwei Autos standen auf dem Parkplatz. Schwarze SUVs, wie sie so viele fuhren. Unter meinem Fenster grasten heute keine Pferde, obwohl der Himmel strahlte. Einladender würde es kaum werden. Auch wenn Liz später kam …

Ich schob meinen Schreibtischstuhl zurück und stand auf. Konzentrieren würde ich mich eh nicht können. Im

Stall konnte ich wenigstens meine Gedanken ordnen, bevor sie mir noch das Hirn verknoteten. Außerdem dachte ich dann nicht mehr an meine Freundinnen.

Möglichst leise versuchte ich, die Treppe herunterzuschleichen, aber vergaß dabei, die letzte Stufe auszulassen. Mit einem lauten Knarzen kündigte sie mich an.

Sofort rief Mama aus ihrem Büro: »Brauchst du Hilfe?«

Na super. Tief atmete ich ein und ließ die Schultern sinken. Der Plan, in den Stall zu verschwinden und erst wiederzukommen, wenn mir nach Englisch war, hatte sich damit erübrigt.

»Nein«, rief ich lahm und schielte hoffnungsvoll auf meine Stiefeletten, die noch von gestern Abend an der Haustür standen.

Die Bürotür öffnete sich. Mama hielt sie mit dem Ellenbogen auf und hatte mehrere Pinsel in der linken Hand, über ihrem Arm hing ein farbverschmiertes Tuch und sie hatte sogar Farbkleckse auf der Nase. »In der Küche steht Tee.« Sie musterte mich. Prüfend legte sie den Kopf schief. »Oder wolltest du gerade zufällig in den Stall abhauen?«

Ich sah weg.

Für sie ist Bestätigung genug. Seufzend verschwand sie wieder im Büro, aus dem es zunehmend nach Ölfarbe roch. Manchmal fragte ich mich wirklich, wie sie diesen Geruch stundenlang aushielt, ohne ein Fenster zu öffnen.

Bevor ich jedoch einen weiteren Schritt zur Haustüre machen konnte, stand sie, dieses Mal ohne Pinsel, wieder im Flur. »Du bleibst hier! Oder ist Englisch erledigt? Was ist mit Bio? Und mit Deutsch und Erdkunde?«

Ich befeuchtete meine Unterlippe mit der Zungenspitze. Was sollte ich darauf nur sagen? Dass mir die Decke auf den Kopf fiel? Die Schäfer die Aufgaben natürlich vergessen hatte? Oder dass ich eine Pause brauchte? Das alles würde sie nicht gelten lassen. »Mach ich noch, aber...«

»Oh nein! Du kannst dir eine Tasse Tee holen und dann geht es wieder hoch! Kein Stall, bevor du nicht zumindest Englisch gemacht hast.«

»Aber ich kann mich nicht konzentrieren!«

»Ganz schlechte Ausrede!« Bestimmt schüttelte sie den Kopf und verschränkte die Arme vor der Brust. »Wahrscheinlich hast du nur mal wieder nicht gelüftet und kannst dich deshalb nicht konzentrieren.«

Ich rollte mit den Augen. Als wenn das so leicht wäre.

»Liegt dein Handy auf dem Schreibtisch?«

Ich nickte.

»Her damit! Das kannst du dir abholen, wenn du Englisch gemacht und mir gezeigt hast.«

»Hey, das ist jetzt wirklich unfair! Es lenkt mich nicht ab!«

»Mhm!« Sie streckte die Hand fordernd aus. »Googeln kannst du auch mit deinem Laptop, also hoch- und herholen. Außerdem verschwindest du mir nicht ohne Handy in den Stall, hörst du?«

Murrend drehte ich mich wieder um. Klar. Irgendwie hatte ich das Gefühl, alle Eltern hatten irgendwann mal ein Briefing bekommen, dass Handys der Ursprung allen Übels waren. Von Konzentrationsstörungen, über Stimmungsschwankungen, bis hin zu dem Gefühl, todunglücklich zu sein. Es war alles die Schuld eines einzigen Gerätes und der sozialen Medien. Dabei hing Mama selbst oft genug vor ihrem Handy und teilte ihre Illustrationen auf Instagram, wo sie zugegeben mittlerweile sehr viel Anklang fanden.

Wahrscheinlich hatten die Podcaster sie eher darüber gefunden als über die Website. Was wollten sie überhaupt von uns? Die Geschichte war in Zeitungsartikeln schon mehr als genug ausgebreitet worden. Es ging bestimmt um Emotionen. Ich hatte mal gelesen, dass sich damit das meiste Geld verdienen ließ. Wie pervers es doch war mit dem Schicksal anderer Menschen seinen Lebensunterhalt zu bestreiten. War das schon verwerflich?

An meiner Zimmertür verwarf ich den Gedanken wieder. Es ging mich nichts an. Solange sie mich daraus hielten, sollten sie tun und lassen, was sie wollten. Die Geschichte war hier in Kleinblommen sowieso schon rumgegangen. Bestimmt hatte sie sogar schon die erste Phase der Legendenbildung durchlebt und einige Details waren ausgeschmückt worden.

Mir lief eine Gänsehaut über den Rücken. Wie sollte man eine solche Nacht weiter ausschmücken? Sie war wie frisch aus einem Horrorfilm gewesen. Ich konnte förmlich wieder die Nachtluft schmecken, gepaart mit Blut und Erde.

Schnell schüttelte ich den Kopf und griff nach meinem Handy. Der Bildschirm leuchtete noch einmal auf, aber es war nur ein Hinweis gewesen, dass ich mich heute am besten 30 Minuten bewegen sollte.

Mama stand immer noch an der Treppe. Die Arme vor der Brust verschränkt musterte sie mich, wie ich über die letzte Stufe sprang, um das Knarren nicht hören zu müssen. »Soll ich mir die Englischaufgaben auch einmal angucken?«, bot sie in einem schon sehr viel versöhnlicheren Ton an.

Ich hielt ihr mein Handy hin. »Man kann sie eh kaum lesen. Ich wollte Liz nach einer Kopie ihres Arbeitsblatts fragen. Sie wollte heute Mittag nach der Schule vorbeikommen mit den Deutschaufgaben.«

Mama seufzte. »So schlimm kann es nicht sein. Die Drucker aus meiner Schulzeit dürften da wohl kaum noch herumstehen und mit einer Kartoffel kann man nicht scannen.« Das Bild gefiel mir. Ich sah unseren Stufenleiter, bei dem ich allen Anschein nach Englisch-LK hatte, förmlich vor mir, wie er verzweifelt eine Kartoffel über das Arbeitsblatt hielt. »Was ist mit Erdkunde? Kannst du das nicht wenigstens schon machen?«

»Aber das muss ich erst Mittwoch fertig haben.«

Bittend schob ich die Unterlippe vor. »Kann ich nicht vielleicht einfach für eine Stunde rüber?«

Bestimmt schüttelte sie den Kopf. »Eher sortierst du mir die Acrylfarben in meinem Büro nach dem Alphabet.« Als sie meinen enttäuschten Blick sah, hob sie triumphierend eine Augenbraue. »Das, oder du machst Erdkunde. Danach kannst du meinetwegen mit mir zum Stall.« Mein Herz machte einen Hüpfer, da sprach sie schon weiter. »Aber wirklich erst, wenn du Erdkunde fertig hast und wirklich heute Mittag zusammen mit Liz lernst.«

Ich seufzte und wollte schon einwenden, dass Liz heute Nachmittag Nachhilfe am Stall hatte und es bestimmt nicht gut wäre, wenn wir vorher noch Deutsch und Englisch zusammen durchpaukten, da war Mama schon wieder schneller.

»Spar dir die Ausreden. Ich kenne euch Mädchen doch!« Dabei klang sie aber keinesfalls streng, sondern eher, als würde sie genau verstehen, was bei uns im Leben wieder einmal Wellen schlug. Das war einer dieser raren Momente, in denen ich meiner Mutter abkaufte, dass sie auch einmal jung gewesen war. »Los. Hoch jetzt! Ich komme in einer Stunde gucken!«

Kapitel 20

Ich brauchte keine Stunde. Den Kurzaufsatz über die Stadtstruktur von Mexikostadt hatte ich, dank Google und meinem oft verwünschten Atlas, sehr schnell zusammen und schon per Mail an meinen Lehrer verschickt, als Mama klopfte.

Sie hatte sich umgezogen. Statt der alten Bluse mit den Farbklecksen trug sie ein rosa Poloshirt und hatte ihre Haare zu einem Pferdeschwanz zusammengebunden. Lediglich einige kleine Farbsprenkel auf ihren Fingern und dem Handrücken deuteten auf ihren künstlerischen Exzess hin.

»Etwas aufräumen würde nicht schaden«, murmelte sie, als sie über den Teppich stieg, auf dem sich Bücher stapelten, die ich auf der Suche nach meinem Atlas einfach aus dem Regal gezogen hatte. »Und lüften auch nicht!« Sie öffnete das Fenster neben dem Schreibtisch. Vogelzwitschern drang in den Raum und zog mich nur noch mehr nach draußen in die Sonne. »Hast du Erdkunde fertig?«

Ich nickte und drehte meinen Laptopbildschirm so, dass sie sehen konnte, dass ich sogar schon eine Mail an Frau Schade geschickt hatte.

Zufrieden lächelte sie und wuschelte mir durch die Haare. »Du kannst doch, wenn du willst!« Sie griff in die Hosentasche ihrer beigefarbenen Reithose und legte mein Handy neben den Laptop auf den Schreibtisch. »Melde dich mal bei deinen Freundinnen. Dein Handy hat kaum still gestanden.« Sie sah zu dem Foto an der Pinnwand, das unsere kleine Gruppe letztes Jahr am Strand gemacht hatte. »Charly, Emma und Bea habe ich schon lange nicht mehr bei uns gesehen. Wollen sie nicht vielleicht mal vorbeikommen?«

»Ich frage sie.« Auch wenn ich momentan nicht die Energie hatte, mir jedes Detail über den neusten Tratsch der Schule anzuhören, oder Charlys Schimpftiraden zu folgen, dass der Sportlehrer so sexistisch wäre, weil er sie nicht dieselbe Höhe wie die Jungs beim Stabhochsprung springen ließ.

Langsam erhob ich mich aus dem Stuhl und wäre prompt fast über eines der Bücher gefallen. Mama rang das nur ein belustigtes Schmunzeln ab und einen dieser Blicke, wie ihn nur Mütter haben, die einem sagen sollten, dass sie einem genau das gesagt haben. Natürlich nicht wörtlich, sondern rein auf einer metaphysischen Ebene.

»Wir sollten Äpfel mitnehmen«, beschied Mama auf der Treppe nach unten, als wir an einem Foto von meinem allerersten Turnier vorbeiliefen, auf dem auch sie in Turnierkleidung zusehen war. Kurz fragte ich mich, ob das nicht eigentlich ihr Letztes gewesen war. Ich konnte mich zumindest nicht daran erinnern, dass sie in meiner Kindheit je wieder ein Turnier geritten war.

Ich machte einen zustimmenden den Ton. »Was ist jetzt mit Doni?«

Mama hielt vor mir auf der Treppe an und drehte sich zu mir um. Sie hob die Augenbrauen und sah mich an, als hätte ich mal wieder das wichtigste von allem vergessen. »Hast du das nicht mitbekommen?«

»Was?« Ich hatte nur mitbekommen, wie Papa resigniert zu Hannah geguckt hatte und die mit einem fröhlichen Lächeln, das genauso gut von einem Gartenzwerg hätte, stammen können, an mir vorbeigelaufen war, als ich mit Liz mal wieder am schwarzen Brett gestanden hatte und wir über den Flohmarkt für Pferdesachen bei einem kleinen Reitturnier am nächsten Wochenende gesprochen hatten.

»Der Vertrag ist unterschrieben. Dein Vater schmollt

immer noch, dass es ein Pferd geworden ist und kein Urlaub.« Sie rollte mit den Augen. »Wo hätte er denn überhaupt hin gewollt? In Skandinavien ist es ihm zu kalt und zu sehr wie hier, in Italien zu warm und hektisch, und auf Wandern in den Alpen habe ich keine Lust. Und von einem Pferd haben wir sowieso alle mehr.« Sie lachte. Das sah Papa ähnlich. Erst schmollte er und spätestens nächste Woche stand er schon am Gartenzaun, wenn die Pferde dort mal wieder standen, und verteilte munter halbe Äpfel und kleingeschnittene Karotten an Doni und Viva. Dazu würde er dann nur sagen, dass er sich ja einschleimen muss, sonst würde er seine Mädels bald überhaupt nicht mehr sehen.

Spätestens als wir die Auffahrt zum Club hochliefen, wäre es mir aufgefallen, dass Doni eindeutig kein Schulpferd mehr war. Einträchtig und in eine von Vivas knallroten Fliegendecken verpackt, graste er zwischen Libby, Viva und Haddy. Mama hatte noch ein Halfter vom Dachboden geholt, um Hannah das Alte wiederzugeben, und redete schon von einem Termin beim Sattler, damit wir einen der alten Springsättel im Keller eventuell auf ihn anpassen lassen konnte.

Aber ich hörte nur mit halbem Ohr zu. Auf dem Parkplatz stand direkt neben dem Tor ein mir allzu bekannter schwarzer Landrover. Matty saß hechelnd neben der geöffneten Kofferraumklappe und wartete geduldig darauf, dass Lena Stüwe sich endlich für eine Schabracke entschieden hatte, die sich im Kofferrauminneren aufstapelten. Sie war so vertieft ins Kramen, dass sie uns erst sah, als wir nur noch wenige Schritte von ihr entfernt waren und Matty Anstalten machte aufzuspringen, um uns zu begrüßen. Ein Lächeln breitete sich auf ihren spröden Lippen aus, täuschte jedoch nicht über ihre tiefen Augenringe hinweg. Auch ihre Haare waren nur halb so ordentlich frisiert, wie sonst, als hätte sie schon mindestens eine Runde auf dem Pferd gesessen und einfach vergessen, ihren Pferdeschwanz wieder zurichten, nachdem sie den Reithelm abgenommen hatte.

»Kann ich gratulieren? Oder muss ich für dich, Till so sehr in den Hintern treten, dass er erst auf dem Mond wieder zu sich kommt?«, fragte sie, als wir auf ihrer Höhe waren. In ihren grünen Augen funkelte der Schalk.

Mama schmunzelte und schüttelte den Kopf. »Nicht nötig. Das Angebot halt mir aber mal warm. Du darfst gratulieren. Ich habe ihn zwar erstmal ein Jahr auf Probe, aber die Hälfte vom Kaufpreis ist schon hinterlegt.«

»So einen Deal bekommt man auch nur bei Hannah.« Lena seufzte und fischte schließlich eine hellblaue Schabracke aus dem Kofferraum. »Ausreiten?«

Mama nickte und sah mich fragend an.

Das Angebot klang zwar gut, aber wenn mir der Freitag eins gezeigt hatte, dann dass ich dringend mal wieder versuchen musste Viva einigermaßen dressurmäßig zu bewegen. Über den Strand galoppieren war das eine, ordentlich durch einen Parcours zu kommen und das Pferd an den Hilfen zu halten, das andere. So schüttelte ich den Kopf und wies zur Reithalle. »Wird mal wieder Zeit für ein wenig Dressurarbeit.«

Lena hob langsam die Augenbrauen. »Oh«, machte sie gedehnt und sah plötzlich wieder ganz ernst drein. »Dann pass mir bitte auf. Lukas wollte auch gleich mit seinem Steiger rein. Der Plan, den stehenzulassen, hat sich gestern erübrigt, als der durch den Zaun gegangen ist.«

Ich musste augenblicklich schlucken. Ausreiten klang vielleicht doch wieder nach einer sehr guten Idee. Quatsch! Nach der allerbesten Idee! Mir das in der Halle zugeben, hätte ich auch ohne die Spannungen zwischen uns vermieden. So wurde es nur noch unangenehmer, zumal Viva sich ja gerade auch nicht sonderlich gut benahm.

»Du willst ihn das allein machen lassen?« Mama konnte ich ansehen, dass sie mir das nie im Leben erlaubt hätte. Weder so ein Pferd, noch allein damit zu arbeiten.

Lena legte die Stirn in Falten, kniff die Lippen zusammen und zuckte mit den Schultern. »Was soll ich machen? Ich kann sagen, was ich will. Er wird sowieso nicht auf mich hören. Hannah ist im Büro und hat ein Auge drauf, sollte was sein.«

Ich würde nur bezweifeln, dass sie etwas davon mitbekam. Jedes Mal, wenn ich in den letzten Wochen durch die Glastür geguckt hatte, war sie bis zur Nasenspitze in ihrem Handy versunken oder klebte vor dem Computerbildschirm. Ich würde sogar wetten, dass wenn neben ihr eine Bombe hochgehen würde, sie erst dann etwas merken würde, wenn alles schon längst in Flammen stände.

Mama atmete tief ein. Fest drückte sie meine Schulter. »Mein Gott, bin ich froh, dass du kein Faible für Vollblüter hast und noch dazu Respekt vor dir selbst.«

»Das Vollblut ist nicht das Problem! Darum bin ich sogar froh. Eine größere Lebensversicherung als ein Vollblut auf deiner Seite gibt es nicht.« Die Kofferraumtür schloss sich mit einem leisen Klacken und Lena gab Matty ein Zeichen, ihr zu folgen. »Nur das Steigen … das macht mir Bauchschmerzen an der Sache.«

Wir liefen zu den Ställen. Mama und Lena redeten über Gott und die Welt. Ich dachte an das, was ich mit Viva machen wollte, und daran, Liz heute Mittag zu fragen, ob sie nicht öfter direkt nach der Schule vorbeikommen könnte. Matty trottete ohne Leine neben uns her und war damit offiziell der einzige Hund am Stall, der ohne Leine laufen durfte. Ich glaube, sie wurde jagdlich geführt. Zumindest hatte ich Lena mein Leben lang nur mit Jagdhunden gesehen und meinte, mich auch mal an ein Gespräch über eine Treibjagd im Familienrevier erinnern zu können.

Hannah sagte zumindest nichts, als sich unsere Wege kreuzten und sie kurz von ihrem Handy aufsah, um uns alle zu grüßen.

Im Stall pfiffen die Schwalben. Es roch wie immer nach Stroh und die Sonne malte warme Quadrate durch die Dachfenster auf den Steinboden. Die Boxen waren wie immer leer, nur die Halfter und Führstricke hingen an ihren Haken.

Tief atmete ich ein. Kurz flackerte wieder etwas Unbehagen auf. Aber ich riss mich zusammen. Ich wusste, wo ich war und dass mir hier nichts passieren würde! Mama war schon mit Lena in der Sattelkammer verschwunden, da stand ich noch auf der Gasse und genoss einfach die Ruhe. Im Stall zu sein, war, als würde die Welt still stehen und den Atem anhalten. Englisch war vergessen, Deutsch ebenfalls, nur ein kurzer Gedanke an Liz und ihre Nachhilfestunde heute Nachmittag schaffte es sich länger in meinem Bewusstsein zu halten. Das konnte mir eindeutig etwas geben!

Beschlagene Hufe kamen über das Pflaster in die Richtung des Stalls. Das metallene Klacken hallte von den Gebäuden wieder und wurde vom Wind weiter getragen, als wär es eine sanfte Symphonie.

Neugierig trat ich an die Stalltür und traute prompt meinen Augen kaum.

Am Anbinder stand ein bildschönes dunkelbraunes Vollblut. Muskeln zeichneten sich unter dem glänzenden Fell ab. Aufmerksam spielte der Wallach mit den Ohren. Eine breite Blesse zog sich über sein feines Gesicht. Er hatte diese vollbluttypischen großen Augen, aus denen er wachsam seine Umgebung betrachtete.

Das musste es sein. Lukas' Englandimport. Das Pferd, von dem Thilo so geschwärmt hatte. Plötzlich konnte ich die Schwärmerei gut verstehen. Bei so einem Pferd würde ich auch schwach werden. Er trat einen Schritt zur Seite, als Lukas sich gegen ihn lehnte, ich hatte ihn vorher gar nicht wahrgenommen.

Die dunklen Haare, die fast die Farbe des Vollbluts hatten, standen wie so oft in alle Richtungen ab, als wäre er sich erst vor wenigen Augenblicken durch die Haare gefahren. Bei anderen wirkte das schnell nachlässig, aber bei ihm hatte es etwas Unangepasstes, das es wieder cool machte. Er sah deutlich besser aus als noch vor wenigen

Wochen und beim Training am Freitag. Die Augenringe waren nur noch halb so tief, und er wirkte wieder eine Spur lebendiger. Wie immer trug er diese viel zu schicken Reitklamotten, die ich mir im Laden vielleicht mal kurz anguckte, nur um beim Preisschild ganz schnell wieder Abstand zu nehmen. Heute war es eine graue Reithose, die natürlich wie angegossen saß, und ein dunkelblaues Poloshirt. Unter dem Vielseitigkeitssattel, der über dem Anbindebalken hing, klemmte schon die passende Schabracke von derselben Firma. Tja, Geld musste man haben, dann konnte man auch wie frisch aus dem Modekatalog aufs Pferd steigen.

Seufzend drehte ich mich wieder um und lief die Stallgasse runter, um Vivas staubiges und altes Stoffhalfter zu holen. Manchmal wünschte ich mir schon, ich könnte ganze Sets aufs Pferd schmeißen, wie sie es immer alle bei Instagram taten. Aber dann fiel mir nur wieder ein, dass ich jedes Einzelne davon von meinem Taschengeld zahlen durfte und so ein ganzes Set wirklich nicht billig war. Im Sale war das Meiste oft schon in Vivas Größe weg.

Kopfschüttelnd lief ich zur Weide an der Auffahrt. Ich ließ mich von sowas viel zu sehr beeindrucken. Ich sollte mich lieber darüber freuen, dass Lukas wieder besser aussah. Vielleicht wog dann auch das Schuldgefühl nur noch halb so viel auf meinen Schultern. Das wollte ich zumindest glauben. Einfach, weil ich endlich aus diesem Teufelskreis wollte.

Alle Pferde standen am Gatter. Libby in vorderster Reihe, die Fliegenmaske nur noch über einem Ohr und eingerissen. Auch sie war eine Erscheinung. Das war wohl das Beuteschema der Stüwes. Pferde, die aussahen, als wenn sie aus dem Traum eines jeden Pferdemädchens entstiegen wären. Ihre akkurat gestutzte schwarze Mähne, stand in einem wunderschönen Kontrast zu ihrem dunkelbraunen Fell mit den Sonnenflecken, die sie nur im Sommer hatte. Außer einer kleinen Schnippe hatte sie keine Abzeichen und strahlte schon auf der Weide, die

Eleganz eines wahren Dressurpferdes aus. Früher hatte ich Lena gerne dabei zu gesehen, wenn sie mit ihrem Rappen, den sie vor Libby hatte, für ein Turnier trainiert hatte. Ich fragte mich sofort, was eigentlich aus dem geworden war, nachdem Lena ihn in Rente geschickt hatte.

Hinter Libby schob sich Vivas Schnute ans Gatter. Im Gegensatz zu ihrer Weidekompanin hatte sie keine Fliegenmaske auf, sah aus wie ein Feld-Wald-und-Wiesen-Warmblut und hatte sich mal wieder eingesaut. Eine dicke Schicht getrocknetem Mist lag auf ihrer Kruppe und ihre Schulter zierte eine Staubschicht. Warum konnte mein Pferd nicht einmal elegant sein? Haddy und Doni sahen aus, als wenn sie gerade erst herausgestellt worden waren.

Mit mulmigem Gefühl im Bauch lief ich zum Anbinder. Viva trottete hinter mir her, als wenn sie wieder einmal sowas von keine Lust hätte, und ich musste sie fast schon hinter mir herziehen. Wir gaben bestimmt ein tolles Bild ab, zumindest hob Lukas vielsagend die Augenbrauen, als ich so mit ihr nur vier Anbinderinge von seinem Vollblut entfernt anhielt. Er hatte auch leicht Reden! Ein Kommentar konnte er meinetwegen lassen, dann wüsste ich wenigstens, dass es ihm wirklich gut ging, aber beim Zweiten würde ich ihm an die Gurgel springen!

Aber er sagte nichts. Putzte einfach nur weiter sein eh schon prachtvoll glänzendes Pferd und bedachte uns keines weiteren Blickes. Ich war also immer noch die Persona non grata in seinem Leben. Wie schön!

Ich musste schlucken. Ein Wort. Einfach nur ein Wort und ich wäre glücklich. Nein, er musste natürlich sein Schweigen einfach mitten in meine Welt stellen und darauf hoffen, dass ich irgendwann mal darüber fiel.

Schweigend putzten wir. Er war natürlich schneller als ich und ich durfte neidvoll dabei zusehen, wie er mit diesem Kracher an der Hand, in seinem abstoßend perfekten Outfit zur Halle lief. Dieses Mal jedoch ohne Sporen an den

Stiefeln und soweit ich das gesehen hatte, trug der Wallach ein Babybaucher-Gebiss. Pantas ritte er jedoch auf Olivenkopftrense. Das dürfte also eindeutig spannend werden.

Nur zehn Minuten später, die mir wie eine halbe Stunde vorkamen, folgte ich ihm. Die lilafarbene Schabracke passte nicht zu meinem hellblauen T-Shirt, die Trense war ungeputzt und meine Stiefel hatten auch schon bessere Zeiten hinter sich. Dennoch kam ich mir nicht vor wie ein Alien.

In der Halle war es angenehm schattig. Der Hufschlag war frisch abgezogen und bis auf die Hufabdrücke von Lukas' Vollbluts unberührt. Sofort kam ich mir vor, wie ein kleines Kind, das Spuren in den Schnee malte. »Tür frei?«, rief ich eigentlich viel zu leise.

Zu meiner Überraschung rief Lukas trotzdem »Ist frei!« zurück. Seine Stimme klang dabei wie immer, ok, vielleicht eine kleine Spur fester, aber sonst wirklich wie immer.

An der Aufstieghilfe in der Bande stieg ich, kurz nach dem Eintreten, auf und ließ Viva zum Aufwärmen die Zügel lang. Sie streckte sofort den Kopf herunter und schnaubte. Mein Blick glitt zur Uhr über dem Fenster zu Hannahs Büro. 20 Minuten locker Schritt reiten, das bekam Viva fast schon ohne mich hin. Gelangweilt trottete sie unter mir über den Hufschlag, die Nase fast durch den Sand pflügend.

Wieder konnte ich Lukas' Blick auf mir spüren. Als ich mich nach ihm umsah, saß er allerdings konzentriert auf seinem Pferd und ritt den Wallach ordentlich an den Zügel, dabei wechselte er immer wieder die Hand, als wenn er das Pferd beschäftigen wollte.

Da war mir Viva aber deutlich lieber!

Als er schließlich nach 10 Minuten antrabte, konnte ich dasselbe Spiel beobachten. Vorwärts und durch jede erdenkliche Bahnfigur. Dass er mir fast immer direkt vor die Hufe ritt, schien ihm dabei total egal zu sein, als wenn mein Schlachtschiff und ich unsichtbar wären. Na, danke auch! Inzwischen fragte ich mich, was er damit bezwecken wollte. Da war Methodik hinter, aber wofür? Pantas ließ er auch oft genug zum Anfang einfach vor sich hin trotten, um ihn dann immer mehr und mehr zu sich zu holen. Das war auf jeden Fall kein lockeres Vorwärts-Abwärts, das ich heute eigentlich anstrebte. Betonung lag auf Anstreben. Gedanklich saß ich mal wieder nicht auf dem Pferd. Ich ritt Viva viel zu lasch an den Zügel und die Stellung ließ deutlich zu wünschen übrig. Eigentlich war ich die ganze Zeit bei Lukas, der manchmal nur eine Armlänge von mir entfernt energisch sein Vollblut vorschickte, dabei eine solche Ruhe ausstrahlte, dass man gar nicht auf die Idee kam, dass er eigentlich auf einem Pulverfass saß.

In einer Ecke ritt ich Viva mal wieder viel zu gerade gestellt und drehte mich unauffällig zu ihm um, da hatte Viva die Schnauze offiziell voll. Anstatt einfach stehenzubleiben, wie sie es sonst eher tun würde, wenn keine Sprünge aufgebaut waren, entschied sie sich kurzerhand dazu, loszuschießen. So schnell konnte ich die Zügel gar nicht aufnehmen. Wie durch Watte hörte ich Lukas rufen, »Bein dran!«, so laut schlug mein Herz. Früher hätte ich genau das getan, die Beine dran gedrückt und sie versucht, in den Zügel zu reiten. Aber ich kam gar nicht auf die Idee. Ich saß einfach nur da und ließ es geschehen, total verkrampft und den Atem anhaltend. Ich war wie in Trance unfähig, auch nur ansatzweise zu schalten.

Plötzlich griff mir jemand in die Zügel. Neben mir schnaufte das Vollblut aufgeheizt, während Lukas beide Pferde wieder zurückholte, als wenn er sein ganzes Leben lang nichts anderes tat, als mich davor zu bewahren, mal wieder den Boden zu küssen. »Sag mal, geht's dir noch gut?« Er klang schroff.

Ich blinzelte, immer noch fühlte sich jeder Muskel meines Körpers verspannt an.

»Wenn du dich umbringen willst, gibt es elegantere Lösungen!« Er knirschte mit den Zähnen. Ich wagte es kaum, zu ihm herüberzusehen. Was dachte er wohl gerade über mich? Dass ich unfähig war? Dass ich es besser lassen sollte? Dass ich alles überstürzt hatte? Ohne die Hand von meinem Zügel zu lösen, schwang er sich aus dem Sattel. »Steig ab!«

»Wa … was?«, stammelte ich und mein Mund fühlte sich trocken an. »Warum?«

»Mach einfach!« Ich drehte den Kopf wie mechanisch in seine Richtung und musste schlucken. Er sah mich ruhig an. Vielleicht ein bisschen wie früher, wenn mein Pony nicht springen wollte, weil ich Angst hatte und er spontan beschloss, mit seinem Pony als Zugpferd zu fungieren. Tief atmete er ein. »Komm schon.« Dieses Mal klang er deutlich versöhnlicher.

Meine Beine fühlten sich an wie Wackelpudding, als ich aus den Steigbügeln glitt. Kurz musste ich mich sammeln, zu groß war die Angst davor direkt vor ihm auf den Boden zu landen, weil meine Beine nachgaben, dann schwang ich mich ebenfalls aus dem Sattel.

Wortlos drückte er mir die dunkelbraunen geflochtenen Zügel seines Vollbluts in die Hand. Misstrauisch betrachtete ich das Pferd. Hatte Lena nicht gesagt, er wäre Steiger. Oje. Hoffentlich benahm er sich mit mir dummen Kuh an der Hand. Bevor ich auch nur etwas sagen konnte, saß Lukas schon im Sattel meiner Stute. »Der tut nichts. Keine Sorge«, war das Letzte, was er sagte, bevor er Viva einfach locker aus dem Stand angaloppierte. Sie wirkte plötzlich ziemlich klein. Noch einmal sah ich zu dem Vollblut. Die 1,70 hatte der gute Kerl hier schon.

Viva konnte man ansehen, dass sie plötzlich etwas überfordert war, saß doch ein deutlich besserer Reiter im Sattel, der sofort mehr erwartete. Neidisch beobachtete ich, wie er meine Stute in die Versammlung holte, sie dabei nicht einmal hinter die Senkrechten fiel und keine seiner Hilfen war absolut offensichtlich. So geschmeidig lief die nicht mal unter Mama. Mein Selbstbewusstsein hatte damit offiziell einen neuen Tiefpunkt erreicht. Ich wusste ja, dass ich nicht die beste Reiterin war, einfach weil ich zu gerne in meiner Komfortzone blieb, aber jetzt wusste ich, was Viva dressurmäßig drauf hatte, wenn mal kein Sackmehl drauf saß. Sie sprang locker Galoppwechsel, von denen ich mir sicher war, dass Lukas sie nur ritt, um vor mir damit anzugeben, was er drauf hatte. Viva schwebte nur so durch die Bahn. Im Spiegel erkannte ich fast mein eigenes Pferd nicht wieder. Nach zwei Wechseln ließ Lukas sie wieder durchparieren und strich ihr über den Hals, aber auch im Trab ließ er sie sich nicht seinen Hilfen entziehen und ihr eigenes Ding machen. Wie am Samstag bei Hannah musste sie sich setzen. Dass sie dabei einmal genervt mit dem Kopf schlug, war Lukas egal. Er ritt einfach darüber hinweg und gab sofort nach, als sie anfing zu kauen.

Das Vollblut ruckte am Zügel. Ich sah zu dem Wallach. Er spielte wieder aufmerksam mit den Ohren und sah über die Bandentür, durch die geöffnete Hallentür raus auf den Hof. Ich konnte Mama und Lena an der Halle vorbeireiten sehen. Beide Pferde hielten die Köpfe entspannt gesenkt. Vielleicht hätte ich doch besser mit ausreiten gehen sollen.

»Die braucht dringend mehr Kraft.« Ich zuckte zusammen, als Lukas plötzlich wieder vor mir anhielt. »Und du hast echt scheiß Steigbügel!«

Ich zog die Augenbrauen zusammen. »Was ist bitte falsch mit meinen Steigbügeln?«

Er lachte und schwang sich wieder aus dem Sattel, dabei hatte er nur Vivas Größe falsch eingeschätzt und stolperte prompt nach hinten, als er wieder auf dem Boden aufkam. »Habe vergessen, dass das ein Pony ist.«

»Pony? Die ist über 1,60!«, verteidigte ich prompt meine nassgeschwitzte und immer noch reichlich verwirrt aus der Wäsche guckende Fuchsstute. »Bitte! Nicht jeder kommt mit so einem Riesenvieh, wie dem hier klar!« Ich drückte ihm einfach seine Zügel wieder in die Hand. Ph! Warum musste er spontan entscheiden, dass er wieder mit mir reden wollte und dann direkt mein Pferd beleidigen!

»Ist ja gut.« Er schmunzelte auf diese charmante Art, die meine Knie sofort wieder weich werden ließ. Verdammter Idiot! »Ich würde dir ja anbieten, dass du gerne mal Blaze probereiten darfst, aber nachdem du Vivas kurze Buckelattacke schon nur knapp sitzen konntest, würdest du von ihm hundertprozentig innerhalb der ersten zehn Minuten die Biege machen.« Danke für den weiteren Messerstich in mein sowieso schon am Boden liegendes Selbstbewusstsein.

Tief atmete ich ein, um mich einfach nicht aufzuregen. Es herrschte gerade sowas wie Frieden zwischen uns, das wollte ich eindeutig nicht riskieren. »Hätte ich sowieso gerne drauf verzichtet. Vollblut ist nicht unbedingt meins.«

»Als hättest du schon mal auf einem gesessen! Die sind was Besonderes und besser als ihr Ruf. Den hat ihnen auch nur die Rennbahn versaut.« Er nutzte den Moment zum Nachgurten. Der Braune stand tatsächlich überraschend still.

Ich presste die Lippen zusammen und griff wieder nach Viva, die Lukas einfach hatte stehen lassen.

»Marie?«, sprach er mich da plötzlich an. Gespannte beobachtete ich, wie er sich wieder maßlos elegant in den Sattel schwang. »Ich habe deine Nachrichten gelesen. Als gestern keine kam, dachte ich schon fast, du wärst jetzt endgültig kaputt.«

Hitze stieg mir in die Wangen. Ups! Am liebsten würde ich sie einfach aus meinem Handy löschen, und aus seinem und aus meinem Kopf. Das würde er mir noch Jahre vorhalten, bestimmt!

138

Kapitel 21

Es regnete wieder. Ich fand es einen komischen Zufall, dass jedes Mal ich Therapiesitzung hatte, der Himmel weinte. Als wenn die Wolken sich frei von den Erinnerungen waschen wollten, die innerhalb dieser halben Stunde unweigerlich an die Oberfläche gespült wurden.

Frau Hoffman saß mir wie immer mit ihrem Block gegenüber. Die Brille saß auf der Nasenspitze und sie linste mich über die kleinen Gläser hinweg fragend an. Auf dem kleinen Tisch vor dem Sofa stand eine Karaffe mit Wasser und mehrere Gläser.

Der Raum war erfüllt mit dem Ticken der Standuhr und dem sanften Prasseln des Regens.

»Wie geht es dir?«, brach sie schließlich die meditative Atmosphäre, in der ich gerne meinen Gedanken nachgehangen hätte.

»Äh...« Was sollte ich antworten? Damit rausplatzen, dass Lukas endlich wieder mit mir sprach? Dass er mir gestern Abend noch eine Nachricht geschickt hatte mit den Worten »Schlaf gut, lass dich von deinen Albträumen nicht zerquetschen, Käferchen.« Dass mir beim Lesen war, als wenn mir mein Herz aus der Brust springen wollte, weil er den Spitznamen aus unserer Kindheit wieder aus der düsteren Ecke gekramt hatte, in der er alles, was mit mir zu tun hatte, verscharrt hatte? »Gut, denke ich. Also deutlich besser als letzte Woche.« Das beklemmende Gefühl war zumindest weg und ich musste mir weniger oft über das mittlere Daumenglied streichen, um mich zu beruhigen. Ich wertete das mal, als echten Erfolg. Die Albträume waren allerdings geblieben.

Frau Hoffman legte langsam den Kopf schief. Ihr Blick taxierte mich, als könne sie mich nur mit ihren Augen röntgen und bis in meine geschundene Seele blicken. »Das klingt erst einmal vielversprechend. Wie war die Woche? Ist irgendetwas Interessantes passiert?«

Ich schüttelte den Kopf. Neben Lukas Nachricht hatte Liz mir gestern Abend noch kaum, dass sie zu Hause war, von ihrer ersten Nachhilfestunde mit Ole geschrieben. Sie hatte alles verstanden, beteuerte sie zumindest. Selbst den Scheiß, auf dessen Namen sie einfach in dem Moment nicht kam. Ole wäre so ruhig und vor allem erklärte er Dinge auch schon mal viermal, wenn sie nicht mitkam. Voller Stolz hatte sie erzählt, dass es das erste Mal war, dass sie sich beim Mathelernen nicht dumm vorkam, weil er ihr das Gefühl gab, sie konnte es. Ich vermutete eher, es kam daher, dass sie sich vor ihm nicht die Blöße geben wollte und daher einfach mal Mühe gab. Aber das alles war für Frau Hoffman nicht interessant.

Sie räusperte sich. »Ja... dann kommen wir doch zum ersten Punkt. Deine Mutter hatte mich angerufen, eine Freundin der Familie hätte angeboten, du könntest in ihrem Café arbeiten.«

Oh, wie konnte ich das nur vergessen? Sofort schlug mein Herz schneller. »Ja stimmt. Ich würde das super gerne machen. Ellie ist klasse. Sie will mich nicht allein lassen und feste Tage abmachen und auch, nur wenn nicht viel Kundschaft da ist.« Gott, ich redete mich um Kopf und Kragen. »Aber meine Eltern sagen, ich darf das nur, wenn Sie Ihr Ok geben.«

»Mhm«, machte sie, rückte ihre Brille zurecht und holte Luft. Oje, was hatte ich jetzt nur angerichtet. Hatte ich damit die Box der Pandora geöffnet, oder wollte sie mir nur sagen, dass das eine ganz tolle Idee war? Ich musste hart schlucken. »Was erhoffst du dir davon?«

Sofort atmete ich auf. Auf die Frage war ich einigermaßen vorbereitet oder kam mir zumindest so vor. »Also, ich hoffe auf etwas Normalität abseits von allem. Dort kennt mich niemand und dann bin ich einfach nur ich, nicht das Mädchen, das so Schlimmes mitgemacht hat. Und Ellie versteht mich. Ich mag sie. Ich fühle mich im Café immer sehr wohl.«

Die Hoffmann nickte nachdenklich, ihr Stift flitzte über das Papier vor sich. »Kannst du verstehen, warum deine Eltern, was diese Idee angeht, etwas Sorge haben?«

Ich seufzte. »Nein.« Doch, eigentlich schon, aber ich wollte das machen und wenn ich ihr sagte, was wirklich Sache war, dann würde sie es mir ausreden wollen. »Ich bin doch so weit im Augenblick stabil. Mir kann es nur mehr Routine geben, wenn ich bei Ellie an festen Tagen aushelfe, außerdem sehe ich so dann einmal etwas anderes als den Stall und mein Zimmer.«

»Wie ist das im Stall? Gibt es da nichts, was dich triggert?«

Ich schüttelte den Kopf. »Es ist für mich ein geschützter Raum.«

Sie nickte wieder, das Kratzten des Stifts über dem Papier vermischte sich mit dem Ticken der Standuhr und dem nur noch stärker werdenden Prasseln vor dem Fenster. »Das letzte Mal haben wir über Lukas gesprochen. Hattest du die Gelegenheit mit ihm über einige Dinge, die in der Nacht passiert sind, zu reden?«

»Nein. Wir waren gestern nur zusammen in der Halle.« Ich sah ihn vor meinem inneren Auge schon wieder auf Viva sitzen. Bei jedem anderen hätte ich bei der Aktion schon Gift und Galle gespuckt, aber er durfte sowas. Er durfte mir einfach die Zügel abnehmen, ohne dass ich an die Decke ging.

»Wie kommt er mit all dem klar?«

Er hatte gestern besser ausgesehen. Sehr viel besser. Weniger kaputt und schon wieder sehr viel geordneter. »Gut denke ich. Besser als ich an manchen Punkten, glaube ich.«

»Wie kommst du darauf?«

Ich umfasste die Sofakante mit den Fingern und verspannte mich. Ein falsches Wort und mein Plan, bei Ellie zu arbeiten, ging in Flammen auf. Der Stoff fühlte sich rau unter meiner Haut an, aber gab den Halt, den ich brauchte, um klar zu denken. »Er war weniger einsilbig gestern und hatte wieder seinen Humor zurück. Letzteres fällt mir noch sehr schwer.«

»Glaubst du, es tut dir gut, Zeit mit ihm zu verbringen?«

Was sollte ich darauf jetzt sagen? Dass genau das mit ihm immer die Gratwanderung war. Mal sagte er genau die richtigen Dinge, das, was man in dem Moment hören musste, und dann wieder Sachen, die sich anfühlten, als würde einem jemand eine Axt in die Brust rammen.

Ich bemühte mich um ein Lächeln. »Ich denke schon.« Gestern war ja zum Beispiel gut gewesen. Ich hatte mich zumindest gut gefühlt, als ich nachhause kam.

Frau Hoffman drehte ihren Bleistift zwischen den Fingern. Mit hochgezogener Augenbraue musterte sie mich. Ihr lag eindeutig eine Frage auf der Zunge. »Erzähl mir von der Nacht. War es kalt?«

Ich musste schlucken. Wenn ich mein Cover hochhalten wollte, durfte ich jetzt nicht ausweichen! Ich versuchte, mich zu konzentrieren. Einfach nur auf das Gefühl auf meiner Haut an jenem Tag. Alles andere durfte in der Kiste bleiben, in die ich es gestopft hatte, um klarzukommen. »Es ging. Mit einer dünnen Jacke hat man nicht gefroren.«

»War es windig?«

Die Gefühle wurden immer mehr. Druck in der Brust! Mein Sichtfeld verschwamm zunehmend, aber ich riss mich zusammen. Nur noch diese eine Frage. Etwas musste ich ihr geben. »Ja, dieser typische seichte Wind, der mit den Wellen kommt. Es muss Flut gewesen sein.« Ich hörte die Bäume rauschen, konnte förmlich fühlen, wie Lukas nach meiner Hand gegriffen hatte. Heftig blinzelte ich, kämpfte gegen die aufsteigenden Tränen und krallte mich so fest in das Sofa, dass meine Finger anfingen zu krampfen. »Es hat sogar leicht nach Regen gerochen.«

Frau Hoffman nahm ein Wasserglas vom Tisch. Ich hörte den Rand des Glases zumindest über die Tischplatte schrappen, wie sie es umdrehte und wieder auf den Tisch stellte. Ich versuchte mich, nur darauf zu konzentrieren. Die Karaffe wurde von ihr hochgehoben, man konnte hören, dass sie voll war, als Frau Hoffman das Wasser in das Glas füllte. Die Karaffe klang anders, als sie wieder auf ihren Platz gestellt wurde. Das Glas schob sie zu mir herüber. »Das war ein großer Durchbruch!« Sie lächelte, dabei wurden die feinen Lachfältchen unter ihren Augen sichtbar. Sie schob die Brille zurück auf ihre Nase und griff wieder nach ihrem Stift.

Langsam löste ich die Finger von der Sofakante. Bewegte sie vorsichtig, um die Krämpfe zu lösen. Ein Durchbruch. Hieß das jetzt, ich durfte bei Ellie arbeiten? Mein Herzschlag beruhigte sich wieder. Vorsichtig griff ich nach dem Wasserglas. Ich hatte mich nicht umsonst in diese Szene begeben! Innerlich verschloss ich die Kiste wieder mit sieben Sicherheitsschlössern und buddelte sie tief im Sand ein. Warum konnte ich nicht einfach vergessen?

Frau Hoffman sah stolz aus. »Das war wirklich sehr, sehr gut.« Sie tippte mit dem Ende des Stiftes auf die Kante ihres Büchleins. »Ich denke, du kannst ruhigen Gewissens bei eurer Bekannten aushelfen. Allerdings nur an Tagen, an denen es ruhig ist und vor allem so, dass du dich zurückziehen kannst, wenn es zu viel wird.«

Und schon wieder wurde ich in Watte gepackt. Was sollte schon passieren? Es war Ellie. Es war ihr Café. Da würde nichts passieren. Ich sah quasi schon vor

mir, wie wir am Tresen standen und uns unterhiel-
ten. Ein warmes Gefühl machte sich in mir breit.

Kapitel 22

Es roch wie immer nach Kaffee, als ich Ellies Café am Mittwochvormittag betrat. Alles sah aus wie immer. Die Tische zierten Vasen mit Lavendelzweigen und getrockneten Kornblumen, die Stühle standen ordentlich an den weiß lackierten Tischen, und der Boden glänzte, als wäre das Holz erst frisch gewischt worden.

Ein heimeliges Gefühl machte sich in mir breit und verstärkte sich nur noch, als ich Ellie auf einem Tritt vor der hohen Kreidetafel stehen sah. In großen Lettern schrieb sie in allerschönster Schönschrift, um die man sie nur beneiden konnte, »Neu – Friesentorte, jeden Tag frisch gebacken.«

»Hey«, rief ich mit dünner Stimme. Zu viel Angst hatte ich davor, dass sie sich erschreckte und von dem wackeligen Hocker fiel.

Ellie ließ da aber schon den Stift sinken, wischte sich die Hände an der lavendelfarbenen Schürze ab und sprang mit einem eleganten Satz vom Hocker. Breit lächelte sie mich an. Die Lachfältchen um ihre Augen traten deutlich hervor. Sie strahlte diese Ruhe und innere Zufriedenheit aus, die mich wie immer nur faszinierte. »Hallo Marie. Ich dachte, du kommst erst in zehn Minuten.«

»Ich kann auch gehen und in zehn Minuten wieder kommen.« Ich wollte nicht im Weg sein. So wollte ich meinen ersten Tag als Aushilfe garantiert nicht anfangen.

Ellie lachte und löste ihre große goldene Haarspange. »Nee, bleib mal schön hier. Schadet kein bisschen, dass du früher da bist. Ich freue mich!« Sie wuschelte sich durch die brustlangen dunklen Haare, die in sanften Wellen über ihre Schultern fielen. Die Klammer pinnte sie an ihre Schürze. »Hast du alles für die Schule geschafft?«

Ich nickte. Das war die Bedingung meiner Eltern gewesen. »Keine Sorge. Du hast nicht jeden Moment Mama hier stehen und dir sagen, dass sie mich wieder entführen muss.«

»Das würde ihr ähnlich sehen.« Sie zwinkerte mir zu. »Dann suchen wir dir doch mal eine Schürze. Ich zeige dir, wo alles ist und wie die Kaffeemaschine funktioniert. Das ist eigentlich schon der ganze Zauber.« Leise summend schnappte sie sich den Hocker und lief vor, durch eine Schwingtür aus weißem Kunststoff und mit Blumen dekoriert, in das Herzstück des Cafés. Die kleine Backstube.

Sofort roch es süßlich. Nach schokoladigen Brownies, buttrigen Croissants und den göttlichen Keksen, die immer unter einer kleinen Kuchenglocke auf dem Tresen standen, direkt neben der Kasse und zu einem Impulseinkauf einluden. Ich war noch nie in dem Raum gewesen. Auf Metallregalen lagerten riesige Eimer mit Mehl, Zucker und was man sonst noch zum Backen brauchte. An der Wand direkt neben der Tür hingen mehrere Schürzen in demselben sanften Lavendelton, den auch Ellies hatte, daneben war ein großer Metalltisch aufgebaut, wie man ihn oft in Dokus über Restaurants und Bäckereien kannte. Mitten auf dem Tisch lag ein Notizbuch, das Ellie schnell zuschlug, nachdem sie den Hocker unter die Arbeitsfläche geschoben hatte.

Sie grinste spitzbübisch. »Geheimrezepte. Vielleicht weihe ich dich mal ein. Zumindest was die Kekse angeht. Der Rest bleibt topsecret.« Mit dem Zeigefinger fuhr sie den mit Blumenranken verzierten Einband des Buches nach. »Jacob sagt immer, da wäre ich schlimmer als die CIA.« Sie kicherte und wirkte plötzlich so viel jünger als sonst. Wenn man sie so hörte, könnte sie genauso gut Anfang zwanzig sein, über beide Ohren verliebt und dabei sich ihren Traum erst aufzubauen. Dieses Café war wirklich ihr Ein und Alles. Sie schlug die getuschten Wimpern nieder und schob das Buch an die Wand. »Dann wollen wir mal an die Schürzen.«

Mit wenigen Handgriffen hatte sie eine durchsichtige Kiste zutage befördert, in der ordentlich aufgefaltet mehrere Schürzen lagen. Sie reichte mir die Oberste. »Merk dir ruhig, wo die Kiste ist. Es passiert schon mal, dass man etwas Kaffee verschüttet, da ist es gut zu wissen, wo der Ersatz ist.«

Ich nickte. Leuchtete mir ein. Der Stoff fühlte sich kühl und fest unter meinen Fingern an. Zögerlich faltete ich sie auf und legte sie um.

Ellie legte den Kopf schief. Mit einem warmen Lächeln stellte sie fest, »Lavendel steht dir.«

Ich wurde rot und wollte schon sagen, dass ich nicht so der Typ für solche Farben war, da war Ellie schon schneller als ich.

»Ich habe bestimmt noch das Kleid von früher. Wirklich süß und ganz simpel. Mir passt das schon lange nicht mehr, aber dir ganz bestimmt. Ich bringe es nächste Woche mal mit. Wäre ja schade, würde es in meinem Schrank verstauben.« Sie lächelte und klatschte in die Hände. »In solchen Momenten bereue ich, es immer keine Geschwister zu haben, und keine Nichten, denen ich solche Sachen aufs Auge drücken kann.«

Ich hatte mir nie Gedanken darum gemacht, warum sie und Jacob keine Kinder hatten, aber plötzlich war es mir danach zu fragen. Gleichzeitig traute ich mich auch nicht. Manchmal steckten hinter solchen Tatsachen ziemlich heftige Geschichten. Ich wollte keine Wunden aufreißen.

Ellie hatte meinen nachdenklichen Blick nicht bemerkt. Sie wirbelte schon wieder durch die Backstube. Die Kiste verschwand dort, wo Ellie sie hervorgeholt hatte, das Buch in einer Schublade, die Haare drehte sie wieder zusammen, um sie mit der Klammer zu fixieren, und sie zog noch ein Blech mit Keksen aus dem Kühlschrank.

»Also, du bringst heute erstmal nur die Bestellungen an die Tische. Es dürfte wirklich wenig los sein. Normalerweise sind Mittwochsvormittags nur eine Handvoll Leute hier.«

»Ok.«

Sie schob das Blech in den Ofen, holte ihr Handy aus der Seitentasche ihrer Schürze und tippte darauf herum. »Trotzdem zeige ich dir zur Sicherheit, wie die Kaffeemaschine funktioniert.« Aufmerksam sah sie mich wieder aus ihren tief dunkelbraunen Augen an, die mich in diesem Kontext sehr an ihre wunderbar fluffigen Brownies erinnerten. »Sollte etwas sein, dann fühl dich immer willkommen, hier hinten einmal durchzuschnaufen.«

Ich nickte und nestelte am Saum der Schürze herum. Plötzlich fühlte ich mich doch nervös.

Diese Nervosität verflog recht schnell, nachdem die ersten Kunden da waren, die allesamt sehr nett und laut Ellie treue Stammkunden. Es war so ruhig, dass wir nach einiger Zeit nebeneinander hinter dem Tresen standen und darauf warteten, dass abgeräumt werden musste oder neue Kunden kamen.

Ellie hatte die ganze Zeit den Gastraum im Blick. Man konnte ihr am Blick ansehen, wie sehr sie diesen Laden liebte und jedes ihrer Gebäcke mit Liebe zubereitete. Hoffentlich würde ich auch mal etwas finden, das mich so sehr erfüllte. Vorsichtig lugte ich an ihr vorbei zu dem gerahmten schwarz-weiß Bild von Lina an der Wand. Sie hatte Ellie, ohne es zu wissen oder je zu erfahren, den Weg gewiesen. Wer würde mir den Weg weisen? Ich hatte immer noch keine Ahnung, was ich nach dem Abi machen wollte.

»Sie hätte das hier geliebt.« Ellie räusperte sich. Sie war meinem Blick gefolgt. »Die Blumen, den Geschmack der weiten Welt auf den Lippen, die Möglichkeit sich wegzuträumen. Sie hätte sich sehr wohlgefühlt.« Ein zartes

Lächeln legte sich auf ihre Lippen. »Ich habe ihr gestern Abend erst Lavendel gebracht. Das schien mir angebrachter als Rosen.«

Ich musste schlucken und sah zu Boden. Die schwarzweißen Fliesen hinter dem Tresen hatten schon einige Macken abbekommen über die Jahre. »Hilft es dir, hinzugehen?« Ich bekam das Wort Grab nicht über die Lippen.

Ellie nickte zögerlich. »Ich denke schon. Nach all der Ungewissheit ist es schön, endlich einen Ort zu haben, an dem ich ihr noch mal nah sein kann.« Sie klang so versöhnlich, so als wenn sie keinen Hass auf die Menschen hatte, die ihre beste Freundin damals so eiskalt getötet hatten, um ihr dreckiges Geschäft mit kranken Pferden zu vertuschen. Ich wäre an ihrer Stelle so verdammt wütend. Ich hätte nicht mal den Ansatz eines netten Tons für die Situation. »Warst du schon mal wieder da?«

Ich schüttelte den Kopf. Ich hatte sie nicht gekannt, bis auf die Seiten in ihrem Tagebuch war sie eine Fremde für mich. Wir teilten eigentlich nur ein Schicksal, mit dem drastischen Unterschied, dass ich überlebt hatte und sie umgekommen war. »Papa ist oft da.«

»Ich weiß. Ich habe ihn vorgestern erst getroffen. Er sieht schon deutlich besser aus, als auf den Bildern von der Beerdigung.« Ellie musste schlucken und ihre Stimme wurde leiser. »Ich erinnere mich leider nicht mehr an die Beerdigung.«

Ich hatte noch im Kopf, wie sie sich komplett neben sich in Jacobs schwarzem Jackett gekrallt hatte und er immer darauf bedacht gewesen war, dass sie neben ihm war. Er hatte sie nicht aus den Augen gelassen, nie war sie auch nur zwei Schritte von ihm entfernt gewesen. »Wie lange kennt du und Jacob euch eigentlich schon?«

»Was?« Ellie hob den Kopf und zog die Augenbrauen zusammen. »Ich schätze mal zwanzig Jahre dürften es schon sein, davon sind wir allerdings erst zehn Jahre verheiratet.« Sie lachte plötzlich auf und lehnte sich verschwörerisch in meine Richtung. »Weißt du, ich habe beim Antrag so geheult, dass ich mit ganz verquollenen Augen zu meinen Eltern bin. Ihre erste Annahme war dann, dass wir uns getrennt hätten. Niemand scheint daran zu glauben, dass es mit der ersten Liebe wirklich so lange halten kann. Aber manchmal scheint es eben auch Ausnahmen wie uns zu geben, die es einfach schaffen. Nicht dass es immer leicht war, aber wir haben uns den Humor bewahrt.«

Ich musste schmunzeln. Ich hatte Jacob und sie bisher nur einmal zusammen erlebt. Es war faszinierend gewesen. Sie gingen so sanft miteinander um und hatten immer dieses Augenzwinkern, wenn sie redeten. Tief atmete ich ein. Hoffentlich fand ich auch mal so jemanden. Ihnen schien nicht langweilig miteinander zu sein. »Ich habe ihn zuletzt häufiger am Stall gesehen.«

»Ja, der alte Dexter macht ihm gerade etwas Kummer. Der Tierarzt sagt zwar, er hat nichts und es ist das Alter, aber Jacob hat erst vor zwei Tagen beschlossen, dass er ihn nicht mehr reiten wird. Vielleicht nimmt er ihn mit zum Joggen und macht einfach nur etwas Bodenarbeit mit ihm. Ich warte darauf, dass er mir jeden Tag schon wieder von einem komplett irren Kauf von der Rennbahn erzählt, bei dem ich mich nur wieder frage, warum er sich umbringen möchte.« Sie seufzte. »So lange es nicht wieder ein Zweijähriger ist, der nicht in die Startbox wollte und deshalb aussortiert wurde... Vielleicht ist es dieses Mal einfach ein Rennbahnrentner. Ich weiß nur, dass mich so oder so Hannah wieder anrufen wird, oder gar Fiete und fragen, was ich denn dazu sagen würde und warum ich ihm das nicht ausgeredet hätte.« Sie schüttelte den Kopf. »So lange es ihn glücklich macht, sage ich nichts dagegen.«

»Vermisst du die Pferde nicht?«

Ellie schüttelte entschieden den Kopf. »Nein. Ich bekomme so doch auch alles mit, was ich mitbekommen muss und all die Pferde, die mir etwas bedeutete haben gibt es schon lange nicht mehr. Ohne sie und ohne Lina fühlt sich das falsch an. Ich gehöre da nicht mehr hin. Die Erinnerungen bleiben, aber ein Leben lang. Wenn du älter bist, verstehst du das vielleicht besser. In deinem Alter hätte ich mich auch gefragt, was die Alte da bloß redete.«

Sie stieß mich lächelnd in die Seite und ein warmes Gefühl stieg in mir auf. Ich war hier richtig. Es war wirklich eine wunderbare Idee gewesen, hier zu arbeiten!

152

Kapitel 23

Am Freitagnachmittag wartete ich mit einer fertig gesattelten Haddy an meiner linken Hand und einer fertigen Viva an der rechten Hand auf Liz.

Sie hatte mir noch kurz vor knapp geschrieben, dass sie später kommen würde und keine Zeit zum Fertigmachen hatte. In meiner guten Laune, die schon seit ich bei Ellie gearbeitet hatte, anhielt, hatte ich natürlich zugestimmt, ihr Haddy fertig zu machen.

»Sorry und vielen, vielen Dank!«, japste sie kaum, dass sie ihr Fahrrad vor dem Stall abgestellt hatte. »Ich schulde dir was!«

»Ja, zum Beispiel, eine schnelle Erläuterung, wie deine Nachhilfestunde am Montag war.«

»Habe ich dir doch alles geschrieben.« Liz wurde rot und wollte schon nach Haddys Zügeln greifen, aber ich zog die Hand weg. Sie seufzte. »Gleich. Wir müssen ja eh lang genug Warmreiten. Ich hole eben meinen Helm, bevor Steffi noch ungeduldig wird.«

»Stiefel nicht vergessen!«, rief ich ihr nach, ehe sie durch das Stalltor verschwand und ich mich mit beiden Pferden in Richtung Reitplatz begab.

Steffi stand schon mitten auf dem Platz, neben einem niedrigen Steilsprung, und redete mit Barbie, die mal wieder ein sehr gewagtes Outfit trug und ihr Pferd stärker glitzerte als das Meer an einem sehr sonnigen Tag.

Wo bekam sie immer diese opulenten Trensen her?
Nicht dass ich so eine haben wollte, Gott bewahre!
Eher fragte ich mich, wie viel man einem Menschen be-
zahlen musste, dass er sich diese Arbeit machte.

Barbie musterte mich einmal, als sie sah, dass ich mit
beiden Pferden auf den Platz kam. Dabei warf sie mir
einen so genervten Blick zu, dass ich mir sicher war,
dass über den berühmten Stalltratsch zu ihr durchgedrun-
gen war, wie Lukas am Montag auf Viva geritten war,
während er mir seinen neuesten Stern überlassen hatte.
Mit gekräuselter Nase wandte sie sich ab und schwang
sich in den Sattel, an dem natürlich auch Strass glänzte.
Wenn das so weiterging, mussten wir alle beim Training
Sonnenbrille tragen, um überhaupt etwas zu sehen!

»Hallo Marie. Wo ist Liz?«, begrüßte mich Steffi und
trat vom Sprung weg, um mir Haddy abzunehmen.

»Sie kommt jeden Moment. Liz musste sich
noch ihre Stiefel und den Helm holen.«

Steffi nickte langsam und prüfte im selben Moment den Sitz von Haddys Trense. Mit kritischem
Blick zupfte sie an dem mexikanischen Reithalfter. »Hat sie noch ein anderes Reithalfter?«

Ich überlegte. So genau kannte ich mich in Haddys Kleiderschrank nicht aus. »Ich glaube noch ein Englisches.«

»Liz soll das holen und ohne Sperriemen. In die Kinn-
grube gehört kein Riemen. Das ist so eine sensible Stelle.«
Sie klang nachdenklich, besah sich dann das Gebiss und
schließlich noch den Sattel, aber da schien alles ok zu sein.

Ich schwang mich derweil von der Aufstieghilfe in den
Sattel und beobachtete den zweiten Hufschlag. Thilo war
schon in die Trabarbeit übergegangen und hob einmal
lässig die Hand zum Grüßen, von Ole und Lukas fehlte jede
Spur, und Barbie ritt am langen Zügel gerade am Einritt
vorbei. Schnell fischte ich noch mein Handy aus der Hand.
Die Zügel legte ich einfach auf Vivas Hals. Mit fliegen-

den Fingern gab ich Steffis Anweisung an Liz weiter.

Neben mir räusperte sich kaum, dass ich die Nachricht abgeschickt hatte, jemand. Fordernd streckte Steffi die Hand aus und hob beide Augenbrauen zu einem unerbittlichen Gesichtsausdruck. »Her damit! Auf dem Pferd haben die Dinger nichts in der Hand zu suchen!«

Seufzend gab ich ihr mein Handy. Das war das zweite Mal diese Woche, dass ich es abgeben musste. »Schon klar.«

Ihre Mundwinkel zuckten. »Deswegen muss ich dich erinnern?« Sie ließ mein Handy in die Tasche ihrer taillierten Steppweste gleiten. »Bekommst du nach der Stunde sofort wieder, keine Sorge.«

Ich bog gerade auf den Hufschlag ein, da hetzte Liz auf den Platz. Komplett kopflos wie immer und mit mehr Glück als alles anderen, dass wir alle im hinteren Teil unterwegs waren.

Steffi und sie sprachen miteinander, während Steffi das Reithalfter tauschte und Liz Haddy an den um den Hals geschlungenen Zügeln festhielt. Wortfetzen wehten durch die laue Luft zu mir herüber, vermischten sich mit dem altbekannten Rauschen der Bäume, dem dumpfen Schlagen der Hufe und dem Zwitschern der Vögel. Ich reckte den Kopf gegen Himmel. Es war kaum zu glauben, dass der Sommer schon bald vorbei war.

Viva zuckelte über den zweiten Hufschlag, den Kopf gesenkt und entspannt mit dem Schweif schlagend. Der Wind spielte mit ihrer rotbraunen Mähne, die mal wieder aussah, wie mit Kupfer- und Goldfäden veredelt. Sie wirkte entspannter als letzte Woche. Meine Chancen, nicht im Sand zu landen, waren also augenscheinlich sehr hoch. Ein vorfreudiges Kribbeln machte sich in meinem Bauch breit.

»So, hier bin ich. Du glaubst gar nicht, was ich dir alles erzählen muss!« Liz riss mich aus meinen Gedanken und hielt Haddy eisern neben Viva, selbst als ihre Stute fleißiger weiterlaufen wollte.

Ich seufzte. »Dann lass mal hören.«

»Also, so viel schon mal vorweg. Ich habe Mathe echt mal verstanden!« Allein das war ja schon ein Wunder. »Ole kann echt erklären, aber das ist nicht Thema! Er hat fucking Peelbergen um ein Haar gewonnen!«

»Äh … was?« Hätte man das nicht mitbekommen? Der Junge überraschte einen echt immer wieder!

»Genau meine Reaktion!« Liz ließ eine Hand von den Zügeln und gestikulierte wild. Haddy machte prompt einen kleinen Satz zur Seite. »Warum sagt der nichts? Nur Steffi wusste das! Und das auch nur, weil ein Weiterer ihrer Schüler da war und von ihm gnadenlos aus der Wertung gekickt wurde.« Sie schüttelte fassungslos den Kopf. »Wie kann ein Mensch so krass sein?«

»Keine Ahnung. Er ist jedenfalls jemand, der wirklich trainiert und nicht bloß so tut und vor allem Ahnung von seinen Pferden hat.« Wenn ich so darüber nachdachte, verwunderte mich das plötzlich weniger. Ole war einfach nicht so ein Show-off wie zum Beispiel Lukas, der hätte einem das auf die Nase gebunden! »Sag mal, Ole hatte dich ja gebeten, einen Blick auf Lukas zu haben, wenn er in Peelbergen ist. War er auf der Party?«

Liz lachte auf. »Ob er da war? Aber so was von! Dass der nicht als Schnapsleiche geendet ist, war auch alles!« Sie zuckte mit den Schultern. »Ich habe den ja nie verstanden, aber das war echt schon nicht mehr normal.« Eine steile Denkerfalte bildete sich auf ihrer Stirn.

»Er hat, bevor er sich so abgeschossen hat, nach dir gefragt.« Mein Herz schlug plötzlich höher. Er hatte nach mir gefragt und dann am Montag diese Mauer des Schweigens endlich eingerissen. Das musste etwas bedeuten! Bestimmt!

Liz gähnte. »Nona hat das mitbekommen und eine Szene geschoben … Alter! Ich glaube, sie hat mittlerweile eine Tendenz, dich zu töten.«

Ich räusperte mich. Meine zuvor gute Laune war verpufft. Da war nur noch das Gefühl, jeden Moment wieder in dieser Grube enden zu können, nur dieses Mal mit Miss they-love-me-all an der Schaufel.

»Sorry«, flötete Liz und wurde rot. »Ich habe nicht nachgedacht. Jedenfalls ist sie maximal angepisst und neidisch, dass sich ihren Worten nach der hübscheste, reichste und … Ok, ich habe es mir anders überlegt, ich zitiere sie doch nicht! Die Beschreibung war einfach nur echt daneben! Egal, sie jedenfalls genervt, dass er sich ausgerechnet für dich interessiert hat, obwohl du ja gar nicht da warst.« Sie kicherte. »Ich glaube, sie ist insgeheim grün vor Neid geworden! Ich hätte Fotos machen sollen! Diese verpassten Chancen!«

»Du bist böse!« Wie ich das vermisst hatte! »Gut, nicht so böse wie Lukas, der Montag spontan auf Viva saß, sie ein Pony nannte, beim Absteigen fast rücklings im Sand gelegen hätte und mir dann noch Trainingstipps gegeben hat.«

Liz blieb das Lachen im Halse stecken. »Viva ist doch kein Pony! Also bitte! Ph! Da spricht er wieder mit dir und ist frech wie immer. Hat er sich entschuldigt?«

»Wo denkst du hin? Natürlich nicht. Lukas Stüwe entschuldigt sich nicht, er lässt dich fühlen, als wäre es dein Fehler gewesen und du hättest dir das alles nur eingebildet.«

Sie rollte mit den Augen. »Sympathiepunkte muss er bei mir echt sammeln! Ole und er sind gerade eine Runde zum Warmreiten ausreiten gegangen. Ich bin neidisch! Aber vielleicht ist das die Sonderbehandlung, wenn man international abräumt.« Sie klang säuerlich. Sie würde so gerne! Als ich letztes Jahr einige Springen in Dänemark hatte gehen können, war sie lediglich zu den ganz Kleinen hier in der Gegend gefahren. Alles, weil ihr das Pferd gefehlt hatte und Hannah nur Ponys gehabt hatte, die wenig Zeug für den internationalen mittleren Amateursport hatten und noch dazu niemand, den sie für Liz hätte mitschicken können. Sie hatte zwar so getan, als wenn es sie nicht interessiert hätte, aber ich wusste trotzdem, dass es sie bedrückt hatte.

»Irgendwann, das schwöre ich dir, stehst du auch auf diesen großen Plätzen und ehe du dich versiehst, sitzt du dort im Sattel und zeigst ihnen, dass man nicht Unmengen an Geld braucht!«

Ein mattes Lächeln schlich sich auf ihre Lippen, aber reichte nicht zu den Augen. »Wir werden sehen! Momentan sollte ich mich wohl eher freuen, dass Ole mir den Arsch rettet!«

»Hast du das Gefühl, dass das auch langfristig läuft?«

Liz nickte. »Absolut! Besser als diese Trulla, die mein Vater da angeschleppt hat, erklärt er alle mal und wenn meine Eltern die Mathenote sehen, dann können sie auch nichts dagegen sagen.« In ihren blauen Augen glitzerte ein ganzer See der Begeisterung. »Und vor allem, der ist so süß, wenn der nachdenkt!« Oh ha! Da gingen jeden Moment die Pferde durch mit Liz!

Schnell unterbrach ich sie, bevor es noch eine ausufernde Beschreibung von Oles Gesichtsausdruck beim Lösen von Matheaufgaben gab. »Sie kommen da übrigens!« Ich wies zum Tor, an dem Steffi gerade Kopf schüttelnd Lukas begrüßte.

Er saß beneidenswert grade auf dem Rücken seines Braunen. Blaze besah sich aufmerksam den Reitplatz und schnorchelte wie auf Knopfdruck. Ungerührt von der Reaktion, ritt er auf den Platz. Im Vielseitigkeitssattel mit dickem Jaguaremblem auf dem Keder. So leicht kam man nicht an so einen Sattel. Die dunkelblaue Schabracke darunter sah auch mal wieder aus, wie frisch aus einer Luxuskollektion von Hermes Sellerie. Bei anderen wirkte das immer so albern. Warum musste es bei ihm aussehen, als wenn es so sein müsste, als wenn er eigentlich zig Sponsoren haben müsste und nicht mit uns auf diesen Platz gehörte.

Ole sagte etwas zu Steffi, zuckte dann mit den Schultern und gab seiner jungen Stute mit einem

Schnalzen das Signal zum Eintreten in die Bahn.

Steffi sah noch immer fassungslos aus. Angesichts dessen, dass Lukas auf Blaze und nicht auf seinem beneidenswert schönen Rappen saß, konnte ich das komplett verstehen!

Nach ein paar weiteren Runden im Schritt und Trab, sowie einer lockeren Runde Galopp auf beiden Händen, winkte Steffi uns in die Mitte. »Ich muss euch noch erzählen, was für die Herbstferien geplant ist«, fing sie an, während sie die Höhe eines Auflegers korrigierte. »Hannah und ich haben beschlossen, dass ihr eine Woche täglich Lehrgang bei mir reiten werdet. Inklusive Dressur natürlich. Am Ende wollte ich mir vier rauspicken für das Turnier in Stralsund.«

Wir alle starrten sie nur fragend an.

Sie beschlossen das einfach so.

»Also ich bin eine Woche auf Sylt«, meldete sich da Barbie zu Wort und wandte sich sofort an Lukas. »Du hast ja wahrscheinlich Ähnliches vor.« Auf ihr gekünsteltes freundliches Lachen warf er ihr nur einen fassungslosen Blick zu.

»Meine Planung war fünf Tage bei meinen Großeltern zu verbringen, aber da bin ich flexibel.« Er sah zu Steffi.

Steffi blinzelte ihn an. »Sag mal, du reitest dann nicht zufällig bei deiner Großmutter eine Stunde, oder sowas?«

»Wie immer. Sie jagt mich über die Geländesprünge und darf beten, dass ich mich nicht langlege.« Und seine Mutter nicht dabei war. Lena würde beide töten! »Ich würde es eher, zwei Wahnsinnige ohne kompetente Aufsicht nennen, als eine Reitstunde.«

Steffi presste die Lippen zusammen. Was sollte man darauf sagen? »Sonst noch jemand mit Plänen?«

Ole hob zögerlich die Hand. »Ich bin eine Woche in Flyinge.« Wahrscheinlich besuchte er Verwandte. Vielleicht sollte ich auch mal Oma und Opa anrufen, ob sie kommen wollten. Opa könnte mit Mama und mir ausreiten gehen, so gern wie er in letzter Zeit Fahrrad fuhr.

Steffi stutzte hingegen. »Will ich wirklich wissen, was zur Hölle du in Flyinge machst? Ist da nicht das Staatsgestüt? Und werden da nicht gern Lehrgänge organisiert?«

Ole nickte langsam. »Ich bin eingeladen worden. Meine Pferde bleiben allerdings hier.«

Steffi seufzte. »Wenn du einberufen wirst, sagst du schon noch Bescheid, oder? Nicht dass ich mich irgendwann wundere, dass du ständig in Schweden bist.«

Betreten sah Ole auf den Sandboden. Diese Bescheidenheit. Wo kam die her? War das vielleicht die schwedische Kultur? Irre!

»Also ihr drei, schickt die Termine und wir fangen jetzt mal an. Ich will nicht umsonst die ganzen Stangen geschleppt haben! Die dürft ihr übrigens alle später wegräumen!«

Mein Blick wanderte automatisch wieder zu Lukas. Warum? Warum verhielt er sich wieder so? Und vor allem, was hatte ihn dazu bewegt, einen Schritt auf mich zuzumachen?

Kapitel 24

Liz stand neben Haddy am Anbinder und glättete mit einer Wurzelbürste die Sattellage, in der man deutlich den Abdruck ihres Springsattels erkennen konnte. "Eine Woche Lehrgang. Kannst du mir erklären, wie ich das meinen Eltern sagen soll?"

Ich kniete neben meiner Putzbox und versuchte, mich wieder mal im Chaos zurechtzufinden. Seit Mama Viva nicht mehr mitritt, war unsere Putzbox nur unaufgeräumter als zuvor. »Keine Ahnung. Aber wenn deine Mathenote stimmt, können die sich doch eigentlich nicht beschweren.«

Liz warf mir einen Blick zu, der Bände sprach. Es würde auch mit guter Mathenote Stress geben.

»Und was ist, wenn du mal ein paar Tage bei mir übernachtest? Oder du ihnen garantieren kannst, dass du trotzdem mit Ole weiter lernst? Wir sind so lange hier, da wird man das schon einrichten können. Außerdem bist du so deutlich weniger bei Partys, dagegen können sie doch wirklich nichts haben.« Sie ließ sonst ja eher selten eine Gelegenheit aus.

Sie tauchte unter Haddys Hals durch. »Deine Vorschläge in Gottes Gehörgang. Ich denke trotzdem nicht, dass das so leicht wird.« Mit groben Strichen fing sie an, auch die andere Seite wieder glatt zu bürsten. »Apropos Party. Da ist wieder eine am Strand. Vielleicht die Letzte für dieses Jahr.«

Endlich hatte ich meine rosa Wurzelbürste gefunden. Grinsend hielt ich sie hoch wie eine Trophäe und

1

erhob mich langsam vom staubigen Steinboden.

»Hast du mir zugehört?« Ignorierte Liz meinen Jagderfolg gänzlich.

»Du hast was von einer Strandparty erzählt.« Sie sollte ja nicht glauben, dass alles, was sie sagte, zum einen Ohr rein und zum anderen wieder rausging, auch wenn ich mir vorstellen konnte, was sie mit der Info bezwecken wollte.

Ich blieb neben Vivas Schulter stehen. Die Mähne musste dringend mal wieder in Form gebracht werden. Obwohl, wofür eigentlich? Einen Turnierplatz würden wir in nächster Zeit nicht zu Gesicht bekommen. »Hast du einen Verziehkamm?«

»Lenk nicht ab!« Liz schnaubte auf. »Kommst du mit?«

Konnte ich das? Ich traute mich schon viel, wenn ich an die Arbeit bei Ellie dachte. Aber konnte ich schon wieder unter die Augen meiner Stufenkameraden treten, die alle wussten, was vorgefallen war? Es konnte doch nur eigenartig werden! Wenn ich daran dachte, wie Liz mit mir am Anfang umgegangen war … Ich schüttelte den Kopf.

»Bitte!«

»Ich kann das nicht!«

»Oh doch! Du kannst das. Ich weiß es und wir würden dich auch nicht allein lassen. Das gebe ich dir gerne schriftlich, zur Not auf deiner Mutter und deinem Vater, ach was sogar deiner Therapeutin.«

Da lehnte sie sich ja wirklich weit aus dem Fenster, wenn ich an die letzte Party vor den Sommerferien dachte. Ich hatte allein rumgestanden und mich nur mit Ole und Lukas unterhalten. Wo die vier gewesen waren, wussten wohl nur die Möwen.

»Wirklich, ich meine das Ernst! Komm schon, Marie. Die letzte Strandparty! Bitte! Ohne dich ist das doch alles doof!« Dafür gingen sie aber oft ohne mich auf Partys.

Ich seufzte. »Ihr lasst mich nicht allein? Und wir gehen, sobald ich der Meinung bin, das nicht mehr zu packen?«

Breit grinsend lugte Liz über Haddys Sattella-

2

ge. »Da haben wir doch einen Deal, oder nicht?«

»Du bist echt ein Elend!«

»Nö, nur deine beste Freundin.« Sie lachte und wühlte im nächsten Moment in ihrer Putzbox, um ein Verziehmesser hochzuhalten. »Und deswegen mache ich deinem Pferd jetzt auch die Mähne wieder schön.«

Am Freitag standen wir am späten Nachmittag in meinem Zimmer vor dem Spiegel und durchwühlten meinen Kleiderschrank. Meine Eltern waren am Morgen weggefahren, sie hatten sich spontan mit Freunden verabredet und mich eher widerstrebend allein gelassen, daher hörten wir laut Musik. Sangen schief und mehr lachend als singend, Bebe Rexha, Halsey und was wir sonst so auf einer der unzähligen Playlisten hatten finden können mit und hatten uns eine Flasche Schnaps aus dem Keller stibitzt.

»Das ist süß!« Liz hielt eine weiße Leinentunika hoch, die ich noch nie angehabt hatte und ehrlich nicht wusste, ob ich sie überhaupt an mir mochte.

»Weiß nicht. Ist die nicht etwas altbacken?«

»Altbacken? Die ist höchstens Indie!« Sie sah mich schockiert an und warf mich dann mit dem Kleidungsstück ab. »Los anziehen!«

»Eye Captain«, kicherte ich und reichte die Schnapsflasche an sie weiter.

Während ich die Tunika über meinen Sport-BH zog, genehmigte Liz sich einen großen Schluck aus der Falsche und verzog, kaum dass sie die Flasche abgesetzt hatte, das Gesicht.

»Das Zeug ist echt fies! Ich habe das Gefühl, das brennt mir jeden Moment die Speiseröhre weg!« Sie stöhnte auf und ließ sich zurück auf mein Bett fallen. Nach einem Moment des Sammelns musterte sie mich. »Ist echt süß. Dazu eine enge Jeans und die Jacke, die du von deiner Mum bekommen hast, und wir haben etwas Akzeptables.«

»Wenn du das sagst.« Ich betrachtete mich kritisch im Spiegel. So ganz gefiel ich mir in dem Ding nicht. »Lass uns trotzdem mal gucken, ob wir nicht etwas Besseres finden.«

Liz seufzte und zupfte das nächste Oberteil aus dem Kleiderberg auf meinem flauschigen dunkelrosa Teppich. »Zu langweilig«, beschied sie prompt und warf das dunkle T-Shirt zur Seite.

Ich zog ein rosa Crop-Top mit Spitzendetail aus dem Haufen. »Wie ist das?«

Liz seufzte. »Okay. Ich finde die Tunika immer noch besser.«

»Aber die ist nicht so ganz ich. Wenn du weißt, was ich meine.« Ich zog sie wieder aus und das Top über. Sofort war ich mit meinem Spiegelbild zufriedener. Ich sah gleich mehr nach einer etwas verruchten Version von mir selbst aus. Gut, immer noch nach einem Mädchen, das jeden Sonntag brav in die Kirche ging und keine doppeldeutigen Witze verstand, aber etwas mehr nach einem Abenteuer abseits von dem Rauchen eines Joints. »Was ziehst du eigentlich an?«

Liz rollte sich unwillig stöhnende von meinem Bett und angelte ein schwarzes Kleid aus ihrer Tasche. Als sie es in die Höhe hielt, war ich mir ziemlich sicher, dass sie es in ihrer Tasche hatte aus dem Haus schmuggeln müssen. Es war vielleicht gerade so in der Lage ihr bis über den Hintern zu reichen, der Ausschnitt war tief, allerdings nicht so tief, dass man das Gefühl hatte, man könne ihr bis zum Bauchnabel gucken. Die Halter überkreuzen sich im Rücken und da war ich mir sicher, dass es fantastisch an ihr aussehen würde.

»Willst du nicht eine kurze Sportshort von mir haben, zumindest bis wir bei Bea sind. Wir müssen ja noch Rad fahren.«

»Man, so weit hatte ich nicht gedacht, aber gute Idee!« Liz atmete laut aus und trank noch einen Schluck aus der Schnapsflasche. »Glaubst du, Ole wird mich heute mal beachten?«

»Hast du keine anderen Probleme?«, kicherte ich und nahm ihr die Flasche ab. Ich trank jetzt ebenfalls einen Schluck und verzog das Gesicht, als der Alkohol mir die Kehle runterbrannte. Fast augenblicklich griff ich nach meiner Wasserflasche.

Da sprang Liz schon auf und machte die Musik lauter. »Ich liebe dieses Lied«, rief sie über die ersten Takte zu mir rüber. Dann griff sie lachend nach meinen Händen und sang laut mit. Ich stieg sofort in der nächsten Zeile ein. Wir kicherten und tanzten, so gut es ging durch mein Zimmer. Spätestens nach der nächsten Zeile wussten wir dann beide den Text nicht mehr und sangen irgendeinen Schwachsinn.

»Seid ihr schon etwas angetrunken?«, begrüßte uns Bea an ihrer Haustür und hielt uns beiden die Tür zum kleinen Friesenhaus am Rand zur Innenstadt auf.

»Nein«, winkte Liz ab und kicherte los.

»Meine Eltern sind auch nicht da. Aber haben kein Problem damit, wenn wir hier alle übernachten.« Bea gähnte und fuhr sich durch die gelockten Haare. »Taschen schmeißt ihr einfach in den Flur und morgen können wir ja irgendwo in der Innenstadt frühstücken. Vielleicht in Ellies Café?«

Sofort nickte ich. Das war die Idee. Außerdem hatte ich nach einer Nacht, in der es anscheinend viel Alkohol geben würde, bestimmt noch mehr Lust auf eines ihrer göttlichen Croissants haben.

»Super. Vertragt ihr noch einen Kurzen, oder müsst ihr danach schon ausnüchtern?« Kritisch beäugte Bea uns und schütte sich selbst in der an den Flur angrenzenden Küche einen Klaren in ein Shotglas.

Kräftige Beats wehten schon über den Strand und Nico stand wie jede Strandparty hinter dem Tresen der Bar seines Vaters und schenkte fleißig die ersten Drinks aus. Das Geld kam unserem Abiball zugute, wie ich das verstanden hatte.

Bea zog uns sofort zur Bar. »Hey Nico. Was hast du heute im Angebot?«

»Alles, was du willst, liebste Bea. Für dich heute auch umsonst als Dankeschön für die Mathehausaufgaben vor zwei Wochen.« Nico stellte drei Becher auf den Tresen und sah Bea fragend an.

Die grinste ihn nur breit an. »Dann mach mir doch mal drei Sex on the Beach und verrate mir, ob sich Charly und Emma hier schon herumtrieben.«

»Charly ist noch nicht hier. Sonst wäre der Jägermeister schon leer.« Er schüttete die erste Komponente in die Becher. »Und Emma? Keine Ahnung. Die hat gerade noch diesen Schönling vom Schloss angegafft.« Die nächste Flüssigkeit landete in den Bechern. »Der und so ein Blonder haben jedenfalls nach unseren Pferdemädels gefragt.« Sofort schlug mein Herz schneller und ich spürte, wie ich rot wurde. Lukas war hier und er hielt nach mir Ausschau. Ich wusste nicht, wieso, aber irgendwie machte mich das glücklich.

Nico schob die Becher mit einem Lächeln zu uns herüber und wies etwas den Stand herunter. »Da unten müssen sie irgendwo stehen. Der Blonde war nicht sehr gesprächig und der Schönling ist sich ja wirklich um keinen Spruch verlegen.«

Liz lachte. »Ja, das klingt nach den Jungs!«, dann griff sie nach meiner Hand und dem Becher. Ehe ich auch nur einen Schluck von meinem Getränk nehmen konnte, standen wir schon neben Lukas und Ole.

»Ich habe gehört, nach uns wurde gefragt?« Liz setzte einen Blick auf, bei dem wohl viele Jungs sich ihr zu Füßen gelegt hätten. Zuckersüß lächelte sie Ole an, der einfach nur nickte und einen Schluck von was auch immer er bevorzugte trank. Er sah allgemein aus, als würde er am liebsten gehen oder alternativ in seinem grauen Hoodie versinken wollen.

Lukas musterte mich. »Gefragt ist zu viel gesagt. Ich wollte einfach nur wissen, ob ihr auch da seid. Muss der Typ an der Bar wohl falsch verstanden haben.« Er löste seinen Blick nicht. Seine grünen Augen sahen im fahlen Licht des zu Ende gehenden Tages aus wie dunkle Murmeln, in denen sich nur ab und an das Licht so brach, dass man einen kleinen Schein grün sehen konnte. »Wie viel habt ihr schon intus?«

Ich fühlte mich unfähig, ihm zu antworten. Ich starrte ihn an wie ein Schaf. Wenn er mich so ansah, fühlte es sich so an, als wäre mein ganzer Körper aus Gummi.

Liz plusterte die Wangen auf. »Nicht viel. Also wir sind beide noch ziemlich klar.«

»Danach sieht Marie nicht unbedingt aus!« Sah er mich da gerade besorgt an? Verdammt, war das süß!

»Mir geht's gut«, hörte ich mich selbst wie durch Watte sagen.

Lukas zog die Augenbrauen zusammen und nickte langsam. »Sorry, aber wir bekommen erst mal Wasser in dich rein. Ich habe sonst echt ein schlechtes Gewissen.«

Liz knuffte mich in die Seite und murmelte, »Spießer!«

Ich wollte gerade protestieren und sagen, dass es mir wirklich gut ging und er einfach aussah wie aus einer anderen Welt – Gut, den letzten Teil ganz klar nicht laut, da hatte er mich auch schon am Handgelenk gefasst und zog mich von Liz und Ole weg.

Wenige Schritte stolperte ich hinter ihm her, dann stemmte ich mich in den Boden. Wer glaubte er, wer er war, dass ich ihm ohne Protest folgte? Er war Lukas fucking Stüwe, der sich viel zu oft schon mir gegenüber daneben benommen hatte. Wer sagte mir, dass er mich nicht wieder etwas nüchterner irgendwo stehen ließ? »Was soll das?«

»Ich will dich wieder etwas nüchterner bekommen. Du siehst aus, als hättest eine halbe Bar geleert.« Er ließ mein

Handgelenk los und sah mich wieder so weich an. Mein Herz schlug mir bis zum Hals. Konnte er mich nicht einfach küssen? Danach wäre ich bestimmt wieder nüchtern.

»Du …« Ich musste mich sammeln und bemühen, nicht auf seine Lippen zu starren«» … du musst nicht auf mich aufpassen!«

Er lachte auf. »So besoffen wie du bist, bin ich das Beste, was dir passieren konnte!«

»Hältst du dich jetzt für einen Gott?« Provozierend legte ich den Kopf schief und verschränkte die Arme vor der Brust. Nur ganz am Rand bekam ich mit, wie die Ersten die Party schon verließen. Da traf mich schon der erste Regentropfen am Arm.

Schmunzelnd legte er ebenfalls den Kopf schief. »Einfach nur für das Arschloch, das dir lieber den Abend rettet, als dich weiter abzufüllen und zu hoffen, dass du mit mir ins Bett steigst. Und glaub mir, wenn man sich einige hier anguckt, würden sie liebend gerne genau das tun!«

Am liebsten hätte ich ihn gefragt, was er am liebsten tun würde, aber biss mir rechtzeitig auf die Zunge. Inzwischen traf mich schon der zweite Regentropfen. »Warum sollten sie das tun wollen?«

»Weil sie Arschlöcher sind und du gerade ein leichtes Opfer.« Lukas seufzte und wollte wieder nach meinem Handgelenk greifen, aber ich machte einen Schritt zurück.

»Ich bin kein leichtes Opfer.« Das wollte ich zumindest nicht sein.

Lukas sah aus, als wenn er mich am liebsten hochgehoben hätte und zur Bar getragen. Er würde jeden Moment die Geduld mit mir verlieren. »Marie, du bist naiv! Du bist traumatisiert und solltest eigentlich nicht so viel trinken. Du würdest hier jedem glauben, wenn er dir sagt, dass er sich um dich kümmern wird, nur weil es das ist, was du gerade eigentlich brauchst.«

Ich wollte ihm widersprechen, als über uns der Himmel aufbrach. Dicke Regentropfen prasselten auf uns herab und durchweichten unsere Klamotten. Ich konnte fühlen, wie meine Haare innerhalb weniger Sekunden an meinem Kopf klebten. »Ich brauche nichts!«

Wieder schmunzelte er und streckte die Hand nach mir aus. Tief sah Lukas mir in die Augen, während er über meine Wange strich. Ganz sanft.

Eine Gänsehaut legte sich über meine Arme und ich fühlte mich, als würden meine Knie jeden Moment nachgeben. Nach Halt suchend, griff ich nach seiner Hand, die er eben noch an meiner Wange gelegt hatte. Fest umklammerte ich seine warmen Finger und starrte ihn einfach nur an.

Er war zu schön, um mich so zu berühren. Er konnte mich so doch nicht berühren, ohne eine Vorwarnung. Ich wusste doch gar nicht, was das mit mir machen würde.

»Siehst du, du brauchst mich.« Seine Stimme ging mir durch Mark und Bein, hallte in meinem Innersten wieder und brachte etwas tief in mir zum Kribbeln. Tausende kleine Schmetterlinge, obwohl bei Nacht waren es wohl eher Glühwürmchen, wirbelten durch meinen Bauch. Wieder konnte ich nicht anders, als auf seine Lippen zu starren.

Diese wunderschönen Lippen. Waren sie wohl immer noch so weich wie im Sommer? Und wie schmeckten sie?

Kurzerhand machte ich einen Schritt auf ihn zu. So dicht bei ihm zu stehen, ließ diese Glühwürmchen nur noch wilder tanzen. Einfach aus der Laune heraus stellte ich mich auf die Zehenspitzen. Einen Kuss mehr wollte ich doch gar nicht. Dann konnte er mich meinetwegen auch zur Bar schleppen und mit Wasser abfüllen, bis ich wieder komplett nüchtern war.

Sein warmer Atem streifte meine Lippen, und er öffnete den Mund und wollte etwas sagen, aber ich war schneller. Bestimmt drückte ich meine Lippen auf seine. Er sollte echt weniger labern und mich mehr küssen. Seine Lippen waren tatsächlich so weich, wie ich sie noch in Erinnerung hatte. Sie schmeckten nach Alkohol und irgendetwas Süßem, das verdammt lecker war und von dem ich gerne mehr hätte.

Ich spürte, wie er die Hände auf meine Hüfte legte. Ganz kurz hatte ich den Eindruck, er würde mich zurückküssen wollen, aber dann drückte er mich von sich.

»Du brauchst mich eindeutig«, stellte er fest und sah über mich hinweg den Strand herunter. »Gut, wie es aussieht, bin ich auch gerade die einzige Option, die du hast.«

Verwirrt sah ich mich ebenfalls um, um festzustellen, dass alle anderen vor dem Regen geflohen waren. Natürlich auch Bea und Liz.

Bestimmt griff Lukas nach meiner Hand und lief los.

Kapitel 25

Wir liefen den Strand hoch, bis zum kleinen Dünenweg, der zur Straße führte. Der Regen hatte nicht nachgelassen, eher im Gegenteil. Das machte es zumindest leichter, im Sand zu laufen. Er zog mich einfach mit. Den Weg hoch und dann nach links die Straße rein, in der er wohnte.

Mein Herz wummerte immer noch unkontrolliert gegen meine Rippen. Gespannt wartete es darauf, ob es noch einmal höherschlagen durfte oder ob es sich beruhigen musste.

Vor der Haustür der kleinen weißen Villa mit friesischem Fresko bleiben wir stehen. Für meine Begriffe wirklich schnell hatte er den Schlüssel aus seiner klatschnassen Jeans gefischt. Hatte er schon immer so einen hübschen Hintern?

Unschlüssig stand ich vor der Tür, während er sie öffnete und Matty mit einer Hand am Halsband packte, dass sie nicht raus auf die Straße lief. Die Hündin jaulte vor Freude. „Scht!", mahnt er die Hündin und griff dann wieder nach meinem Handgelenk, um mich in den warmen und trockenen Flur zu ziehen und hinter mir die Tür zu schließen.

Er schlüpfte sofort aus seinen Schuhen und streichelte nebenbei die aufgeregt vor ihm herum hüpfende Matty.

Ich war viel zu verwirrt und wenn ich ehrlich war auch etwas ängstlich vor dem, was passieren könnte. War ich dazu überhaupt bereit? Eigentlich hatte ich mir das immer schöner vorgestellt und nicht stockbesoffen und in klatsch nassen Klamotten, nachdem man von einer Strandparty abgehauen war und eigentlich bei einer Freundin hätte schlafen sollen. Ein besseres Alibi würde ich allerdings auch nicht unbedingt finden.

Mit zittrigen Fingern löste ich die Schnürsenkel meiner Convers und biss mir auf die Unterlippe. Ihm vertraute ich allerdings auch am meisten, was die Jungs in meinem Leben anging, also gab es wohl auch keine bessere Basis. Ich meine, alle sagen, man soll es mit jemandem tun, dem man vertraut.

Matty kam zu mir. Ihre raue Zunge glitt über meine Hände und sie rieb sich an meinen nassen Beinen. Wie mechanisch kraulte ich ihr rotbraunes Fell. Scheiße! Ich konnte das nicht! Noch nicht! Oder?

Lukas hängte seine tropfende Jacke an die Garderobe und streckte die Hand aus. Was wollte er denn jetzt von mir? Sollte ich mich etwa schon hier im Flur ausziehen? Fand er mich überhaupt anziehend, wenn ich so aussah wie jetzt? Bestimmt war meine Wimperntusche verlaufen und ich sah aus, als hätte ich Hardcore geheult.

Ich schlüpfte unsicher aus meiner Jacke und drückte sie ihm in die Hand. Sofort wandte er sich zur Garderobe und hängte sie ebenfalls auf einen der Bügel. Meine Finger versuchten derweil, die Schnüren meines Tops zu öffnen.

Da spürte ich plötzlich seine Hände auf meinen. „Das bleibt an." Wenn er das so sagte. „Ich gebe dir gleich was von mir, dass du aus den nassen Sachen herauskommst." Was sollte das jetzt heißen?

„O… Okay", stammelte ich und verfluchte meinen besoffenen Kopf. Hatte ich mir da jetzt mehr eingebildet, als da wirklich war? Obwohl, dann hätte er seine Hände doch schon weggezogen und würde nicht mehr so dicht hinter mir stehen? Oder? Gott, ich war verwirrt. Was wollte er jetzt von mir?

Ich atmete zittrig ein und hoffte, er würde mein laut schlagendes Herz nicht hören. Ich hatte das Gefühl, selbst die Nachbarn könnten es hören. Er strich mir über die Schultern. Meine Haut fühlte sich an, als würde sie in Flammen stehen, da, wo er mich berührte. Meine Atmung beschleunigte sich und ich hatte das Gefühl, nicht genug Luft zu bekommen. Ganz sanft schob er mich die breite Treppe hoch. Die Bilder von seiner Mutter, ihm und ihren Pferden sah ich nur aus dem Augenwinkel. Matty folgte uns mit etwas Abstand.

In seinem Zimmer setzte er mich auf seinem Bett ab. Was hieß, absetzten? Er drehte mich zu sich, drückte mich dann an den Schultern herunter, bis ich auf dem weichen Bett saß und zog dann seine Hände weg. Ich war mir sicher, ich sah ihn an wie ein Reh im Scheinwerferlicht. Würde er mich wieder küssen? Würde er mich wieder berühren? Vielleicht auch an Stellen, an den mich bisher niemand berührt hatte? Würde sich das auch so aufregend anfühlen? Auch so intensiv? Meine Beine zitterten vor Aufregung.
   Aber er drehte sich einfach weg und ging zu seinem Kleiderschrank. Fast schon enttäuscht fing ich das graue T-Shirt, das er mir zuwarf, und wäre beinahe von den Shorts ins Gesicht getroffen worden. Ich hielt die Klamotten einfach nur in meinen Händen und sah ihn fragend an, wie er sich ebenfalls ein T-Shirt aus dem Schrank zog. Jetzt verstand ich offiziell nichts mehr.
   „Ich zieh' mir auch eben etwas Trockenes über und hole dir dann eine Flasche Wasser aus der Küche. Du ziehst dich jetzt um. Bekommst du das hin?"
   Langsam nickte ich. Das würde ich schon irgendwie hinbekommen. So schwer war das schon nicht.

Er musterte mich. „Und ich bringe dir, glaube ich auch Abschminktücher aus dem Bad mit und schreibe Liz, dass alles okay und du hier. Vielleicht auch deiner Mutter."

Mit großen Augen schüttelte ich den Kopf. „Liz kannst du schreiben, aber bitte nicht meiner Mutter!" Obwohl Letztere darüber wohl sehr beruhigt wäre. Woher sie auch immer dieses Vertrauen in ihn nahm.

„Gut, dann nur Liz." Er seufzte und ging wieder zur Zimmertür. „Nicht vergessen, du ziehst dich jetzt um!"

Wieder nickte ich. Warum wiederholte er das jetzt? Ich war nicht dumm. Das hatte ich schon beim ersten Mal verstanden.

Keine zwei Sekunden später schloss er die Tür hinter sich. Für einen Augenblick starrte ich noch auf die weiße Tür. Aber als er nicht nach drei Wimpernschlägen zurück war, öffnete ich mein Oberteil, das inzwischen kalt an meinem Körper klebte. Erst jetzt realisierte ich, wie frostig mir eigentlich war. Der nasse Stoff rutschte nur widerwillig über meine kalte und feuchte Haut. Kurz behielt ich es in der Hand, ehe ich es über den Schreibtisch hängte. Schnell zog ich mir das T-Shirt über. Warm und weich schmiegte der Stoff sich an mich. Ich konnte es nicht verhindern und gab dem Bedürfnis nach, daran zu riechen. Es roch so verdammt gut nach Waschmittel und auch etwas nach Lukas.

Die Jeans wollte noch schlechter von meinen Beinen rutschen. Auch sie landete neben dem Top auf der Stuhllehne. Unsicher überlegte ich, ob ich meine nasse Unterhose anbehalten sollte oder nicht. So nass war sie zum Glück nicht. Es fühlt sich aber vor allem falsch an, sie auszuziehen. Ich entschied mich dagegen und streifte mir die Shorts über.

Genau rechtzeitig, ehe es klopfte und die Klinke langsam heruntergedrückt wurde. Vorsichtig lugte Lukas in sein Zimmer und machte dann einen großen Schritt ins Zimmer, als er sah, dass ich mich komplett umgezogen hatte. Er sah regelrecht erleichtert aus.

Die Wasserflasche drücke er mir einfach in die Hand. „Austrinken!"

Ich sah ihn einfach nur an, also nahm er mir die Falsche aus der Hand und schraubte den Deckel auf, nur um sie mir wieder in die Hand zu drücken. „Trink die Flasche aus!"

Tief atmete ich ein, bevor ich die Glasflasche an die Lippen setzte und einen großen Schluck trank. Kühl rann das Wasser meine Kehle herunter. Ich fühlte mich sofort etwas klarer, nachdem ich die Flasche abgesetzt hatte. Das konnte allerdings auch Einbildung sein.

Während ich gerade eine kleine Pause einlegte und danach weiter die Flasche versuchte zu leeren, klaubte Lukas einen Teil seines Bettzeugs zusammen. Was hatte er denn jetzt vor?

Verwirrt beobachtete ich, wie er wieder zur Tür ging. „Wo willst du hin?", fragte ich, als ich die Flasche mal wieder abgesetzt hatte, um Luft zu holen.

„Ins Wohnzimmer. Ich wollte auf dem Sofa schlafen. Und keine Sorge, meine Mutter kommt erst morgen Mittag wieder." Matty drängte sich an ihm vorbei durch die halbgeöffnete Tür. Widerwillig machte er ihr Platz. „Wenn sie hier schläft, lass sie nicht ins Bett."

Stumm nickte ich und umklammerte den Hals der Flasche. Ich wollte nicht, dass er ging und auf dem Sofa schlief. Zum einen war das hier sein Zuhause, da sollte ich doch eigentlich auf dem Sofa schlafen und zum anderen wollte ich ihn eigentlich bei mir haben. Einfach aus der plötzlichen Angst heraus, wieder einen dieser Albträume zu haben und dann alleine zu sein.

Trotzdem bekam ich die Zähne nicht auseinander und ließ ihn ziehen. Matty rollte sich vor dem Bett zusammen und ich ließ mich auf die Bettkante sinken. In drei letzten großen Zügen leerte ich die Flasche und stellte sie auf den Nachttisch.

Neugierig sah ich mich in seinem Zimmer um. Über dem Schreibtisch waren einfach Fotos an die Wand geklebt. Wenn ich es richtig sah, mit Tesafilm. Neben dem Kleiderschrank waren alle Schleifen aufgereiht, die er wohl jemals gewonnen hatte. Alle Farben waren vertreten, und wäre ich nüchtern gewesen, hätte ich wohl rein aus Interesse alle Gelben gezählt.

Seufzend machte ich die Nachttischlampe an und schüttelte das Kissen etwas auf. Die andere Seite des Bettes kam mir merkwürdig leer vor. Ich schwang ein Bein über die Bettkante und schlüpfte unter die Bettdecke. Matty stand auf und freute sich. Ihre Pfoten legte sie fragend an die Kante und sah dabei so bittend aus, dass es mir wirklich schwerfiel. Allerdings auch gerade so zur passenden Zeit.

Lukas kam wieder herein und reichte mir ein Abschminktuch. Dankbar lächelte ich ihn an und hoffte, er hatte nicht mitbekommen, wie Matty ganz lieb gefragt hatte, ob sie ins Bett durfte. Sie hätte sonst bestimmt Ärger bekommen. Vorsichtig entfernte ich mein Augenmake-Up. Es hinterließ eine schwarze Spur auf dem Tuch und einen öligen Film auf meiner Haut, der mir allerdings, so müde wie ich war, egal war.

Lukas griff sich derweil die leere Flasche und nahm mir dann das gebrauchte Abschminktuch ab. An der Tür hielt er inne und sah mich wieder so an, dass die Glühwürmchen wieder zurück an die Arbeit gingen. Mein Herz wummerte so laut, dass ich ihn beinahe nicht „Gute Nacht" sagen hörte, bevor er das Licht löschte, die Tür nur anlehnte und dann den Geräuschen nach die Treppe wieder herunterging.

Matty war sofort zur Stelle. Dieses Mal war ich nicht schnell genug und sie rollte sich auf der freien Seite neben mir zusammen. Seufzend kuschelte ich mich in die Kissen. Ich war jetzt zu müde, sie herauszuschmeißen, außerdem war es schön, nicht alleine in diesem so vertrauten und doch so fremden Bett zu liegen.

Kapitel 26

Mitten in der Nacht schreckte ich hoch. Matty fiepte und sprang auf. Als wäre etwas Schlimmes passiert, rannte sie in den Flur und ich aus dem Impuls heraus hinterher. Es dauerte einen Augenblick, bis ich mir sicher war, dass ein Schrei mich geweckt hatte. Trotzdem rannte ich Matty nach, sie schien mir schlau genug, vor Gefahr zu fliehen.

Die Hündin bretterte die Treppe herunter und rutschte auf dem Fliesenboden unten im Flur mit den Hinterpfoten leicht weg. Sie wurde aber nicht langsamer im Gegenteil, sie wurde nur noch schneller und sprintete in das dunkle Wohnzimmer.

Kurz darauf flackerte die Taschenlampe eines Handys auf und ich hörte Lukas sagen, „Alles gut, mein Mädchen. Du kennst das doch. Nur derselbe Albtraum wie immer. Müsstest du nicht auf Marie oben aufpassen?"

Matty jammerte zur Antwort. Ich hörte Decken rascheln, dann wie Lukas aufstand. Die Schritte seiner nackten Füße hallten im Wohnzimmer wider und dann stand er plötzlich vor mir, sein Handy in der Hand und die Taschenlampe an.

„Warum schläfst du nicht?"

„Wovon träumst du?"

Er schüttelte den Kopf und wollte sich an mir vorbei in die Küche schieben. „Geh wieder ins Bett. Ich komme klar."

Seine Hand zitterte kaum merklich. Natürlich kam er klar. Er sah aus, als hätte er soeben

1

den Teufel persönlich getroffen. Ich musste schlucken, dann schlang ich einfach die Arme um ihn.

Er verkrampfte sich erst, dann war es, als würde plötzlich alles von ihm abfallen.

„Es tut mir so leid!", wisperte er in die Nacht. Sein Atem streifte meine Schulter. Mir stiegen die Tränen in die Augen, als ich verstand. Er sollte sich nicht entschuldigen. Wenn das jemand sollte, dann ich!

Meine Finger krallten sich in den Stoff seines T-Shirts. „Kommst du bitte mit nach oben."

Seine Umarmung wurde lockerer und ich erwartete, dass er jeden Moment nach dem Warum fragen würde, aber nicht, dass er einfach nicken würde. Noch einen Augenblick hielt ich ihn im Arm, dann ließ ich ihn los und sah ihm mit verschwommenem Blickfeld nach, wie er wieder im Wohnzimmer verschwand.

Matty stand schwanzwedelnd neben mir und starrte ihm ebenfalls nach.

Nacheinander steigen wir schweigend die Treppe hoch. Hatte mein Herz vor wenigen Stunden noch verrückt gespielt, fühlte es sich jetzt schwer an. Es war, als wenn jemand Blei dran gebunden hätte. Jeder Schlag fühlte sich an, als würde er mich unmenschliche Kraft kosten.

Wir schwiegen immer noch, als er neben mir in seinem Bett lag. Wir sahen einfach nur an die Decke. Ich war ein schlechter Mensch und er hatte mich einfach nur beschützen wollen, so wie heute Abend. So wie eigentlich schon immer.

Vorsichtig tastete ich nach seiner Hand und rutschte etwas näher. „Mir muss es eher leidtun."

Es raschelte neben mir und meine Hand wurde festgedrückt. Es fühlte sich tröstlich an. „Du hast keine Schuld. Du wusstest nicht, was da im Stall los war. Du konntest nicht wissen, dass sie versuchen würden, dich zu töten."

Ich schniefte auf. Das tat gerade in genau dem Teil weh, den ich seit Wochen zu betäuben versuchte. Versuchte zu ignorieren. Versuchte zu vergessen. Der Schmerz fraß sich durch meine Brust und legte sich direkt unter meine Haut. Dort lauerte er darauf, endlich gelindert zu werden oder heruntergeschluckt.

Lukas streckte die Hand aus. Ruhig, zärtlich und vor allem so voller Verständnis fuhr er mir über die Wange. Strich die Tränen weg und damit ganz langsam auch diesen scheiß Schmerz. Füllte sanft das Loch in meiner Brust. „Es ist nicht deine Schuld. Es ist auch nicht meine. Wir wollten am Ende nur noch retten und konnten, das alles nicht wissen."

Ich musste an den Haflinger denken und daran, dass er jetzt ein besseres Leben hatte – dank mir. Dank uns. Zittrig atmete ich ein und drehte mich auf die Seite. Meine Augen hatten sich an die Dunkelheit gewöhnt. Schemenhaft konnte ich sehen, dass er mich weich und so voller Verständnis ansah. Dankbar kuschelte ich mich an seine Brust.

Das hatte ich gebraucht. Genau diese Worte. „Danke", flüsterte ich und schloss die Augen. „Für alles!"

Lukas strich mir über den Rücken und zog mich dann enger an sich. Ich spürte, wie er sich langsam ebenfalls entspannte. Ich bekam nicht mehr mit, wie Matty ins Bett sprang und sich zu unseren Füßen zusammenrollte.

„Ich kann mir den Vertrag mal angucken. Ich bin aber keine Expertin", hörte ich wie durch Watte. Schritte auf einer Treppe. Hauptsächlich hörte ich allerdings Lukas ruhiges und tiefes Atmen. Es war alles gut. Vielleicht öffnete ich deshalb die Augen nicht, als sich die Tür öffnete. Es hätte genauso gut in einem Traum sein können.

„Ach, das glaubst du mir nicht!", meinte ich Lenas erstaunte Stimme zu hören. „Da kommt man früher nachhause und will sich nur eben den Hund holen zum Morgenspaziergang und dann findet man meinen Sohn und deine Tochter." Plötzlich war ich wach. Nicht nur ich, Lukas auch. Er schoss sogar als Erster nach oben.

„Morgen", wünschte Lena, in einer schmalen weißen Bluse und einer dunkelblauen Stoffhose, und grinsend, während Matty aufgeregt vor ihr über den Holzboden tanzte. „War wohl eine gute Party."

„For gods sake. Mum! What the hell are you doing here?" Lukas fuhr sich über das Gesicht.

Sie zuckte mit den Schultern und sah zwischen uns hin und her. Ihre grünen Augen funkelten interessiert. „Got kicked out."

„Finally!", stöhnte Lukas neben mir auf. „Tell me, you're not going back to that …"

Sie unterbrach ihn. „I won't! And this time, I mean it. Und hier drüber werde ich keine Fragen stellen, auch wenn ich welche habe." Sie wies mit dem Zeigefinger zwischen uns hin und her. „Ich habe ja mit vielem gerechnet, aber damit nicht. Lukas, you never miss to suprise me. Love it!"

Damit schloss sie die Tür wieder und Lukas ließ sich mit einem entnervten Stöhnen wieder zurück in die Kissen fallen. „Can someone save me from that Woman!"

Später stand ich wieder in meinen Klamotten vom Vortag aus Anstand in der Küche neben Lena, die sich gerade einen Kaffee machte. Ich wäre am liebsten einfach raus, aber das fühlte sich falsch an.

„Ich habe nur eine Frage", fing sie an. Aus ihrem Ton konnte ich nicht wirklich schließen, ob ich die Frage beantworten wollte oder aber nicht. Sie drehte sich mit ihrem Kaffee in der Hand, in dem sie gedankenverloren mit einem langen schmalen Metalllöffel herumrührte, zu mir um. „Was ist das jetzt zwischen euch? Nicht dass es mich etwas angehen würde, aber man macht sich da schon seine Gedanken."

Ich musste schlucken. „Wir sind nur Freunde. Ich war gestern doch besoffener, als ich zugeben wollte, und Lukas hat sich um mich gekümmert, bevor es noch jemand von den falschen Leuten tun konnte. Er hat sogar ursprünglich auf dem Sofa geschlafen."

Lena atmete hörbar aus und zog den Löffel aus ihrer Tasse. „Wenigstens Manieren konnte ich ihm also beibringen." Sie lachte leise und schob sich dann den Löffel mit Milchschaum in den Mund. „Deine Eltern wird es beruhigen, dass jemand auf dich aufgepasst hat. Hätte ich Lukas gar nicht zugetraut." Beinahe hätte ich über ihren überraschten Gesichtsausdruck lachen müssen, dann fügte sie an, „Dass er dich in sein Bett gezerrt hat, habe ich sowieso nicht angenommen. Dafür bist du ihm zu wichtig."

War das jetzt ein Kompliment oder eher eine unterschwellige Beleidigung? Ich musste mich bemühen, nicht rot zu werden bei dem Gedanken an das, was ich gestern angenommen hatte, was passieren würde. „Ich werde dann jetzt mal nachhause gehen", sagte ich schnell und huschte dann schon mit einem leisen, „Tschüss" in den Flur.

„Tschüss und ruf deine Mutter an, sonst ruft sie gleich mich an", rief Lena mir nach, ehe ich aus der Haustür verschwinden konnte. Mein Herz schlug mir immer noch bis zum Hals.

Später am Tag war ich wie immer am Stall und befreite Viva von ihrer neuesten Dreckschicht, da lehnte Lukas plötzlich neben mir am Anbinder.

„Hast du wenigstens einen Kater?", er brach ein Stück aus dem Apfel ab, den er gerade aß, und gab es Viva, die schon fleißig bettelte.

Ich schüttelte den Kopf. „Ich bin wohl verschont worden. Rechne ich dir an."

Er musste lachen und kraulte die immer noch bettelnde, Viva an der Stirn. Meine Stute genoss die Streicheleinheiten sichtlich, auch wenn sie lieber seinen Apfel hätte. „Was war überhaupt los, dass du dich so abgeschossen hast?"

Ich zog kräftige Kreise mit dem Gummistriegel auf Vivas Sattellage. Es staubte. „Keine Ahnung. Ich habe mich einfach treiben lassen. Wir haben schon etwas Schnaps getrunken, als wir zu Hause waren, und dann hatte Bea auch noch was."

„Vergiss es!" Er zog seinen Apfel gerade noch so aus Vivas Reichweite und gab ihr einen Klaps auf die Nase. „Wer hat dich bloß so verzogen?" Ich presste die Lippen aufeinander. Ja, wer wohl? „Ich wollte …", plötzlich brach er ab und sah auf sein Handy, als ich mich zu ihm umsah.

„Du wolltest?", fragte ich irritiert. Seine Gesichtszüge waren plötzlich angespannt, und er sah angestrengt auf sein Smartphone.

Ohne aufzusehen, drehte er sich einfach um und verschwand ohne ein weiteres Wort im Stall. Was zur Hölle hatte ich denn bitte jetzt wieder getan?

Kapitel 27

Kopfschüttelnd putzte ich Viva weiter und zäumte sie dann nur für einen Spaziergang auf. Sie sich einen ruhigen Tag verdient, sollte aber auch nicht einfach nur stehen. Gemächlich schlenderten wir durch den Wald, lauschten dem Rauschen der Blätter und dem Zwitschern der Vögel. Allmählich wurden die Geräusche des Waldes, zum Schlagen der Wellen und das Vogelgezwitscher zum Rufen der Möwen.

Tief atmete ich die würzige Meerluft ein, als wir den kleinen Dünenweg zum Strand herunterliefen. Viva schnaubte ebenfalls laut und stieß mich dann mit ihrer weichen Nase in die Schulter.

»Hey! Du hattest genug zu fressen! Meine Taschen sind schon so gut wie leer!«

Viva ließ sich davon nicht beeindrucken und stupste mich wieder an.

»Nein!« Bestimmt ging ich einfach ein Schrittchen schneller.

Mein Handy klingelte. Seufzend fummelte ich es aus der Tasche meiner Reitjacke. Liz' Name leuchtete auf dem Bildschirm auf. Schnell nahm ich den Anruf an und klemmte mir mein Handy zwischen Schulter und Ohr.

»Hey, alles gut bei euch?«

»Du, ich frage mich eher, ob bei dir alles okay ist!« Liz

klang aufgeregt. »Hast du echt bei Lukas geschlafen?«

»Ja, aber es ist nichts gewesen. Das schwöre ich dir. Er war nur so lieb, sich um nicht zu kümmern.« Was sie ja versäumt hatten.

Sie atmete auf. »Und ich dachte schon. Hätte er das ausgenutzt … Ich schwöre dir, er wäre jetzt tot. Wo bist du?«

»Mit Viva am Strand, wieso?«

»Ich stehe vor eurer Haustür mit einem Croissant und deinen Sachen. Ich kann auch rüber zum Club gehen.« Ich konnte mir quasi bildlich vorstellen, wie Liz etwas belämmert guckend vor der Haustür stand, meine Tasche über der Schulter, die Tüte mit den Croissants in der einen und ihr Handy in der anderen Hand.

»Leg die Tasche einfach an die Kellertreppe und wir treffen uns dann im Stall. Ich drehe jetzt um. Bin so in fünfzehn Minuten wieder am Stall.« Ich signalisierte Viva, dass wir umdrehten. Mit einem sehnsüchtigen Blick auf die schlagenden Wellen drehte sich meine Stute gehorsam auf der Hinterhand um und folgte mir den Weg wieder hoch.

»Alles klar!« Es raschelte am anderen Ende. »Wird gemacht. Haddy longiere ich einfach, nachdem du mir von der Nacht erzählt hast.« Sie gähnte und legte dann auf.

Liz saß schon auf dem Holzzaun bei den Stallungen und blickte uns neugierig entgegen, als wir auf den Stall zusteuerten. Breit grinste sie mich an und hätte ich ihre dunklen Ringe unter den Augen nicht gesehen, hätte ich nie gedacht, dass sie gestern feiern war. Ihre Beine steckten in einer beigefarbenen Reitleggins, der graue Pulli war ihr mehrere Nummern zu groß und sie hatte die frisch gewaschenen dunklen Haare einfach in einem Dutt zusammengebunden.

»Da seid ihr ja! Ich dachte, ich muss ewig warten.« Sie lachte und sprang mit einem Satz vom Zaun. Viva zuckte leicht zusammen, aber beruhigte sich sofort, als sie sah, dass es nur Liz war und keine wild gewordene Bestie, die da vom Zaun gesprungen war.

»Wo hast du den Pulli her?« An ihr hatte ich den zumindest noch nie gesehen. Ich bedeutete ihr, mir zum Putzplatz zu folgen.

Sie wurde rot. »Eine Leihgabe.« Kryptischer konnte sie es wirklich nicht formulieren. Jetzt wurde es interessant.

»Leihgabe also? Nicht zufällig von Ole, oder? So ganz zufällig.« An der Anbindestange angekommen, zog ich Viva die Trense vom Kopf und das bunte, aber schon wieder mit einem dicken Staubfilm belegte Weidehalfter über.

Liz seufzte. »So ganz zufällig, ja.« Verträumt zupfte sie am Saum des Hoodies. »Als es gestern so geschüttet hat, hat er mir seinen Hoodie gegeben. Mein Kleid war komplett nass und es war echt verdammt kalt.«

»Und das hast du dann direkt, als Möglichkeit genutzt, dich ihm an den Hals zu werfen, weil dir soooo kalt war?«, zog ich sie grinsend auf und beobachtete gespannt, wie sie bis zum Haaransatz rot anlief.

»Ich habe ihn eventuell geküsst.« Sie biss sich auf die Unterlippe und ihr Blick wurde etwas glasig. »Ich habe es einfach gemacht und ihn damit wohl etwas überfallen. Im Nachhinein tut es mir etwas Leid, aber ich bin froh, dass ich es gemacht habe.«

»Habt ihr danach noch gesprochen?« Das klang, als könnte das in den nächsten Tagen kompliziert werden, wenn sie so darüber sprach.

Liz wiegelte den Kopf hin und her. »Kann man so sagen.« Konnte sie nicht einfach die ganze Geschichte erzählen, ohne dass ich ihr alles aus der Nase ziehen musste? »Er hat mich dann auch geküsst, aber ich bin mir nicht sicher, ob es am Alkohol lag.«

Ungläubig musterte ich sie. Sie log nicht. Stattdessen war sie noch röter geworden und versank förmlich in dem grauen Kleidungsstück.

»Keine Ahnung, was jetzt ist«, murmelte sie mehr zu sich selbst als zu mir.

Scheiße, wie ich das Gefühl kannte. Ich hatte Lukas gefühlt tausendmal berührt, gut auch zweimal geküsst, aber jedes Mal war nichts passiert, aber alleine bei dem Gedanken an das Gefühl seiner Hände auf meinen Schultern gestern stand mein Körper gefühlt wieder in Flammen.

»Das gibt sich schon.« Ich setzte ein hoffnungsvolles Lächeln auf. Das hoffte ich zumindest im Bezug auf mein Gefühlschaos ebenfalls.

Liz verzog unzufrieden den Mund. »Hoffentlich schnell. Ich schwöre dir, mein Herz hält diese ganze Scheiße nicht aus!« Wie ich das nachvollziehen konnte! Sie seufzte und griff einfach in meine Putzbox. Mit einer Wurzelbürste bewaffnet strich sie Viva über den rotbraunen Rücken. »Wie war jetzt dein Abend? Wir haben noch geguckt, ob wir dich finden, aber du warst mit Lukas einfach weg.«

Ich atmete tief ein. »Wir waren bei ihm. Ist ja nicht weit. Er hat mir trockene Klamotten gegeben, dafür gesorgt, dass ich Wasser trinke, und hat dann auf dem Sofa geschlafen.« Mehr musste Liz nicht wissen. Sie würde nur hören, was sie hören wollte und auf das Gespräch konnte ich verzichten.

Liz gähnte und schmiss die Bürste zurück in die Putzbox. Gemächlich lief sie neben mir wieder zurück zu den Weiden. »Ansonsten war es ja gestern eigentlich ganz lustig. Wenn es nicht geregnet hätte, wäre es die Party des Jahres geworden«, sinnierte sie und blickte prüfend in die Wolken über uns, als wenn sie prüfen wollte, ob sie nicht vielleicht doch jeden Moment wieder aufbrechen würden. Für sie war es doch schon die Party des Jahres. Sie hatte schließlich endlich den Mut gefunden Ole zu küssen und so, wie es klang damit einen Schritt in die gewünschte Richtung gemacht.

Lukas kam uns mit Pantas entgegen. Keinen Blick schenkte er mir. Was zur Hölle war denn jetzt sein Problem! Da sollte nochmal jemand sagen Mädchen wären kompliziert!

Liz folgte meinem Blick. »Hast du ihm irgendwie eine reingehauen? Ihm sein Frühstück geklaut oder anderweitig irgendwie dafür gesorgt, dass er schon wieder eine Laune hat, bei der man am liebsten rennen möchte?«

Ich zuckte mit den Schultern und öffnete das schwere Weidetor, hinter dem schon Libby und Haddy auf Viva warteten und ihr fröhlich entgegen blubberten. »Keine Ahnung, was für Befindlichkeiten er schon wieder hat. Vielleicht hat es ihm nicht gepasst, dass ich mich noch mit seiner Mutter unterhalten habe.« Wobei ich da echt kein Problem sah. Es musste eher damit zusammenhängen, was er da geschickt bekommen hatte.

»Ist eben ein Idiot!« Liz wartete am Tor, bis ich Viva vom Strick gelassen hatte und sie wieder begleitet von ihren Freundinnen zur Weidenmitte trabte. Sie hielt mir das Gatter auf. »Ich hoffe echt, das mit Ole wird was.« Wie um zu sehen, ob sie ihm vielleicht schon auf die Nerven gehen konnte, stellte sie sich auf die Zehenspitzen und spähte über die anderen Weiden. »Seine Pferde sind beide noch draußen. Schade.«

»Schreib ihm doch einfach, wann er heute hier ist und dass du gerne mit ihm reden möchtest.«

Sofort wurde Liz wieder rot und fuhr sich verlegen durch die Haarsträhnen, die ihr in die Stirn fielen. »Nein. Das kommt doch bestimmt voll komisch.«

Komischer als ihr Verhalten ihm gegenüber in den letzten Wochen konnte es nicht werden. Da sollte mal einer ihre Probleme verstehen. Sie sah ihn immer an, als wenn er das Licht in allen Schatten wäre, das Zentrum ihres Universums. Ich konnte ihn da echt verstehen, dass er sich da erst mal zurückgezogen hatte, aber wenn er sie ebenfalls geküsst hatte, musste sie sich doch keinen Kopf machen. Obwohl ich wusste, nicht wie das gestern auseinandergegangen war. Fragte sich auch, ob ich das wissen wollte.

»Wie sieht's aus? Lust auf ein Croissant und etwas über Barbie lästern? Du glaubst gar nicht, was die wieder angeschleppt hat. Das Mädel hat echt Probleme.« Liz ging wieder zur Tagesordnung über und harkte sich bei mir unter, nachdem ich das Tor geschlossen hatte. »Ich schwöre, so eine Trense hast du noch nie gesehen. Bei so viel Pink und Glitzer muss man fast schon eine Sonnenbrille tragen, um Augenkrebs vorzubeugen. Bestimmt war das Teil sündhaft teuer.«

Kapitel 28

Den Nachmittag hatte ich entspannt mit Liz am Stall verbracht. Immer noch ohne Kater, aber unheimlich müde! Sie hatte Ole natürlich nicht geschrieben. Seinen Pulli lediglich an seinen Spind gehängt, als er gerade mit seiner Braunen auf dem Longierplatz war und danach so getan, als wäre nie etwas gewesen. Sie musste mal jemand verstehen!

Zu Hause bekam ich dann eine Nachricht von Ellie, die fragte, ob ich morgen Nachmittag einspringen könnte, und einfach aus dieser Laune von der letzten Nacht und dem ganzen seelischen Aufräumen sagte ich zu. Es fühlte sich richtig an und da war nicht mehr dieser Knoten in meinem Bauch, der mich in einer Tour an diese Nacht im Stall des Reitvereins erinnern wollte. Ich fühlte mich wieder lebendig, daran konnte auch Lukas neues komisches Verhalten nichts verändern. Er war eben launisch. Damit musste ich mich abfinden.

Als ich am Montagnachmittag kurz vor Ende der Mittagspause vor der Cafétür stand, strahlte Ellie mir schon von einem Stuhl auf dem kleinen Freisitz entgegen. Sie legte ihr Buch weg und schwebte auf mich zu.

»Na. Gutes Wochenende gehabt?«

Ich nickte. »Joa. War ganz nett. Was habt ihr gemacht?« Sie roch nach einem leicht blumigen Parfüm, das wunderbar zu ihrer Bluse mit subtilem blauem Blütenmus-

1

ter passte, die im Bund ihrer schmalen Jeans steckte.

»Ach, nicht viel. Ich habe etwas umgestellt am Samstagabend. Ansonsten war am Sonntag wieder einmal sehr viel los. Liz war hier und hat Croissants geholt.«

»Ich weiß. Die haben wir gestern am Stall gegessen.«

»Warst du auch auf der Party?« Sie schob die Cafétür auf.

»Physisch ja, aber ansonsten …«

Sie lachte. »Ich verstehe schon. In deinem Alter waren wir auch nicht anders.« Freundschaftlich knuffte sie mich in die Seite. »Da habe ich Geschichten über deinen Papa auf Lager, den deine Mutter wirklich lange hingehalten hat. Er konnte einem fast schon leidtun.«

Das klang gut! Sehr gut! Man wusste ja nie, wann man sowas gebrauchen konnte. Grinsend drängte ich mich an ihr vorbei in den Gastraum. »Wird heute viel los sein?«

Sie schüttelte den Kopf. »Sieht eher ruhig aus. Die Ferien sind vorbei und es ist Montag. Raffa hat abgesagt, sonst hätte ich dich gar nicht gefragt, ob du kommen magst.«

Frische Lavendelzweige ragten aus den Vasen auf jedem Tisch und waren dieses Mal mit einer weißen Blume kombiniert, die aussah wie ein zu groß geratenes Gänseblümchen. Ein bisschen wie ein Mini-Urlaub in einem Glas.

Ellie schnappte sich ihr Buch und dann kam sie mit mir nach hinten in die Backstube.

»Seid ihr nicht nass geworden am Samstag? Liz sagte was von Strandparty.« Sie schüttelte sich. »Die ist dann ja im wahrsten Sinne des Wortes ins Wasser gefallen.«

Ich schmunzelte. Ja, das war sie wohl. »Ich war, klatschnass. Zum Glück wohnen Freunde nicht weit.«

Ich konnte quasi in Zeitlupe beobachten, wie Ellie die Augenbrauen hochzog. »Freunde? Ich nehme mal an der Familie? Und dass der Nachname mit S beginnt.«

Sie war gut. Verdammt gut. War sie bei Hannah in die Lehre gegangen, oder hatte Hannah gar von ihr gelernt?

»War Lena denn da? Ich habe sie ewig nicht mehr gesehen! Schade, dabei backe ich nur

2

für sie jeden Sonntag Rosinenbrötchen.«

»Nein. Sie war erst gestern Morgen wieder da. Backst du wirklich nur für sie Rosinenbrötchen?«

Ellie nickte. »Klar! Zum einen, weil wir mal gute Freunde waren und ich sie immer noch mag. Sie mag zwar etwas schroff und unkonventionell sein, aber sie hat auch ihre netten Seiten. Zum anderen, nicht ganz uneigennützig, aber bei den Stüwes sollte man immer versuchen, irgendwie ein Brett in der Tür zu haben.« Ellie seufzte. »Sie haben einfach Macht. Manchmal kann das ganz nützlich sein!«

Ich dachte sofort daran, wie sie die Macher des Podcasts angegangen war. Dass die einfach weiter machten, wunderte mich. Oder aber Lena wartete auf den Moment, um zuzuschlagen. Das würde zumindest zu ihr passen. »Bei Klagen zum Beispiel.«

»Ja, bei Klagen!« Ellies Stimme klang gepresst und sie sah zu Boden. So schnell ihre Stimmung einen Dämpfer erhalten hatte, so schnell lächelte sie auch schon wieder. »Lassen wir das! Wie ist ihr Sohn eigentlich?«

»Frech! Und distanzlos.« Hallo? Er beleidigte mein Pferd in einer Tour! Da konnte ich kein gutes Haar an ihm lassen! Auch wenn mein Herz viel zu oft in seiner Gegenwart höher schlug.

Ellie kicherte leise. »Gelangweilter reicher Junge, also. Das wollte ich ja deine Mutter fragen, aber vielleicht weißt du das ja. Weißt du was zu seinem Vater?«

Ich schüttelte den Kopf. Nur dass Lukas ihn nicht sehen durfte, nicht mal mit telefonieren. »Ist ein sensibles Thema, glaube ich.«

»Ich erinnere mich nur noch an zwei Männer von damals. So ein Banker aus Frankfurt, der hatte allerdings einen ziemlichen Hau weg, wenn du mich fragst, und einen Mann, den sie aus dem Internat kannte. Brite, sehr schneidiger Typ. So richtig wie man sich das vorstellt. Schönling, der nichts Richtiges gelernt hat, mitten auf dem Land vom Erbe seiner Vorfahren lebte und noch dazu so einen schmucken Titel hatte. Earl of … Ach, was weiß ich! Ist ja egal. Hat mich nur immer gewundert.«

Ich zuckte mit den Schultern. Mir war es egal und es ging mich ja nichts an. Wichtig war doch nur, dass es Lukas gab, und dafür war ich nichtsdestotrotz, spätestens seit Samstagabend dankbar! »Jacob war gestern gar nicht im Club. Alles ok mit Dexter?«

Ellie winkte ab und legte ihr Buch nach oben auf das Regal über der Arbeitsplatte. »Der stand das Wochenende in der Klinik. Irgendwas mit dem Magen, aber keine Kolik. Er ist eben alt, auch wenn Jacob das nicht wahrhaben will.« Ihr Blick wurde betrübt. »Das wird was, wenn wir den gehen lassen müssen!« Sie reichte mir eine Schürze an, die ich mir sofort umband. »Aber auch Pferde leben nicht ewig.«

»Leider.« Ich wollte gar nicht daran denken, wie es einmal sein würde, Viva einschläfern zu müssen oder sie irgendwann einfach tot auf der Weide zu finden.

»So genug düstere Gedanken für heute! Wir bringen hier jetzt mal Schwung in den Laden und genießen den schönen Sonnenschein! Nimmst du das Kuchenblech mit dem Apfelkuchen? Dann nehme ich die Brownies. Die Torten stehen noch im Kühlschrank.«

Das Café war keine Stunde auf, da waren schon alle Tische bis zum letzten Platz belegt. So viel zum ruhigen Tag. Wir hatten alle Hände voll zu tun den hungrigen Touristen und auch den wenigen Einheimischen mit Sehnsucht nach Sanddorntorte, ihre Getränke und Kuchenwünsche zu erfüllen.

Laute Gespräche erfüllten den Raum und Stühle wurden in regelmäßigen Abständen verrückt. Es war spannend, zu sehen, wie viele unterschiedliche Menschen sich bei Ellie einfanden. Hier wurde die Sanddorntorte gelobt, dort ein nettes Wort über die Brownies verloren und an einem anderen Tisch die Hand gehoben, um noch eine weitere Tasse Kaffee zu bestellen.

Ellie wirbelte durch den Gastraum, als wenn sie nie etwas anderes getan hätte, lachte über die mitunter blöden Witze eines Rentners oder zwinkerte einem kleinen Mädchen verschwörerisch zu, als sie ihm das besonders große Browniestück mit Vanilleeis hinstellte.

Für mich war das alles zu viel. Viel zu viel. Es waren zu viele Menschen, zu viele Gespräche, zu viele Bestellungen und irgendwie auch plötzlich alles zu eng. Ich war wirklich stolz auf mich, dass ich es trotzdem hinbekam alle Bestellungen ordentlich aufzuschreiben und mir keine Tasse zu Bruch ging, egal wie sehr das Tablett auch schwankte.

Der Strom an Menschen ließ quasi gar nicht nach. Die Frauen und Männer sahen sich allesamt staunend in dem Café um. Redeten über die Deko, die Bilder an den Wänden und die große Kuchenauswahl. Aber etwas war anders an diesen Menschen.

Ich erwischte Ellies Blick für einen Augenblick. Sie sah ebenfalls aus, als hätte sie kein gutes Bauchgefühl. Ihr Kiefer wirkte angespannt und ihr Lächeln aufgesetzt. Es reichte zumindest nicht bis zu den Augen, aus denen sie die Besucher unauffällig musterte.

Eine Frau schnipste vor mir durch die Luft. »Ja, mei! Bekommen wir bei Ihnen keinen Kaffee?«

»Äh... doch. Natürlich«, stammelte ich. Das waren eindeutig Touristen! Sie trugen ihren Statuts quasi auf der Stirn geschrieben. »Was darf ich Ihnen denn bringen?« Ich sah in die Gruppe aus drei Frauen um die vierzig und zwei Männern im ungefähr selben Alter. Sie alle trugen kurzärmelige T-Shirts, Basecaps und hatten ihre Sonnenbrillen entweder am Ausschnitt stecken, oder vor sich auf dem Tisch liegen.

»Vier Kännchen Kaffee und einen Cappuccino, die junge Dame«, orderte einer der Männer und lehnte sich auf dem weiß gestrichenen Stuhl zurück.

»Oh und einen Brownie!«, ergänzte eine der Frauen und löste damit nur eine Kuchenbestellungswelle am Tisch aus.

Wenig später kam ich mit den Geträn-ken wieder an den Tisch und wollte schon ge-hen, da hielt eine der Frauen mich auf.

»Kommen Sie von hier?«

Ich nickte und machte mich sofort bereit ihr einen Tipp zu geben, wo man etwas abseits vom Bade-strand gut und sicher baden, oder wo man in Klein-blommen am besten zu Abendessen konnte.

Sie lehnte sich vor. »Kannten sie die Tote?«

»Welche Tote?« Mein Mund fühlte sich plötz-lich trocken an. Gab es hier etwa noch einen Mord?

»Na, die da an diesem Reitverein umgebracht wurde. Wissen Sie was dazu? Bleibt natürlich nur unter uns.«

Meine Kehle wurde eng. Waren all diese Leute des-wegen hier? Entschieden schüttelte ich den Kopf. Nie-mals würde ich mit Fremden über diese Nacht reden!

Enttäuscht zog die Frau sich wieder zurück und schürzte die Lippen. »Die Reiseleitung mein-te doch, hier könnte man mehr erfahren.«

Beinahe wäre mir das Tablett aus der Hand gefallen. Was zur Hölle? Wie pervers war das denn? Ich musste mich verhört haben! Eindeutig. Niemand würde nur wegen eines Podcasts in ein kleines Kaff an der Nordsee fahren und irgendeine Sensationstour machen, um etwas über einen noch frisch aufgeklärten Mordfall zu erfahren.

Schnell drehte ich mich um und machte mich dar-an, auch noch ihre Kuchen fertig zu machen. Mir war mulmig und am liebsten hätte ich ihnen gesagt, sie sollten gehen, aber das war Ellies Aufgabe, nicht mei-ne. Geschweige denn, dass ich die Kraft dazu hatte.

Beim Auffüllen der Sanddorntorte zitterten meine Hände so sehr, dass mir das erste Stück umfiel und die dekorativ auf der Sahne liegende Sanddornbeere vom

6

Kuchen kullerte. Mir war inzwischen richtig schlecht. Am liebsten wäre ich einfach nach hinten gegangen und hätte mich in der Backstube verschanzt bis es vorbei war, aber ich konnte Ellie nicht im Stich lassen!

Auf wackeligen Beinen brachte ich der Gruppe ihren Kuchen.

»Aber das Mädchen, das da fast umgebracht wurde, das kennen sie, oder?«, fragte dieses Mal eine andere Frau.

Ich presste die Lippen zusammen. In meinen Ohren hörte ich schon wieder in weiter Ferne das Geräusch von Spatenstichen. Zittrig atmete ich ein. »Nein!« Ich merkte gar nicht, dass ich laut geworden war. Erst als sich die umliegenden Tische zu uns umdrehten. »Ich kenne sie nicht! Ich weiß nicht, was Sie hier wollen. Ich weiß nur, dass ich Ihnen nichts sagen kann und nichts sagen werde!«

Ellie stand plötzlich neben mir. »Grüßen Sie Ihren Reiseleiter und sagen Sie ihm, dass er und seine Gruppen hier Hausverbot haben! Es reicht! Niemand wird Ihnen hier Auskunft geben! Essen Sie Ihren Kuchen, trinken Sie Ihren Kaffee, zahlen Sie und ziehen Sie dann weiter!«

Die Frau zog den Kopf ein.

Ein Mann stocherte in seinem Kuchen herum und murmelte etwas von »friesischer Gastfreundschaft« und Ellie hinter mir schnaubte auf, wie eine wildgewordene Furie, ehe sie mich an den Schultern packte und nach hinten zog.

»Es tut mir leid!« Ihre Stimme zitterte. Vorsichtig nahm sie meinen Kopf zwischen die Hände und sah mir prüfend tief in die Augen. »Oh Gott! Geht es dir gut?«

Ich hatte immer noch die Spatenstiche im Ohr. Weit in der Distanz, aber sie waren da und ich erwartete jeden Moment, dass sie ganz dicht waren und alle anderen Geräusche, wie schwarze Löcher schluckten. Trotzdem nickte ich. »Du musst da wieder raus. Gib mir einen Moment und dann komme ich nach.«

Ich würde länger als einen Moment brauchen. Meine Hände zitterten und ich traute mich kaum, zu blinzeln aus Angst, dass jedes Blinzeln das Potenzial hatte, ein Bild aus jener Nacht heraufzubeschwören. Ein kalter Schauer lief mir über den Rücken, aber ich bemühte mich gefasst zu wirken. Jetzt war nicht der Moment, die Nerven zu verlieren!

Kaum dass Ellie aus der Tür war, sackte ich in mir zusammen. Die kühle Arbeitsplatte auf meiner Haut ließ mich zumindest nicht den Halt in der Realität verlieren, aber ich war mir sicher, dass jeden Moment etwas Schlimmes passieren würde. Spürte die Strohbänder an den Händen. Hörte den Spaten. Das Rieseln von Erde. Wie eine Waffe entsichert wurde.

Ich kniff die Augen zu. Ganz fest. Konzentrierte mich nur auf die Arbeitsplatte, das kalte Metall, das gegen meine Unterarme drückte, den Geruch nach Kuchen und Kaffee. Ich war hier nicht allein!

Wie Reissirup sickerte die Realität durch die Einbildung, umarmte mich mit ihrem warmen Geruch. Für einen Augenblick dachte ich an die Nacht von Samstag auf Sonntag und an das Gespräch mit Lukas.

Kapitel 29

Auch wenn mich der Vorfall im Café schockiert hatte und ich seitdem wieder schlechter schlief, verschwieg ich ihn. Weder meine Eltern noch Liz wussten, was wirklich hinter meiner vermeidlichen Ruhe steckte.

So wunderte es mich nicht, dass Mama auf der Fahrt zu Frau Doktor Hoffman fröhlich ein Lied im Radio mitsummte und dabei im Takt auf dem Lenkrad trommelte.

Es regnete wieder. Es kam mir nur noch mehr wie ein Omen vor, als wenn alles meine Theorie stützen wollte. Die Musik war zu fröhlich, dafür, dass diese dunklen Wolken über der Stadt hingen. Am Meer würden die Wellen wieder hoch an die Küste schlagen, der Wind nur so peitschen und alle, die doch meinten, bei diesem Wetter an den Strand zu müssen, bekämen kalte und nasse Füße. Dafür fühlten sie sich lebendig. So lebendig wie ich mich zuletzt mit Lukas gefühlt hatte.

Ich dachte wieder daran, wie er am Anbinder gelehnt hatte und mit Viva seinen Apfel teilte, daran, wie schön seine grünen Augen in dem Licht geschimmert hatten und auch daran, wie er plötzlich wieder so kühl geworden war.

Etwas war passiert. Etwas, an dem ich wahrscheinlich wieder schuld war und das ihm keine Ruhe lassen würde. Ich musste an das Gefühl seiner Hand in meiner denken und wie wir durch den Regen gerannt waren.

An das Gefühl der nassen Kleidung auf meiner Haut.

»Wollt ihr bei dem Wetter wirklich ausreiten gehen?«, kritisch beäugte Mama die Pfützen auf der Straße und wie die Scheibenwischer kaum hinterherkamen.

»Mal sehen«, meinte ich gedehnt. Ich hatte im Gefühl, dass ich genau das brauchen würde. Nach der Therapie fühlte ich mich oft schwach, müde und zerbrechlich wie eine Porzellanpuppe. Ich brauchte Liz' Chaos. Ihre müden Erklärungen, warum sie noch nicht wieder mit Ole gesprochen hatte. Sie schlich um ihn herum, als wenn sie Angst hätte, er könnte vergessen haben, dass sie sich geküsst hatten.

Wenigstens war sie nicht übermütig geworden und hatte komplett besoffen einen Korb bekommen. Nicht mein glorreichster Moment!

Mama parkte ihren Wagen vor der Tür zur Praxis von Frau Hoffman in einem schicken und viel zu modernen Bürokomplex, der sich nicht in das Bild der anderen Gebäude einfügen wollte. Da halfen auch die Hortensienbüsche links und rechts vom Eingang nicht.

»Da wären wir. Ich stehe wie immer um Punkt zwölf auf dem Parkplatz gegenüber.« Mama atmete tief ein und sah an mir vorbei zur Tür. »Ich wünsche dir viel Spaß.«

Wünschte man das zur Therapie? Ich fand es bisher eher wenig spaßig, eher aufwühlend und manchmal wieder den Schlag in die richtige Kerbe, den es gebraucht hatte, damit wieder etwas an die Oberfläche sickerte.

Ich schenkte ihr ein kurzes Lächeln und löste den Anschnallgurt. Mein Herz schlug mir, wie immer, wenn ich diese Tür sah bis zum Hals. Ich wusste nicht, wieso. Nie war etwas Schlimmes in diesen Räumen passiert, dennoch löste allein der Gedanke, dass wir wieder mal über alles versuchen würden zu reden ein Unbehagen in mir aus. Noch einmal schluckte ich schwer, dann öffnete ich die Tür und kletterte ich aus dem Wagen.

Dieses Mal musste ich gar nicht klingeln. Frau Hoffman hatte offensichtlich auf mich gewartet. Sie strahlte mich breit an, als sie schwungvoll die schwere Tür öffnete, die nur zu ihrer Praxis führte und vor der jeder Patient immer warten musste. Ich fragte mich, warum sie kein Wartezimmer hatte.

»Hallo Marie. Wirklich schlechtes Wetter heute, oder?« Die feinen Linien um ihre Augen ließen sie fast schon mütterlich wirken, als sie mir die Tür aufhielt.

»Ich scheine das immer mitzubringen. Wir hatten bisher keine Sitzung ohne Regen. Ist Ihnen das nicht aufgefallen?«

Sie lachte. »Nein. Aber jetzt, wo du es sagst.« Galant wies sie auf die Tür zum Raum, aus der wie immer das stetige Ticken der Standuhr zu hören war. Es roch nach Räucherstäbchen, als ich in den Raum trat und mich sofort auf das Sofa sinken ließ, nachdem ich meine Jacke abgestreift hatte.

»Du wirkst gelöster als bei unserer letzten Sitzung«, stellte Frau Hoffmann zufrieden fest und rückte ihre Brille zurecht, während sie sich mir gegenüber auf ihren Stuhl setzte und in derselben Bewegung nach ihrem Block griff. »Magst du mir etwas über die Woche erzählen?«

Tief holte ich Luft und ließ meinen Blick zum Fenster schweifen. »Die Arbeit im Café ist schön. Ich komme aus dem Denken raus. Vielleicht sind daher die Flashbacks weniger geworden.« Die Regentropfen perlten von der Scheibe und ich kniff die Augen zusammen, um zwei von ihnen bei ihrem Rennen, die Scheibe herunter, besser verfolgen zu können. »Ich war am Freitag auf einer Party.«

»Oh«, machte Frau Hoffmann überrascht. »Wie war es für dich? Waren viele Schulkameraden da?«

»Kann sein. Ich war nur bei meinen Freunden und die Party war schnell vorbei. Es hat ja geschüttet wie aus Kübeln.« Wieder war da dieses Bild in meinem Kopf. Ich sah wieder Lukas vor mir, der nach meiner Hand griff und mich im nächsten Moment hinter sich herzog.

»Hast du etwas getrunken?«

Ich nickte. »Aber nicht viel.«

»Hast du in der Nacht Albträume gehabt?«

Hatte ich das? Mich hatte viel mehr der Albtraum einer ganz anderen Person geweckt. Wenn ich in mich hinein horchte, dann hörte ich Lukas' belegte Stimme, wie er Matty erklärte, dass alles in Ordnung war.

Wieder schüttelte ich den Kopf.

»Bist du allein nachhause?«

»Nein. Ein guter Freund war bei mir.«

Sie nickte. Ihr Stift flitzte über das Papier. »Würdest du sagen, dass es eine gute Idee war, auf diese Party zu gehen?«

Kurz zögerte ich. »Ja. Eindeutig.« Von dem Korb mal abgesehen. Aber das war wahrscheinlich sowieso besser gewesen.

»Was würdest du sagen, hat es mit dir gemacht, wieder unter Leute zu gehen?«

Ich zuckte mit den Schultern. Was wusste ich. Streng genommen war ich zu besoffen gewesen, um die anderen überhaupt zu registrieren. Wahrscheinlich zerrissen sie sich gerade darüber das Maul. Allen voran Nona. Die musste doch im Strahl kotzen, dass ich mit Lukas die Party verlassen hatte.

»Würdest du sagen, dass du merken konntest, in diesem ungezwungenen Rahmen, dass du immer noch Marie bist und nicht, wie sagen wir das …«

»Ein Alien?«

Sie nickt. »Ja. Ein Alien. Das beschreibt das, worauf ich hinaus will, wahrscheinlich ganz gut.«

»Dazu kann ich nicht viel sagen. Ich habe den Abend nur mit meinen Freunden verbracht und die haben mich behandelt wie immer. Ich habe vielleicht noch mit dem Barkeeper gesprochen, aber auch der hat kein Fass aufgemacht, oder mich komisch angeguckt.« Und selbst wenn, ich würde mich nicht mehr dran erinnern.

»Meinst du, du könntest langsam wieder an eine Rückkehr in die Schule denken?«

Ich hielt den Atem an und riss die Augen auf. Lief das auf das hinauf, was ich dachte? Langsam wandte ich den Blick zu ihr. Sie sah ernst aus. So als wenn das kein Witz oder nur eine fixe Idee gewesen wäre. Wobei ich bezweifele, dass diese Frau überhaupt jemals Witze gemacht hatte- zumindest gegenüber Patienten. »Äh … Ich … Ich denke schon.«

»Wie wäre das für dich Ideal?« Sie tippte mit dem Ende des Bleistiftes gegen den Ledereinband ihres kleinen Blockes.

Nervös rutschte ich auf dem Sofa hin und her. »Mhm... Ich … äh … Ich weiß es nicht. Vielleicht mit wenig Druck?«

Sie nickte nachdenklich. »Was macht dir in der Schule Druck?«

In der Vergangenheit war es Physik gewesen, aber das hatte ich abgewählt. Ich leckte mir über die Unterlippe und sah wieder zum Fenster raus in den Regen, der wie ein grauer Schleier über der Außenwelt lag. »Ich weiß nicht … ähm … vielleicht Kurse, in denen viel Gruppenarbeit gemacht wird und ich mir die Gruppe nicht aussuchen kann, oder die Kurse, die ich nicht mit Freunden habe.«

»Das kann ich verstehen. Kannst du Beispiele für diese Kurse nennen?«

»Geschichte Grundkurs vielleicht. Da mussten wir letztes Jahr zumindest eine Menge in Gruppen machen.«

»Ich kann dich leider nicht für bestimmte Kurse krankschreiben. Aber wir können es so hinbekommen, dass du nach den Ferien wieder in die Schule gehen darfst, allerdings im ersten Monat nur halbtags. Klingt das nach einem Deal?«

Wieder suchte ich in ihrem Gesicht nach irgendwelchen Hinweisen, dass das nur ein blöder Witz war, aber sie sah mich so ehrlich an, dass ich schlucken musste und dann nur noch begeistert nicken konnte.

»Gut.« Ihre Mundwinkel zuckten nach oben.

»Wie ist es ansonsten gerade Zuhause?«

Nach der Sitzung zog ich schon beim Verlassen des Gebäudes mein Handy aus der Tasche und tippte mit zittrigen Fingern eine Nachricht an Liz.

»Habe tolle Neuigkeiten. Ausreiten um vier?«

Als ich bei Mamas Auto ankam, bekam ich schon die Antwort. »Klar. Habe vorher Nachhilfe. Ich sterbe! Sollte ich das überleben, bin ich ganz Ohr!«

Kapitel 30

Liz kam mir schon in der Auffahrt entgegen. Die Wangen aufgeplustert und einen Blick drauf, der zum Töten gemacht war. „Er hat einfach getan, als wäre nichts gewesen!", schnaubte sie und blieb mit einem tiefen Atemstoß vor mir stehen. „Kannst du dir das vorstellen? Erklärt mir diese scheiß Gleichungen, die eh kein Schwein braucht, und tut dabei einfach so, als wenn nie etwas gewesen wäre."

Beruhigend griff ich nach ihren Schultern, ehe sie, noch ganz ihre impulsive Natur, die Auffahrt wieder hoch stürzte und Ole eine Standpauke hielt, bei der sie nur in Tränen ausbrechen würde. „Einatmen Liz! Gib ihm Zeit. Du überrennst Menschen schon mal."

„Ich tu' was?" Sie schnappte empört nach Luft. „Ich überrenne niemanden!"

Nein. Niemals. Ich könnte ihr aus dem Stegreif, bestimmt fünf Situationen nennen, in denen sie Menschen einfach überfordert hatte. „Ole ist ein ruhiger und bedachter Typ. Der braucht vielleicht etwas, um aus seiner Schale zu kommen."

Sie lachte auf. „Ich will ja auch nicht, dass er sofort komplett rauskommt. Ein kleiner Spalt würde schon reichen! Ph! Ich bin nun wirklich nicht der Typ, der die ganze Hand haben will! Ich bin doch nicht Barbie!"

Wenn man vom Teufel sprach. Mit einem Glitzerhalfter in Pink und wild quatschend lief sie neben Lukas zum Weidetor links von der Auffahrt. Sie hatte sich richtig aufgebrezelt und sollte dringend aufpassen, dass sie sich nicht zu tief bückte, sonst würde ihre Oberweite einen unschönen Abgang durch den Reißverschluss ihres Performance-T-Shirts machen.

Lukas konnte ich schon vom weitem ansehen, dass er darüber nachdachte, ob man ihr mit dem Halfter den Mund stopfen konnte. Seine Miene war wie in Stein gemeißelt und die Bewegungen angespannt, wie bei einer Feder, die jeden Moment brechen würde.

Ich stieß Liz an. „Sollten wir da, nicht vielleicht mal helfen?"

„Hmh?" Sie drehte sich um, hob die Augenbrauen und schüttelte dann den Kopf. „Lass ihn leiden! Trifft nicht den Falschen. Muss ich dir ja nicht sagen."

Kopfschüttelnd schob ich sie beiseite und lief mit schnellen Schritten die Auffahrt hoch. Nachher würde er tatsächlich noch einen Weg finden, unsere Lieblingsblondine mit ihrem geliebten Glitzerhalfter zu knebeln.

Liz folgte mir nach kurzem Zögern, untermalt von einem genervten Stöhnen. Da musste sie jetzt durch!

„Hey!", rief ich Lukas entgegen, da waren wir nur wenige Meter voneinander entfernt.

Ich meinte, ihn aufatmen zu sehen. „Hey. Geht ihr ausreiten?"

„Ja und du kannst es dir sowas von abschminken mitzukommen!" Liz legte einen Arm über meine Schulter und zog mich enger zu sich. „Die gehört immer noch mir."

Lukas blinzelte und sah zwischen uns hin und her. Schalk blitzte in seinen grünen Augen auf. „Ich wusste gar nicht, dass Marie deinen Namen an einem Dogtag um den Hals hängen hat. Man könnte meinen, das wäre mir am Freitag aufgefallen."

Man konnte quasi in Zeitlupe mitverfolgen, wie Barbies Gesichtszüge entgleisten und sie mich nur noch ungläubig anstarrte.

Liz schnalzte mit der Zunge. „Da hättest du wohl genauer hingucken müssen, Rich Boy. Aber ich meine, das ist natürlich auch schwer, wenn man so ein süßes Wesen vor sich stehen hat." Sie machte eine Handbewegung, als würde sie mich auf einem Markt anpreisen.

Am liebsten hätte ich ihr jetzt den Ellenbogen zwischen die Rippen gerammt. Die waren doch beide einfach nur Irre! Bevor ich jedoch protestieren konnte, dass ich immer noch mir selbst gehörte, drehte sich Barbie auf den Absätzen ihrer braunen Schnürreitstiefel um und stürmte davon.

Augenblicklich legte Lukas den Kopf in den Nacken und sah aus, als wenn er ein Stoßgebet gen Himmel schicken würde. „Fuck! Danke! Danke! Danke! Noch ein Wort mehr und …"

Ich unterbrach ihn. „Und du hättest sie mit ihrem wunderschönen pinken Glitzerhalfter geknebelt."

„Wäre eine Idee gewesen. Ich dachte eher daran, sie im Entwässerungsgraben zu waterborden."

Liz lachte auf. „Maries Idee finde ich deutlich besser!"

„Vielleicht könnt ihr mir das ja erklären, aber warum sind bei der eigentlich immer alle Reißverschlüsse kaputt?"

Liz lachte nun so sehr, dass sie Tränen in den Augen hatte. „Lukas, Lukas, Lukas! Da hast du eine Menge zu lernen!", keuchte sie und wischte sich über die Augen.

Sein Blick wanderte hilflos zu mir.

„Das ist ihre Art, dich anzubaggern."

Er erschauderte. „Oh Gott! Ich habe noch sowas wie Selbstachtung!"

„Ach echt?", fragte Liz, ohne zu zögern.

Lukas rollte mit den Augen, bevor sich eines dieser viel zu charmanten teuflischen Lächeln auf seine Lippen schlich „Gut, dass ich mit dir nicht gesprochen habe! Wie läuft es eigentlich damit meinem besten Freund den Kopf zu verdrehen, also was ich da so bisher mitbekommen habe, ist deine Erfolgsquote nicht viel höher als Barbies."

Autsch. Ich griff noch gerade so nach Liz
Arm, ehe sie sich auf ihn gestürzt hätte.

Zufrieden machte Lukas einen Schritt zurück,
schulterte das schwarze Halfter, das er die ganze Zeit schon in der Hand gehabt hatte und lief
dann einen Bogen um uns herum zu Weidetor.

„Verdammter ...", weiter kam Liz mit ihrem Fluchen
nicht. Ole stand am Stalltor und sah verwirrt einer aufge-
brachten Barbie hinterher. Sofort nahm sie die Schultern
zurück. „Dem huste ich was von meiner Erfolgsquote!"

Das war wohl der Tritt in den Hintern gewesen, diesen Elefanten im Raum endlich mal zu vernichten.

Sie nahm den Arm von meiner Schulter, setzte eine Engelsmiene auf und strahlte plötzlich über
das ganze Gesicht. Elfengleich schwebte sie auf
ihn zu und ließ mich damit einfach stehen.

Danke Lukas! Seufzend drehte ich mich um und entschied, lieber mit ihm vorliebzunehmen, als mir dieses
Trauerspiel live ansehen zu müssen. Die säuerliche Repor-
tage dürfte ich mir beim Ausreiten so oder so anhören.

Lukas hatte gerade Libby eingefangen und hielt
sich mit einem Arm Doni vom Leib, der sehr gerne mit seiner neuen Freundin mit wollte.

„Soll ich helfen?"

Er schüttelte den Kopf. „Klappt schon. Ist ja harm-
los, oder vertue ich mich da?" Es klang, als würden
wir über einen Hund, nicht über ein mehrere hundert
Kilo schweres Warmblut mit Flausen im Kopf reden.

Libby spielte mit den Ohren und sah gelangweilt
dabei zu, wie Lukas ihren Kumpel schließlich einen
Klaps auf die Nase gab, als er zu aufdringlich wurde.

„Da muss man ja fast schon eine Gerte mitnehmen."

„Nö, nur wenn er nicht mitdarf und man zufälligerweise nur Libby holen will." Ich hielt ihm das Tor auf.

Die Stute wollte sofort an ihm vorbeiziehen, aber er war schneller. Sanft ruckte er einmal am Strick, dann war auch schon Ruhe.

"Warum holst du sie eigentlich?" Normalerweise sah man Libby nur unter seiner Mutter, oder vielleicht auch mal in ganz seltenen Fällen unter Liz, die allerdings selbst sagte, dass sie mit ihr einfach nicht wirklich klarkam.

Er zuckte mit den Schultern. "Eine Mischung aus Langeweile und der Tatsache, dass meine Mum mir das hier mehr oder weniger aufgezwungen hat. Ich habe noch eine halbe Stunde und dann kommt ihr Trainer."

"Oh." War das Einzige, was ich dazu sagen konnte. Das gab wieder eine Menge Gebrüll, Flüche und noch weniger Lob, als wenn man mit Steffi trainierte. Ich hatte mir eine Stunde mal mit Mama angesehen und dann hatten wir beide entschieden, dass wir, sobald dieser Mann den Hof betrat, uns von der Reithalle fernhalten würden.

Lukas lächelte aufgesetzt. Ihm graute es ganz klar auch vor dem Typen, sonst hätte er schon einen blöden Witz gemacht. "Ich hoffe, er bringt mich dieses Mal nicht um. Meine Hand würde ich dafür nicht ins Feuer legen."

"Dann wünsche ich dir schon mal viel Erfolg."

"Wolltest du nicht mit Liz ausreiten gehen?"

Ich spürte, wie mir die Hitze in die Wangen stieg. Die Schwalben flogen zwischen den Gebäuden umher und ich fixierte meinen Blick auf die kleine Hecke an der Ecke vom Stall, um die ein einsamer Schmetterling schwirrte. "Wir wollen auch gleich los. Ihr ist nur etwas … dazwischen gekommen."

"Mein bester Freund ist ihr dazwischen gekommen. Du kannst ruhig ehrlich sein. Man muss ihr lassen, sie ist hartnäckig!"

"Dein Kommentar hat sie getroffen." Manchmal war mir, als wenn er sich der Tragweite sei nes vorlauten Mundwerks nicht bewusst wäre.

Wieder bekam ich nur ein müdes Schulterzucken. „Sie hat auch ein echt dünnes Fell. Ole muss man mit dem Zaunpfahl erschlagen und wenn sie das nicht hinbekommt, ist das ihr Problem."

So konnte man es auch sagen. „Kannst du ihm das nicht vielleicht irgendwie noch mal stecken?"

„Hast du das nicht schon getan, als du mit ihm auf der Party vor den Sommerferien gesprochen hast?"

Hatte ich, ja, aber angekommen war davon anscheinend wenig. Ich rollte mit den Augen. Es sollte wohl doch auch klar sein, dass wenn Lukas etwas sagte, es etwas mehr Tragweite hatte, als wenn ich es sagte.

Er hielt Libby an der Anbindestange neben dem Stalltor an. Ole und Liz standen nur wenige Schritte von uns entfernt. Man konnte Oles Verunsicherung ohne große Mühe erkennen. Hilfesuchend flackerte sein Blick zu uns herüber und landete dann wieder bei einer strahlenden und wild brabbelnden Liz, die ihm gerade erklären wollte, wie toll seine Mathenachhilfe war.

Lukas war meinem Blick gefolgt und lachte schadenfroh auf.

„Willst du ihm nicht vielleicht helfen?"

„Muss er jetzt durch. Ansonsten erbarme du dich doch." Mit einem prüfenden Griff checkte er den Knoten und klopfte Libby den Hals. „Ich finde das viel zu lustig!"

„Du hast auch eine sadistische Ader!" Dazu kam noch dieses teuflische Grinsen, und dieses bestimmte Glitzern in den Augen, wenn er einen Plan hatte. „Mir tut er gerade einfach nur Leid."

„No one's holding you back! Du ruinierst mir nur mein Entertainment beim Putzen."

Ich seufzte und schüttelte den Kopf. Er blieb unglaublich!

6

Mit langen Schritten lief ich zu Liz herüber, legte ihr eine Hand auf die Schulter und erinnerte sie in einem genervten Tonfall, „Wollten wir nicht ausreiten gehen? Ich habe auch nicht ewig Zeit und du auch nicht. Du hast bestimmt Englisch noch nicht gemacht."

Liz sackte in sich zusammen. Ihre Augen weiteten sich. „Fuck! Ja klar! Oh Mann! Und ich muss sieben allerspätestens zu Hause sein!"

„Siehst du. Also Halfter holen, Haddy einsammeln, Viva bitte mitbringen und los geht's!" Ich zwinkerte Ole zu, der inzwischen deutlich entspannter aussah. „Ich schicke dir Englisch, sobald wir zurück sind."

Liz löste sich aus ihrer Starre, warf Ole noch ein kurzes Lächeln zu und huschte dann in die Stallgasse.

„Ist sie immer so?", fragte Ole nach einem kurzen Moment des Schweigens.

Ich schüttelte den Kopf. „Lukas hat sie provoziert."

„Er hat was?" Ole stutzte und sah fragend zu seinem besten Freund, der jetzt natürlich das Pferd seiner Mutter putzte, als hätte er nie auch nur irgendetwas getan.

Ich schüttelte den Kopf. „Vergiss es einfach! Sagen wir es so – Liz ist es nicht gewohnt, dass man klipp und klar sagt, was Sache ist. Mach mit der Info, was du willst, aber du solltest ihr bald mal klarmachen, dass sie sich keine Hoffnungen mehr machen sollte, sonst könnte es unschön enden."

Kaum hatte ich das gesagt, sah Ole mich an wie ein Reh im Scheinwerferlicht. „Gut zu wissen... denke ich."

Aus dem Augenwinkel verfolgte er Liz, die an uns vorbeilief. „Wie psychopathisch muss ich mir das vorstellen?"

»Gar nicht. Sie wird nur, je länger du nichts sagst, immer und immer weniger mit dir reden, bis sie dich irgendwann meiden wird, als wenn du Pest wärst."

Ein nachdenklicher Ausdruck trat in seine Augen. Er wollte gerade etwas sagen, da stand Lukas plötzlich neben mir.

„Im Klartext: Liz ist über beide Ohren absolut in dich verknallt und du solltest mal deinen schwedischen Stock aus dem Arsch bekommen, sonst trägt sie dir das nach und du hast Pech gehabt, solltest du auch nur im Ansatz etwas für sie empfinden."

So konnte man das auch sagen! Was ein Romantiker Lukas doch war, da konnte man ja neidisch auf jede seine zukünftigen Freundinnen sein! Wenn es diese Frauen überhaupt jemals gab. Optik mal beiseite, hatte er wirklich Stimmungsschwankungen, mit denen man erst mal klarkommen musste! Ein feiner Strich machte sich in meinem Herzen bemerkbar. Ich würde keines dieser Mädchen sein, das wusste ich ja spätestens seit dem Wochenende.

Ole räusperte sich. „Alles klar. Ich werde dann mal nachhause."

Kopfschüttelnd sah ich ihm nach.

Lukas stand grinsend neben mir. „Ich habe dir damals gesagt, das wird noch lustig!"

Er war aber auch der Einzige, der es lustig fand! Mir tat es nur leid für meine beste Freundin.

„Jetzt guck nicht so! Das wird was. Das schwöre ich dir! Der Zaunpfahl hat gesessen und er denkt jetzt drüber nach."

Klar, und er würde eine wundervolle Reitstunde haben. Eher stellte ich mich neben Viva auf die Wiese und probierte das Gras, als an diese Hypothese zu glauben!

Eine halbe Stunde später wetterte Liz auch schon auf mich ein, wie unnahbar er doch war und dass er sich immer raus wand, wenn sie das Gefühl hatte, sie hätte ihn endlich mal. Es fehlte nicht viel, und sie hätte angefangen zu heulen. Hauptsächlich, weil Lukas recht hatte.

Irgendwann, als wir gerade die Tannenschonung passierten, unterbrach ich sie. „Ok. Sorry, dass ich dich unterbreche, aber darf ich dich dran erinnern, dass wir ausreiten sind, weil ich dir etwas sagen wollte."

Verwirrt blinzelte Liz in den wolkenlosen, blauen Himmel und sah mich dann aus großen Augen an. „Äh … klar. Worum geht es?"

Das war so typisch. Ich musste kichern. „Ich darf nach den Ferien wieder zur Schule. Zwar noch nicht ganz, aber zumindest für den halben Tag."

Liz klappte der Unterkiefer herunter. „Wow! Das sind echt gute Neuigkeiten. Wissen es die anderen schon? Bist du denn schon wieder fit genug? Also nicht, dass da irgendwas passiert oder so? Sollen wir auf was achten?"

„Piano! Dir gehen schon wieder die Pferde durch! Wenn es mir noch so schlecht gehen würde, dann dürfte ich das wohl kaum. Den anderen schreibe ich es gleich, aber es ist alles so weit in Ordnung. Wird schon schiefgehen."

Davon war ich schon jetzt, mit dem Gedanken an die Szene im Café neulich, überzeugt.

10

Kapitel 31

Am Montag begann die Lehrgangswoche. Wir alle standen reichlich verschlafen um sieben Uhr vor dem schwarzen Brett und beteten, dass Hannah oder Steffi möglichst bald kamen.

Wir hatten fast ausnahmslos unsere Jacken enger um uns geschlungen und drängten uns immer weiter in den Vorsprung neben der Tür. Es schüttete wieder ein Mal und noch dazu fegte ein kühler rauer Wind vom Meer her. Das erste Laub wirbelte auf und wurde von den Böen über den Hof und zu den Weiden getragen, auf denen die meisten Pferde auch schon wieder am Gatter standen. Sie hatten genauso wenig Lust, im Regen zu warten wie wir.

»Wann kommen die denn endlich?«, maulte Barbie und zog sich die pinke Steppjacke bis zur Nasenspitze zu. So kalt war es auch wieder nicht.

»Angst, dass dir dein Gesicht wegschwimmt?«, feixte Liz prompt und Thilo musste leise kichern.

»Sehr lustig. Ich gebe mir wenigstens Mühe, im Gegensatz zu dir.« Erhaben warf sie den Kopf in den Nacken, nur um einen dicken Regentropfen direkt auf die Nasen zu bekommen. Leise stöhnte sie auf und kramte in ihren Jackentaschen.

»Warum bestellen sie uns um sieben her, wenn es keine von ihnen schafft, innerhalb von fünf Minuten aufzutauchen? Dann hätte ich auch länger schlafen können.« Lukas knirschte mit den Zähnen. Seinen Unmut konnte ich absolut nachvollziehen. Ich hatte auch eher schlecht geschlafen und selbst fünf Minuten mehr, wären ein Segen gewesen.

»Ich habe jetzt eigentlich eher Lust auf ein zweites Frühstück.« Thilo lehnte sich gegen die Backsteinwand neben der Bürotür und gähnte. »Haben die wohl noch Kekse oder so im Reiterstübchen?«

Neben ihm quietschte die Tür. Wir alle waren viel zu sehr darauf fokussiert gewesen, das Geschehen auf dem Hof zu verfolgen, als in das Büro reinzugucken. Hannah stand mit erhobenen Augenbrauen im Türrahmen. »Sollen wir euch Stühle rausstellen? Oder wollt ihr reinkommen? Wir haben auch Kaffee, Tee und, extra für dich, Thilo, Kekse.«

Keine fünf Minuten später hingen unsere Jacken über den Stuhllehnen, der Klappstühle, die sich dicht aneinander in das kleine Büro drängten und starrten auf das Notizbuch auf Steffis Schoß.

Thilo traute sich gar nicht, nach dem Glas mit Cookies zu greifen, die eindeutig aus Ellies Bäckerei kamen. Die Luft war zum Zerschneiden dick.

Was machten wir hier? Steffi sah in die Runde. Hob ab und an mal eine Augenbraue, aber sagte nichts. Unsicher sah ich zu Liz, die nervös auf ihrer Unterlippe kaute.

Schließlich räusperte Steffi sich. »Wir haben ein kleines Problem im Team.«

Ein Raunen ging durch unsere Reihe. Nie im Leben! Was für ein Problem sollten wir denn bitte haben?

»Ihr seid nämlich kein Team. Bei euch sieht man eine wirklich schöne Grüppchenbildung. Da geht mir das Soziologenherz immer wieder auf. Aber gut ist das nicht. Ziel ist es ja nicht nur, dass ihr in die nächste Saison umso stärker geht und vor allem die bald anstehenden Hallenturniere gut meistert. Wir wollen auch, dass ihr einander unterstützt.« Ihr Blick fiel auf Barbie und Liz. Wenn das nicht eindeutig war. Liz wurde prompt bleich. »Eure Pferde stehen draußen. Das habt ihr ja wahrscheinlich gesehen, aber weder die

Boxen, noch irgendwas anderes ist schon gemacht.«

Lukas stöhnte auf.

»Keine Widerrede. Ich habe euch für die Ställe eingeteilt und bewusst eure Freundesgruppen aufgetrennt. Ich will, dass ihr in einer Stunde fertig seid. Teilt euch also gut auf, wer was macht.«

Das war jawohl ein Witz! Ich hatte seit Ewigkeiten keine Box mehr gemistet! Sie hätte uns ruhige auch mal vorwarnen können! Dann hätte ich bestimmt nicht gerade heute entschieden, meine neue Reithose anzuziehen.

»Also Thilo, Lukas und Liz, ihr macht den Stall A, indem auch eure Pferde stehen. Ole, Marie und Samira, ihr macht den Schulstall.«

Liz schnappte nach Luft. »Aber …« Sie sollte sich mal nicht beschweren. Sie hatte nicht Barbie abbekommen. Sonst hätte man Barbie bestimmt aus dem Misthaufen fischen dürfen. Gerade in der Konstellation mit Lukas. Da hätten selbst sie mal an einem Strang gezogen.

»Keine Widerrede! Ihr schafft das schon!« Wie um ihre Worte zu untermalen, erhob sich Steffi und knallte ihr Notizbuch zu. »Nehmt euch vor dem Rausgehen gerne noch einen Kaffee oder einen Keks.«

So hatte ich mir den ersten Lehrgangstag nicht vorgestellt. Ich hatte eher gedacht, wir würden unsere erste Dressureinheit reiten und später am Tag eine Springstunde, aber, nicht dass ich mit Ole und Barbie im Stall der Schulpferde stehen würde und fünfzehn Paddockboxen vor mir hatte.

Barbie hatte missmutig die Arme vor der Brust verschränkt und starrte auf die Mistgabeln, die an der ersten Box lehnten. »Ich rühre die nicht an!«

Ole zuckte mit den Schultern. »Ich würde mit den hinteren anfangen. Wenn jeder von uns fünf macht, dann sind wir hier schnell fertig.«

»Nochmal, ich rühre das nicht an!«, keifte Barbie, wir auf Bestellung.

Ich seufzte und griff nach der ersten Mistgabel. »Dann nehme ich die Fünf gegenüber. Bleiben die vorderen für dich, Samira.«

»Hallo? Ich sagte doch gerade …«

Ole unterbrach sie ruhig. »Wir haben dich schon verstanden, aber wir alle misten nicht unbedingt so oft und werden unsere Zeit für fünf Boxen brauchen. Mach meinetwegen drei, den Rest bekommen wir noch hin, aber du müsstest schon mithelfen.«

Sie schüttelte den Kopf und blitzte ihn wütend aus ihren braunen Kuhaugen an. »Ihr könnte ja meinetwegen im Mist stehen, aber es hat einen Grund, dass ich da normalerweise Leute für habe!«

»Wir müssen auch die Tränken einmal durchwischen«, warf ich ein. »Vielleicht ist das eher etwas, was du tun willst?« Je länger wir hier diskutierten, desto weniger Zeit hatten wir zum Misten.

Sie vezog das Gesicht und schmollte. Das war einfach nur ein wirklich blöder Witz. Ich warf Ole einen aufmunternden Blick zu. Zur Not schafften wir das auch alleine und deckten ganz nebenbei noch Barbie, bevor es Ärger mit Steffi gab.

Er seufzte nur und schnappte sich ebenfalls eine Mistgabel, die er in eine der bereitstehenden Schubkarren warf und sich wortlos an die Arbeit machte.

Ich folgte ihm, nachdem ich Barbie noch einen letzten auffordernden Blick zu warf. Es war doch affig, was sie hier abzog!

Ich war schon bei der dritten Box angekommen, da betrat Barbie die Ponybox, mit einer Packung Feuchttüchern in den Händen, die in schwarzen Einweghandschuhen steckten. Um ein Haar hätte ich losgelacht. Sie sollte nur die Tränke auswischen und nicht eine OP am offenen Herzen durchführen. Sie stellte sich wirklich an!

Naserümpfend betrachtete sie, wie ich eine weitere Gabel mit dreckigem Stroh in die schon halbvolle Schubkarre schmiss. »Ich weiß nicht, was er an dir findet!«

»Was?« Ich ließ die Gabel sinken. Über wen redete sie hier? Musste sie wirklich immer Gift und Galle spucken?

Sie schürzte die Lippen und fischte eines der Tüchlein mit spitzen Fingern aus der Schachtel. »Du stehst freiwillig im Dreck.« Sie warf mir einen abwertenden Seitenblick zu. »Hast eher etwas von einem Bauerntrottel und …« Ihr Blick blieb an meinen alten Stiefeletten hängen, die ich mal für wenig Geld online gekauft hatte und die seither einen ganz ordentlich Job machten, dafür dass ich sie die ganze Zeit im Stall trug und nur zum Reiten gegen meine Stiefel tauschte. »Du bist einfach nicht seine Liga.«

»Über wen reden wir hier? Nur damit ich auch mal mitkomme.«

Sie lachte auf. Umständlich wischte sie durch die Tränke. »Natürlich über Lukas. Aber vielleicht bist du ja ganz gut im Bett.«

Mir blieb das Lachen im Hals stecken. »Sag mal, wie kommst du bitte auf den Trichter? Wir sind Freunde. Ich kann nichts dafür, dass du nicht sein Typ bist. Bin ich auch nicht, also spar dir deine Feindlichkeit.«

Barbie hob nur eine Augenbraue und betrachtet dann angeekelt das Tuch in ihrer Hand, an dem einige Heureste klebten. Dieses Mädel war doch auch ein schlechtes Meme! Wie kam Sie bitte auf das dünne Brett?

Kopfschüttelnd mistete ich weiter. Damit war das Thema hoffentlich beendet. Ein für alle Mal.

»Sag mir, was du willst, Marie.« Ich mochte nicht, wie sie meinen Namen betonte, als wenn es etwas Giftiges wäre. »Du willst was von ihm. Er hat dich doch bestimmt nur abblitzen lassen, weil er nicht auf kleine Mädchen steht.

Du sagst auch nur, ich bin nicht sein Typ, damit du ihn für dich haben kannst.«

Sollte ich ihr stecken, dass er darüber nachgedacht hatte sie zu Waterborden, falls sie ihn nicht endlich in Ruhe ließ? Sie machte sich zum Affen! Gut, hatte ich mich bei der Party auch. Ich konnte nur froh sein, dass das kaum jemand mitbekommen hatte, aber wenigstens hatte ich es danach verstanden.

Ich lächelte ihr mitleidig zu und umfasste die Griffe der Schubkarre. »Wie weit bist du mit den Tränken? Ansonsten wäre es superlieb, wenn du die Schubkarren zur Miste bringen könntest. Dann sind wir hier auch schneller fertig.«

Ich konnte förmlich sehen, wie gerne Barbie kotzen wollte. Ich war vielleicht durchschnittlich, aber sie war auch nicht der dicke Fisch, für den sie sich hielt.

Ole kam mir auf dem Gang entgegen, ebenfalls mit einer vollen Schubkarre und augenscheinlich schwindender Motivation. »Nervt sie dich auch?«

Ich nickte. »Was war bei dir Thema?«

»Das Übliche. Kultureller Protektionismus.«

»Bitte was?« Das hatte ich ja noch nie gehört.

Ole schluckte und fuhr dann ruhig mit seiner Erklärung fort. »Das ist ähnlich wie Rassismus, nur dass es nicht gegen die Hautfarbe oder zwingend gegen die Ethnie richtet, sondern mit der Kultur zu tun hat. Ich reite anders als ihr, weil ich in Schweden reiten gelernt habe und wir einen etwas anderen Stil haben. Weniger akkurat würde ich sagen, und Barbie hat mir sehr schön aufgezählt, warum sie mich für einen schlechten Reiter hält und der festen Überzeugung ist, dass ich nicht hergehöre.«

Ich lachte unweigerlich auf und musste aufpassen, dass mir die Schubkarre nicht umkippte. »Was ein …? Was? Du bist erfolgreicher gewesen, als sie es je sein wird. Ich finde es spannend, dass du zum Beispiel mehr über den Sitz reitest als wir anderen. Ist ja auch nicht falsch. Deine Pferde springen viel schöner durch den Körper als ihre. Ich finde das eher bewundernswert.«

Er wurde rot. »Danke für das Kompliment. Ich habe irgendwann auch nur noch auf Durchzug geschaltet. Sie redet eben viel, wenn der Tag lang ist.«

»Hat Lukas dir erzählt, dass er neulich noch überlegt hat, wie er sie knebeln kann?«

Ole musste lachen. »Klingt nach ihm! Aber sie klebt ja auch an ihm, sobald er mal allein irgendwo steht.«

»Ich durfte mir deswegen gerade anhören, dass ich doch bitte meine Finger von ihm lassen soll! Komm, als ob da auch nur irgendwann, irgendwie was zwischen uns gehen würde. Ich bin gar nicht sein Typ!« Ich dachte wieder daran, wie er mich weggeschoben hatte.

Ole blieb zu meiner Verwunderung still. Ich hätte es ihm nicht übel genommen, hätte er was Bestätigendes gesagt. Er war Lukas bester Freund. Er wusste es bestimmt.

Ich räusperte mich. »Was ist das mit Liz?«

Wir waren am Misthaufen angekommen. Aus dem Stall, in dem sonst unsere Pferde standen, hörten wir Gelächter. Die hatten wenigstens eine gute Zeit.

Ole sah mich ruhig an. »Keine Ahnung. Das ist eine sehr direkte Frage, sieh mir das bitte nach, dass ich da nicht so leicht drauf antworten kann.«

»Ja klar.« Auch wenn ich gerne eine vernünftige Antwort gehabt hätte. Eine, die mir sagte, dass er Liz nicht das Herz brechen würde. Das hatte sie einfach nicht verdient. »Gibst du ihr noch Nachhilfe?«

Er nickte und wies mir mit einer Hand den Vortritt beim Ausleeren der Karre.

»Und wie macht sie sich?«

»Ganz ok. Sie versteht doch eigentlich alles. Woran hapert es da eigentlich?«

»Liegt an unserem Mathelehrer. Bei dem fallen alle Kurse, sobald sie ihn haben, mindestens zwei Noten ab. Ich

7

glaube, der Mann kann einfach nicht erklären.«

Mit Schwung leerte ich die Karre und wartete auf ihn. Ich wollte nicht allein mit Barbie im Stall sein. Die war inzwischen bestimmt schon mit den Tränken fertig und scrollte gelangweilt an der Wand lehnend durch Instagram.

»Heute Nachmittag springen wir, oder?«

»Ich denke schon.« Zumindest hatte ich das bei Steffis Erklärung zum Lehrgang so verstanden.

Ole runzelte die Stirn. »Wollt ihr danach ausreiten gehen?«

»Keine Ahnung. Ich denke nicht, außer ich muss noch das neue Pferd von Mama reiten. Warum fragst du?«

»Ich muss planen, was ich mit wem mache. Ich dachte, ich reite Dröttnigen in der Stunde und Nigal entspannt im Gelände und tausche so die Woche durch.«

Wie angenehm. Viva musste ab morgen beide Stunden allein stemmen. Nicht, dass wir hochspringen würden. Steffi baute immer lieber tiefer, als höher. Auch die Dressur würde nicht ausufern, aber trotzdem tat mir das leid. Vielleicht sollte ich Mama zumindest für die Dressur um Doni als Leihgabe bitten. Vielleicht auch nur für zwei Tage. »Wie hat Lukas das geplant?«

Ole lehrte seine Schubkarre und lachte. »So oder so wird das Chaos! Ich war die Tage mit ihm und seinem Neuen in der Halle. Mache ich nie wieder!«

»Kann ich verstehen. Als ich neulich mit ihm und diesem Vollblut in der Halle war, habe ich auch nur darauf gewartet, dass etwas passiert.« Und dass er mir mein Pferd wieder gab.

»Er wird schon wissen, was er tut. Dann wollen wir mal zurück zum pinken Drachen.«

Kapitel 32

Steffi hatte die Stallarbeit vom Morgen gelobt und hervorgehoben, wie toll wir doch alle zusammenarbeiten konnten. Ich hätte am liebsten laut gelacht und hatte belustigte Blicke mit Ole getauscht.

Liz hatte mir, als wir dann bis zum Nachmittag bei uns im Garten gesessen hatten, von der Arbeit mit Thilo und Lukas erzählt und dass es nur halb so schlimm war, wie sie dachte. Es wäre eigentlich überraschend entspannt gewesen.

Am Nachmittag ging es in die zweite Einheit für den Tag oder eigentlich die erste. Das Misten konnte man kaum als Training gelten lassen.

Auf dem Platz baute Steffi gerade einige Sprünge auf und Barbie, Thilo und Ole ritten sich schon auf dem frisch abgezogenen Hufschlag warm, als ich auf den Platz kam. Hannah stand an der Aufstieghilfe, wie bestellt und nicht abgeholt, dass sie ihr Handy nicht in der Hand hatte, verwunderte mich.

»Und müde vom Misten?« Ihre Augen funkelten verschmitzt im Schein der Nachmittagssonne.
Ich schüttelte den Kopf und überprüfte noch einmal, ob mein Reithelm richtig saß. »Machst du mir die Aufsteighilfe frei?«
»Ich park dir deine Viva sogar ein.« Hannah griff ganz selbstverständlich nach meinen Zügeln. Widerwillig ließ ich los und stieg ohne Kontakt zu meinem Pferd auf die

kleine Treppe vor dem Tor zum Platz. »Du siehst ziemlich, durch aus.«

»Ich weiß. Geht schon.«

»Sicher? Du kannst auch einfach eine Runde ausreiten gehen. Ich schicke dir gerne Liz mit, die kann ich danach immer noch auf einem meiner Pferde ärgern.« Sie zwinkerte mir zu.

»Danke für das Angebot, aber ich will das hier. Ich bin es etwas Leid, dass alle mich in Watte packen.«

Hannah seufzte und schmiss die Zügel über den Hals meiner Stute. Sie wollte den Mund aufmachen, aber ich war schneller.

»Hannah, es ist alles gut. Wirklich!« Mit der linken Hand griff ich erst die Zügel und dann in Vivas Mähne mit der rechten den Hinterzwiesel meines Springsattels. Noch einmal suchte ich Hannahs Blick, ehe ich den linken Fuß in den Steigbügel stellte und mich in die Sitzfläche gleiten ließ.

Sie sah immer noch kritisch aus und musterte mich so prüfend, dass ich mir schlecht vorkam, ihren Vorschlag doch nicht angenommen zu haben. Sie meinte es ja nur gut.

Wenig später waren wir alle warm und vor allem vollzählig.

Lukas saß herrschaftlich auf seinem nervös tänzelnden Rappen, der wie wild auf seinem Gebiss herumkaute. Wir kamen beinahe nebeneinander zum Stehen, als Steffi uns alle in die Mitte winkte.

Er warf mir nur einen kurzen Blick zu und ich meinte aus dem Augenwinkel ein kurzes Zucken der Mundwinkel gesehen zu haben.

Steffi zog mit einem Räuspern meine Aufmerksamkeit auf sich. »So, jetzt, wo ihr endlich alle bei mir seid. Ich hab da heute etwas Interessantes mit euch vor. Wir tauschen Pferde.« Sie lächelte in die Runde, während uns alle die Farbe aus dem Gesicht wich. Ich könnte schwören, dass sowohl Thilo wie auch Barbie einen ängstlichen Blick auf

Pantas geworfen hatten.

Auch mir war so ein Wechsel alles andere als recht. Thilos Stute war mir zu triebig am Sprung, Haddy zu unsicher, Oles Schimmel viel zu ungestüm und von Pantas musste ich gar nicht erst anfangen. Vor dem hätte ich im Sattel ganz klar Angst. Ich schielte zu Barbie rüber, die auf ihrem hübschen Palomino saß. Das war ein Selbstläufer. Das hatte er schon mehr als ein Mal bewiesen. Trotzdem wollte ich Viva nicht abgeben. Ich schluckte und versuchte angestrengt, ein Argument zu finden, warum ich Viva nicht abgeben konnte.

»So Ole, du gibst Nigal an Liz und darfst dann mal auf unserem bescheuerten Rappen Platz nehmen. Lukas, du nimmst Marie Viva ab. Marie tauscht mit Samira und Samira nimmt Wanda. Thilo, du darfst heute Haddy reiten.«

Keiner bewegte sich und wir sahen Steffi alle nur ungläubig an. Meinte sie das ernst?

Warum sollte Lukas Viva reiten? Nicht, dass ich ihm nicht mit ihr vertrauen würde. Im Gegenteil. Er würde wohl vieles rausreiten, was ich ihr blöderweise beigebracht hatte. Trotzdem. Und was sollte ich dem Barbiepony? Konnte ich nicht einfach im Sattel meiner Stute sitzen bleiben und doch ausreiten gehen?

Ole schwang sich schulterzuckend aus dem Sattel und sah sich nach Liz um, die sich dann ebenfalls aus dem Sattel ihrer Stute erhob. Sie drückte Haddy widerwillig Steffi in die Hand, während sie Nigal entgegennahm.

»Beim Oxer etwas aufpassen, da wird er gerne schnell.« Ole lächelte ihr zu und drehte sich dann zu Lukas. Sie war natürlich mal wieder rot geworden und lächelte jetzt etwas verlegen den Schimmel an. Nigal stand unbeteiligt und wie eine Eins da, als würde er auf seine Aufgabe warten.

Mit einem Seufzen glitt auf Lukas neben mir aus dem Sattel und ich wusste, jetzt hatte ich auch keine Wahl mehr.

Zäh zog ich die Füße aus den Steigbügeln und haderte noch einen Augenblick, ehe ich Schwung holte und mich aus dem Sattel schwang.

»Pass mir ja auf den auf. Der hat heute zu viel Energie.«
Lukas verzog keine Miene, als er Ole die Zügel gab.

»Hast du ablongiert?«

»Nö.«

»Wie kann man so lebensmüde sein!« Ole schüttelte ungläubig den Kopf, während er sich die Steigbügel anfing
einzustellen.

»Viel Spaß.«

Mit langsamen Schritten kam Lukas durch den Sand
zu mir. Er grinste. »Juhu. Wieder Ponyreiten. Ich dachte, eigentlich dafür wäre ich langsam zu alt.« Musste der
Spruch sein?

Ich warf ihm einen vernichtenden Blick zu. Sehr lustig.

Mit einem vergnügten Grinsen auf den Lippen schwang
er sich galant in Vivas Sattel, nachdem er sich die Steigbügel eingestellt hatte. Kurz überlegte ich, ob ich etwas zu
ihr sagen musste, aber er ritt sie nicht zum ersten Mal. Es
wäre albern.

Nervös sah ich zu Barbie herüber, die nicht mal Anstalten
machte, von ihrem Palomino zu steigen. Im Vorbeireiten
klopfte mir Lukas von oben auf die Schulter. »Wird schon!«
Es machte ihm augenscheinlich einen Heidenspaß, dass ich
nicht wusste, was ich jetzt machen sollte.

»Steffi, muss das sein?«, plärrte Barbie auch postwen-
dend, als ich auf sie zukam.

»Ja. Also worauf wartest du noch?« Haddy trottete verwirrt hinter Steffi her, die neben Barbie zum Stehen kam.
Thilo war auch schon vom Pferd gestiegen und wartete
ungeduldig darauf, seine Stute an die schmollende Tussi in
Pink abzugeben.

»Ich … ich kann auch Haddy reiten«, bot ich sofort an
und sorgte damit dafür, dass Barbie anfing, Steffi hoff-

nungsvoll anzulächeln.

»Nein. Marie auf Mister Pearl und Samira hopp auf Wanda! Ich will mich nicht wiederholen, Mädels.«

Zähneknirschend glitt Barbie vom Rücken ihres Wallachs und gab mir die Zügel. »Lass ihn mir ja ganz.«

Was erwartete sie? Dass ich gleich ein Militaryrennen ritt und ihr Pferd sich am ersten Sprung das Bein brach? Natürlich würde ich vorsichtig reiten, zumal ich ihn nicht mal kenne.

Wir ritten alle drei Runden Trab und noch eine Runde Galopp, dann sollte es in den Parcours gehen. Einer nach dem anderen. Ole tat mir besonders leid. Pantas machte einen Aufstand. Im Trab wollte er sich kaum halten lassen und im Galopp fing er einfach an zu buckeln, als Ole für eine Sekunde das Bein etwas zu weit hinten hatte. Lukas hingegen ritt Viva beneidenswert locker vorwärts und vor allem mit so präziser Hilfeumgebung, dass man nur neidisch werden konnte.

Mr. Pearl war vielleicht ein Selbstläufer im Parcours, aber auch nicht gerade der Motivierteste und schlurfte sich einen zusammen. Liz hatte mit Nigal absolut den Jackpot erwischt und sie harmonierten schon nach wenigen Runden genauso wie sie mit Haddy sonst tat.

»Dann fangen wir mit der Kamikaze direkt an, damit er sich vielleicht mal etwas beruhigt. Oles Versuche, ihn langsam an den Sprung zu reiten, und bei dir zu behalten. Wir wissen ja alle, wie das sonst aussieht.« Steffi sah zu Lukas herüber, der schon wieder aussah, als würde man nicht über ihn reden.

Ole atmete tief durch. Wir anderen zogen uns vorsichtshalber schon in die Ecken zurück und warteten angespannt.

Pantas schlug nervös mit dem Schweif, die Ohren spielten unschlüssig, während er erwartungsvoll die Nüstern blähte und von einem Huf auf den anderen trat. Er war bereit, loszulegen, ob es sein Reiter war, war ihm da augenscheinlich egal.

Steffi nickte Ole zu und er gab die Galopphilfe.

Sofort sprang Pantas in großen Sprüngen an und zog zum ersten Sprung. Man konnte sehen, was für eine Kraft hinter dem Pferd steckte und wie es sich sofort anfing aufzuheizen. Ole hatte, spätestens nach dem viel zu hoch gesprungenen Oxer, meinen tiefsten Respekt. Ich hätte wahrscheinlich schon längst einen Abgang gemacht. Die Ruhe, mit der er Pantas versuchte, durchzuparieren, nachdem er den Parcours beendet hatte, hätte ich ebenfalls nicht gehabt.

»Alter, wie reitest du den?« Außer Atem kam Ole vor Lukas zum Stehen und schüttelte einfach nur den Kopf.

»Ganz einfach. Ich reite.« Lukas musterte sein Pferd, das immer noch nicht still stehen konnte.

»Bevor sich die Jungs hier gleich streiten, Marie, der Parcours gehört dir. Auch dir sage ich, mit Ruhe rein und ganz locker. Anders als Viva musst du dem hier keine Sicherheit geben.«

Stumm nickte ich und trabte das Pferd unter mir nervös an. Dieses Mal war da mal etwas Feuer und der Palomino stellte sofort die Ohren Richtung Sprung auf. Na, hoffentlich ging das gut.

Angespannt gab ich die Galopphilfe, und der Wallach galoppierte in einem sauberen Grundtempo los, nur leider Richtung falschen Sprung. Davon ließ er sich auch nicht abbringen. Ich hätte auf ihm einen Kopfstand machen können, der Effekt wäre gleich gewesen. Kurz vor dem Sprung blieb er dann stehen und ließ sich nur träge wenden.

»Mehr vorwärts reiten«, empfahl Steffi, aber es fiel mir schwer, zu glauben, dass das auch nur ansatzweise etwas bringen sollte. Kurz sah ich zu Lukas rüber. Er hatte mir schon mal im Auswahlverfahren geholfen. Auch jetzt sah er mich an, als wenn er etwas sagen wollte, aber sah dann schnell weg, als er bemerkte, dass Steffi ihm einen eindeutigen Blick zuwarf. Er sollte sich nicht einmischen.

»Einfach in Ruhe nochmal machen, alles gut.« Steffi lächelte aufmunternd, als wieder zu ihr sah.

Also atmete ich noch einmal tief durch und ritt dann auch endlich mal den richtigen Sprung an.

»Was haben wir heute gelernt?« Steffi sah fragend in die Runde, als wir alle unsere Umläufe gesprungen waren.

»Dass wir alle auf unsere Pferde eingefahren sind und Pantas einfach komplett Psycho.« Ole sah aus, als hätte er jeglichen Glauben verloren. Seine zweite Runde war nur noch heftiger als die erste gewesen. Er hatte sie trotzdem gut und souverän durchgezogen. Nigal war ja auch nicht gerade unheftig, aber Pantas konnte niemand das Wasser reichen.

»Das bisschen Temperament.« Lukas schwang sich von Vivas Rücken und kraulte ihr die Stirn. Sofort fing sie an, sich gegen seine Hand zu drücken und nur noch mehr Kuscheleinheiten einzufordern.

Steffi sah ihn daraufhin mahnend an. »Lukas, das ist nicht lustig. Der geht bei dir genauso ab. Das kann ganz schnell gefährlich werden. Pantas mag ja sonst sehr umgänglich sein, aber im Parcours …«

»Das lernt der schon noch.«

Steffi sah nicht aus, als wäre sie damit so d'accord und wandte sich an Liz. »Du bist früher viel andere Pferde geritten.«

»Ich reite ab und an immer noch hier und da mal was für Hannah.« Unsicher sah Liz zu mir. Was bedeutet das jetzt? Sie war wirklich gut geritten.

»Das merkt man. Sehr toll gemacht.« Sie drehte sich zu mir. »Marie, war alles ja in der zweiten Runde wirklich gut. In der Ersten musstet ihr noch ein bisschen herausfinden, wie ihr miteinander reden müsst.« Ich wurde rot und musste nicken. Wieder sah Lukas aus, als würde er etwas sagen wollen, aber er bis sich auf die Zunge.

»So dann bis morgen früh. Wer einen Dressursattel hat, drauf damit. Und Lukas, das Pferd deiner Mutter will ich morgen früh nicht sehen, hast du verstanden?«

»Auf die Idee bin ich noch gar nicht gekommen.« Er lachte auf. »Aber danke für die Inspiration.« Seine Augen funkelten schelmisch, als er von Ole Pantas wieder entgegennahm und mir meine Viva vorbeibrachte. »Noch Zeit für etwas Abreiten im Gelände? Der muss etwas runterkommen.«

Wie um seine Worte zu bestätigen, riss Pantas den Kopf hoch und setzte zu einem schrillen Wiehern an. Lukas verzog das Gesicht: »Danke für den Hörsturz, Kleiner!«

»Können wir machen, aber warum fragst du nicht, Ole?« Ich gab den Palomino an Samira zurück, die mich ansah, als würde sie mich mit Blicken töten wollen. Sollte sie doch. Es wurde nur noch peinlicher für sie.

Lukas wies hinter sich auf Ole, der gerade mit Liz sprach und den Sattelgurt seines Schimmels lockerte. »Da ist mal wieder Nachhilfe angesagt.«

Wir schwangen uns noch am Springplatz wieder in den Sattel. Unter ihm war Pantas schon deutlich ruhiger und ließ den Kopf nach wenigen Schritten fallen.

»Und wie war das Barbiepony?« Die Vorstellung musste ihm gefallen haben.

Ich seufzte und ließ Viva mehr Zügel. »Mal was anderes, aber jetzt wundert es mich auch nicht mehr, wie Barbie an ihre Schleifen kommt. Der springt wirklich komplett allein.«

»Viva auch, wenn sie will. Die ließ sich überraschend gut reiten. Sehr viel besser als das letzte Mal, das ich auf deinem Pony saß.«

»Sie ist kein Pony!« Die Hufschläge hallten von den Gebäuden wieder und eine Gruppe Reitschulkinder stoppte, als sie uns sah. Die Mädchen tuschelten und begafften allesamt

Pantas. Gut, der sah auch aus, wie aus einem schlechten Pferdefilm.

Lukas lachte. »Die ist schmal, klein und …«

»Halt die Klappe. Für mich ist sie perfekt!« Gegen meinen Willen musste ich lachen. »Ich bin auch nicht gerade riesig und für einen wie deine beiden, fehlt mir einfach die Kraft und Geduld.«

»Vor allem die Geduld«, neckte er mich weiter und ritt etwas schneller.

Vor uns erstreckte sich der Waldrand. Wieder wurde mir mulmig. Viva tänzelte und machte Anstalten umdrehen zu wollen. Mein Herz schlug mir bis zum Hals und ich spürte, wie meine Hände schwitzig wurden. Nein. Irgendwann würde ich mich dem hier stellen müssen!

Lukas drehte sich zu mir um. »Kommst du? Oder willst du Wurzeln schlagen?«

Tief holte ich Luft, drückte das Bein ran und verließ mich darauf, dass Viva den Weg kannte. Während ich mich bemühte, ganz langsam von zwanzig herunterzuzählen.

Es roch nach nassem Laub, die Pferdehufe sanken leicht in den matschigen Weg ein, was ein schmatzendes Geräusch zur Folge hatte, wann immer ein Huf vor den anderen gesetzt wurde.

»Du siehst blass aus«, stellte Lukas schließlich fest, als ich gerade bei sechs angekommen war.

Ich blinzelte. »Tschuldigung. Ich hätte was sagen sollen, aber ich habe mich bisher noch nicht wieder auf den Weg hier getraut.«

»Das Schild ist weg und momentan ist alles so grün, dass man nicht auf den Hof gucken kann. Keine Sorge. Und zur Not …« Er zwinkerte mir zu. »Bin ich auch noch da.«

»Das soll mich beruhigen?«

»Ich finde, das war einen Versuch wert.«

Ich biss mir auf die Unterlippe und spähte angespannt ins Unterholz. Aber tatsächlich war alles komplett grün. »Hast du noch Albträume?«

»Gestern Nacht war die erste Nacht ohne.« Oh, ich beneidete ihn. Ich beneidete ihn so sehr. »Du siehst immer noch nicht aus, als würdest du gut schlafen.«

Ich ließ es einfach so stehen. »Hast du was Neues zu der Sache mit deinem Vater?« Ich dachte an unser Gespräch im Sommer.

Er schüttelte den Kopf. »Mum schweigt. Aber dafür war ich vor drei Wochen mal wieder in Lüneburg.«

»Also ist zwischen deiner Mum und deinen Großeltern wieder alles in Ordnung?«

Er nickte und verspannte sich augenblicklich. »Es ist endlich alles geklärt, was geklärt werden musste.« Seine Stimme klang gepresst, als wenn es dabei auch um ein unliebsames Thema für ihn gegangen wäre. »Meine Grandma besteht jetzt darauf, dass ich bei ihnen für die Abiturklausuren lerne. Weniger Ablenkungen – angeblich.«

»Habt ihr jetzt nicht bald Vorabi?«

Er stöhnte auf. »Fang mir nicht damit an. Meine Motivation ist im Keller. Ich war letzte Woche schon wieder in der Schule und alle haben mich angestarrt. Ich frage mich da immer nur, ob die keine anderen Themen haben.«

Na super. Was blühte mir dann? Jetzt war mir erst recht mulmig bei dem Gedanken nach den Ferien wieder in die Schule zu gehen. »Weißt du schon, was du danach machst?«

Er zuckte mit den Schultern. Das Rauschen der Bäume löste eine Gänsehaut bei mir aus. »Ich weiß nur, dass ich wegwill und du?«

»Ich habe ja noch ein Jahr. Keine Ahnung. Irgendwie hatte ich bisher nie die Zeit, mich wirklich damit zu beschäftigen.« Im Augenblick war ich eher damit beschäftigt, auf mein Leben klarzukommen, als auch nur einen klaren Gedanken an die Zukunft fassen zu können. »Wohin willst du?« Zurück nach Wales? Würde er lange weg sein? Und was war dann mit mir? Würden wir den Kontakt verlieren?

10

Das Blut rauschte in meinen Ohren und ich fragte mich, was ich ohne ihn tun würde.

Wieder nur ein Schulterzucken. »Hast du schon mal an was mit Tieren gedacht?«

»Äh … nein.«

»Ich glaube, du wärst eine gute Tierärztin. Weißt du noch, wie du damals den Vogel wiederbeleben wolltest, den Scotty gefangen hatte? Das Tier war schon längst tot, aber du wolltest einfach nicht aufgeben und hast eine Woche den armen alten Scott ignoriert.«

Bei der Erinnerung wurde ich rot. Ich sah wieder den wuscheligen schwarzen Jagdhund vor mir, mit dem wir so oft gespielt hatten, als wir noch Kinder waren und das kleine Rotkehlchen in meiner Hand. Eingeschleimt von Scottys Speichel und ohne einen Herzschlag. Ich war so sauer auf den Hund gewesen. Er hatte es nicht verstanden und eine Woche lang alles getan, um mir zu gefallen, damit ich ihn wieder kraulte und er wieder mit uns spielen durfte. Wir hatten alle Rotz und Wasser geheult als er eingeschläfert werden musste, weil ein Milztumor zu spät entdeckt worden war und schon gestreut hatte.

Dieses Mal zuckte ich mit den Schultern. »Keine Ahnung. Gerade habe ich andere Probleme, als meine Studienwahl.«

Schweigend ritten wir weiter.

Kapitel 33

Die Woche war anstrengend gewesen. Ich hatte viel gelernt. So sah ich dem letzten Tag auch mit einem weinenden Auge entgegen.

Steffi hatte uns am Morgen durch eine letzte Dressurstunde gequält, mit viel Betonung auf Durchlässigkeit und Versammlung. Es hatte Spaß gemacht und gefühlt war Viva über sich hinausgewachsen.

So war ich mir eigentlich auch sicher, dass der Nachmittag super werden würde, aber Steffi fing uns alle vor dem Stall ab.

»Wir springen heute nicht mehr.«

Liz hob fragend eine Augenbraue, »Aber heute Morgen meintest du noch …«

Steffi unterbrach sie. »Ich will am Sonntag auf ein Turnier mit meinen Leuten und würde gerne einige von euch mitnehmen.«

Plötzlich herrschte Stille. Wir alle hielten den Atem an. Wenn sie einige sagte, dann meinte sie nicht alle von uns.

Kurz keimte Hoffnung in mir auf, bei dem Gedanken daran, wie gut die letzte Stunde gelaufen war und dass auch die letzte Springstunde ganz gut war. Aber dann dachte ich bei mir, dass ich mich einfach noch nicht wieder bereit dafür fühlte vor Schaulustigen in einem Parcours einzureiten. Wer wusste schon, wer zu sah? Vor dem Sommer wäre ich bestimmt aufgeregt gewesen und hätte Steffi angefleht mich mitzunehmen, aber jetzt machte der Gedanke mir plötzlich Angst.

»Thilo, Ole, und Liz, wenn ihr drei Zeit habt, würde ich euch am Sonntag gerne für das M nachnennen.«

Liz neben mir quietschte leise auf. Ihr erstes Turnier mit Haddy und dann auch noch ein M auf einem etwas größeren Turnier. Ich nahm nicht an, dass Steffi mit ihren Leuten auf das Mini-Spaß-Turnier im Nachbardorf fuhr.

Ole schüttelte den Kopf. »Tut mir leid, ich packe morgen schon.«

Verständnisvoll nickte Steffi und sah zu Liz und Thilo. Beide nickten heftig.

Mein Blick traf den von Lukas. Er sah enttäuscht aus. Wenn er sich nur etwas zusammen gerissen hätte und Pantas immer bei sich gehabt hätte, dann wäre er wahrscheinlich auch dabei gewesen. Darauf würde ich sogar wetten. Ich hätte sogar auf einen Sieg gewettet.

Aufmunternd lächelte ich ihn an. Vielleicht konnten wir ja am Wochenende was machen. Irgendwas, damit er nicht an die vertane Chance dachte und ich nicht in meinem Zimmer saß, und eine Möglichkeit bekam an die baldige Schulwoche zu denken.

Seine Mundwinkel zuckten leicht, als wenn er meine Gedanken gelesen hatte, aber das war es.

Plötzlich stand Steffi vor mir. »Du hast dich gut gemacht, die Woche. Wirklich. Das nächste Mal kommst du auch mit. Versprochen.« Ihr Ton war weich und sie drückte sanft meine Schulter, als wenn sie mich trösten wollen würde, dann trat sie vor Lukas. »Bekomm deine Pferde in den Griff, dann können wir reden!«

Er atmete scharf ein, straffte die Schultern und reckte das Kinn vor. »Ich habe sie im Griff.«

Steffi schüttelte den Kopf. »Du bist immer nur einen Steinwurf davon entfernt dich umzubringen und inzwischen bin ich mir nicht mal mehr sicher, ob das nicht vielleicht Absicht ist.«

Er schnaubte auf. »Würde ich mich töten wollen, dann würde ich meine Tiere da nicht mit hineinziehen!«

»Trotzdem reitest du, als wenn du nichts zu verlieren hättest. Das habe ich schon ein paar Mal gesehen und nie ging es gut.« Steffis Stimme klang hart. »Du hast Talent und Feuer, wirf es nicht weg!« Dann drehte sie sich um und ging zum Büro.

Lukas sah ihr nach. In seinem Gesicht spiegelten sich Wut und Verwirrung wider. In seinen grünen Augen tobte ein Sturm und seine Nasenflügel zuckten. Ole klopfte ihm im Vorbeigehen auf die Schulter und drehte sich zu Liz, die ihm folgte.

Ich war schließlich die Letzte, die noch neben ihm auf dem Platz stand.

»Ist irgendwas passiert in den letzten Tagen?«, fragte ich mit dünner Stimme. Ich hatte viel zu viel Angst vor dem, was er mir sagen könnte.

Er blinzelte und sah mich an, als hätte ich in aus einer Art Trance geholt. Schnell schüttelte er den Kopf. »Alles gut. Keine Sorge.«

Ich musterte ihn. Ich wollte es ihm glauben. Ich wollte glauben, dass bei ihm alles gut war. Ich wollte glauben, dass er nur wegen der Sache im Sommer so war, aber eine Stimme in meinem Kopf sagte mir deutlich, dass das nicht stimmte.

»Was hast du jetzt vor?«

Wieder blinzelte er schnell. Sein Blick zuckte zu mir und dann zum Stall. »Keine Ahnung. Du?«

Ich zuckte mit den Schultern. Zu Hause würde mir die Decke auf den Kopf fallen. Ich wollte irgendwas machen. Suchend sah ich nach Liz, aber sie war irgendwo im hinteren Teil des Stalls. Wahrscheinlich bequatschte sie mal wieder Ole mit ihr ausreiten zu gehen, wenn er schon ab morgen seine Sachen packen würde, um für eine Woche zu verschwinden.

Er seufzte und machte eine einladende Handbewegung. »Wenn du mit Blaze holen kommst, hält mir das wenigstens Barbie vom Hals.«

Gemeinsam liefen wir zu den Weiden auf der anderen Straßenseite. Die Auffahrt hinunter und noch fünf Minuten einen schmalen Grasweg entlang zu den mit dicken Holzzäunen eingefassten Hinnerskoppeln. Die hießen auch nur so, weil Hannahs Vater sie vor zwanzig Jahren der Familie Hinners für ein Spitzensportpferd und mehrere zehntausend Euro abgekauft hatte.

Wir redeten nicht. Die Sonne strahlte durch eine verhangene Wolkendecke und die kleinen Birken, die auf den Weiden wuchsen und irgendwann mal den Pferden Schutz vor der Sonne bieten sollten, raschelten. Hin und wieder schnaubte eines der Pferde auf den Weiden links und rechts von uns.

»Meine Mum meinte, du würdest in dem Café am Markt aushelfen?«, brach Lukas schließlich das Schweigen.

»Ja, ist ganz nett. Ich mag Ellie. Sie war … mit Lina befreundet.«

Er sah mich an. »Wie ist es bei euch zu Hause eigentlich gerade?«

Ich schluckte und dachte an die vielen Abendessen, die schweigsamer als früher gewesen waren. Daran, dass Papa so viel laufen ging und wie Mama sich in ihrer Arbeit vergrub und so tat, als wäre alles normal. »Es … geht irgendwie. Und bei euch?«

»Mum redete nicht drüber. Grandma dreht gerade ganz still und heimlich durch, glaube ich und Opa …« Er seufzte. »Keine Ahnung. Er ist wie immer. Das tut irgendwie gut, dass eine Person in unserer Familie nicht den Verstand verloren hat.« Sein Lachen klang traurig. »Business as usual.«

»Ich darf ab übernächster Woche wieder in die Schule.« Wo wir schon bei Business as usual waren. »Ich habe ehrlich gesagt Angst davor.« Es tat gut, es auszusprechen.

Wir blieben am Gatter der hintersten Weide stehen und Lukas pfiff leise. Pantas kam angetrabt und wieherte. Freudig spielte er mit den Ohren. »Dich wollte ich nicht haben, Dicker. Hol mal deinen Kumpel!«

Pantas trabte trotzdem einfach weiter und stoppte erst dicht am Gatter. Erst jetzt fiel mir auf, wie viele Muskeln er seit dem Sommer zugelegt hatte und dass er so viel sportlicher aussah.

Kurzerhand kletterte Lukas über das Gatter. Von Hannah hätte das Ärger gegeben. Nachher machten das noch die Reitschulkinder nach. Pantas dackelte treu doof hinter ihm her.

Viva würde das nie tun. Sie stand zwar gerne am Gatter und wartete, aber hinter mir herlaufen? In meinen Träumen vielleicht, oder nur wenn ich sie mit vielen Leckerlis bestach.

Ich lehnte mich auf den Zaun. »Warum nervt dich das mit dem Turnier so? Ich war ehrlich froh.«

Er zog seinem Braunen das Halfter über und sah mich nicht an. »Wer sagt, dass es mich nervt?«

Es musste das niemand sagen. Ich sah es ihm an. Irgendwas beschäftigte ihn schon wieder und er machte einfach nicht den Mund auf, weil es cooler war, alles in sich hineinzufressen, anstatt mal dazu zustehen, dass man enttäuscht war.

»Du hast versucht, mit Steffi zu diskutieren.«

»Und? Wenn ich unbedingt wollte, würde allein nennen.« Sein Blick sagte etwas anderes. Sein Kiefer war angespannt.

»Aber du willst es dir mit Steffi nicht verscherzen?«, schoss ich einfach mal ins Blaue.

Er lachte. »Sie ist mir nach diesem Kommentar heute sowas von egal. Ich habe meine Pläne und da kann sie mich nicht weiterbringen.«

Er hatte seine Pläne. Alles klar. Ich hatte bisher den Eindruck, dass Steffi uns allen ganz guttat. Sie nahm kein Blatt vor den Mund und war in ihren Anweisungen sehr praktisch, ohne erst groß auszuholen. Liz hatte sie weitergebracht, Thilo war über sich hinausgewachsen, selbst Barbie hatte sich verbessert.

»Was sind das für Pläne?«

Er blieb vor dem Gatter stehen. Das Vollblut spielte nervös mit den Ohren und suchte augenscheinlich schon nach etwas, an dem er sich aufhängen konnte, damit er auf der Weide bei seinen Kumpels bleiben konnte. Kurzerhand öffnete ich ihnen das Gatter.

Lukas musterte mich kurz, als müsse er abschätzen, ob er mir wirklich vertrauen konnte. Sollte ich mich beleidigt fühlen? Das konnte er nicht ernst meinen! Ich hatte ihn noch nie verraten oder war ihm in den Rücken gefallen. Verdammt, wie lange kannten wir uns?

»Was interessiert dich das?«

»Äh, sorry. Darf ich neuerdings nichts über dein Leben wissen?« Okay, das tat weh! Fast so weh, wie als er mich bei der letzten Party weggedrückt hatte.

Im Vorbeigehen klopfte er mir auf die Schulter. »Bekomm dein eigenes Leben erstmal auf die Kette, dann reden wir weiter.«

Lustig!

Ich schloss das Gatter hinter ihnen. Pantas sah verloren zu uns herüber und schnaubte leise, bevor er sich umdrehte und wieder zu seiner Herde zurücktrottete.

»Ich habe mein Leben auf der Kette!« Mit schnellen Schritten holte ich zu ihm auf.

»Mhm«, machte er gedehnt. »Deswegen hast du mir wochenlang Nachrichten geschrieben, flippst, sobald man durch den Wald reitet, fast aus und betrinkst dich fast bis zu Besinnungslosigkeit. Klingt wirklich, als wenn du dein Leben im Griff hättest.«

Wut kochte in mir hoch, brannte in meinen Adern. Das sagte der Richtige! »Wenigstens bin ich kein emotionaler Krüppel«, rutschte es mir einfach raus. Sofort bereute ich die Worte. Der Frieden zwischen uns war fragil, das wusste ich. Und ich hatte ihn gerade eindeutig gekippt.

Ganz ruhig sah er mich an. Auf diese Art, bei der man ganz genau weiß, dass es jeden Moment hässlich wird. »Du hast keine Ahnung!« Leise, fast ein Flüstern. Ein Schauer lief mir über den Rücken. »Gar keine Ahnung!«

Ich musste schlucken. Meine Brust fühlte sich plötzlich so eng an. Ein Schatten wanderte über sein wunderschönes Gesicht. Wie konnte ein Mensch so perfekt aussehen? »Ich … das …«

»Spar es dir!« Seine Schritte wurden länger und ich hatte immer mehr Mühe, mitzuhalten.

»Lukas, wirklich, ich habe das …!«

Stur blickte er auf den Weg. »Ist mir egal! Sieh zu, dass du Land gewinnst!«

Abrupt blieb ich stehen. Verwirrt sah ich ihm nach. In welches Wespennest hatte ich da bitte gestochen? Fuck!

240

Kapitel 34

Am nächsten Tag stand ich wieder mal in Ellies Café. Mir war mulmig, als ich über die Schwelle trat. Auch Ellie sah nicht gut aus. Sie hatte tiefe Ringe unter den Augen und war blass.

»Hallo, überpünktlich wie immer. Du willst wohl meine beste Mitarbeiterin werden!«, begrüßte sie mich nichtsdestotrotz fröhlich von ihrem Platz auf der Leiter aus, während sie gerade etwas in der Speisekarte änderte.

»Aber klar doch!«, versuchte ich ebenfalls so zu klingen, als wenn mich hier zu sein, nicht stressen würde.

Es roch schon nach frischem Kuchen und noch warmen Keksen, die auf der Theke ausdampften. In den Karaffen hatte Ellie wohl gerade erst die Limonaden aufgefüllt. Zumindest überzog sie eine dünne Schwitzschicht.

»Gewürztee klingt doch nach Herbst, oder?«, fragte sie, als sie von der kleinen Leiter herunter trat und den weißen Kreidestift zurück in die Tasche ihrer Schürze schob.

Neben Kürbiskuchen stand in Ellies geschwungener Schrift nun auch Gewürztee mit Nelken, Zimt und Kardamom auf der Kreidetafel neben der Kaffeemaschine.

Ich nickte. »Klingt gut!«

Sie seufzte. »Hoffentlich sehen die Kunden das auch so. Wie war deine Woche bisher? Hast du das mit den Touris gut weggesteckt?« Sorge flackerte in ihren Augen auf.

»Alles in Ordnung. Sie haben mich nur etwas überrumpelt.«

Sie atmete hörbar auf. »Dann ist ja alles gut. Ich habe kaum schlafen können seitdem. Ich wollte nicht, dass du vielleicht Rückschritte machst.«

»Alles gut, wirklich.« Sanft berührte ich ihren Unterarm. »Ich darf wieder in die Schule. Klingt das für dich nach einem Rückschritt?«

Ellie schüttelte zögerlich den Kopf und ließ ihren Blick durch das Café schweifen. »Nimm dir einen Keks, bevor du anfängst. Wir haben noch zehn Minuten. Erzähl mir doch mal vom Lehrgang.«

»Es war toll.« Ich ließ meine Umhängetasche von der Schulter gleiten. »Wir haben echt, was gelernt und Steffi hat das supergemacht. Ein paar fahren morgen mit ihr zu einem Turnier.«

»Du nicht?«

Ich schüttelte den Kopf. »Finde ich aber nicht schlimm. Da ist noch eine komplette Indoor-saison, in der ich mich beweisen kann.«

Ellie schmunzelte. »Schön zu sehen, dass du wie-der lebst.« Sie schenkte mir einen warmen Blick.

»Wie meinst du das?«

»Als ich dir angeboten habe, hier zu arbeiten …« Sie begann die Kekse in die Glasglocke neben der Kasse zu sortieren. »Da hatte ich das Gefühl, dass da kaum noch etwas war. Du warst so anders. Stiller, matter und jetzt ist da etwas von dem Strah-len zurück, von der Freude am Leben zu sein.«

Nachdenklich nahm ich den Keks an, den sie mir reich-te. Fühlte ich mich überhaupt so? In den letzten Wochen, ja. Spätestens seit der Party, vielleicht sogar seitdem ich mit Lukas zusammen in der Halle gewesen war. Aber seit gestern fehlt etwas. Langsam biss ich in den Schokoladen-keks. Er war etwas klebrig im Inneren. Saftig, süß, aber auch herb durch die dunkle Schokolade und legte sich wie ein weiches Tuch auf diese kleine Wunde in meiner Seele, die Lukas gestern wieder aufgerissen hatte.

Ich hatte mich bei ihm entschuldigen wollen, aber er hatte mir keine Chance gegeben. Als ich Liz davon erzählt hatte, die eigentlich nur von Ole geschwärmt hatte und natürlich vom anstehenden Turnier, nannte sie Lukas lediglich eine wechselhafte Diva.

Ellie stellte die Glocke wieder auf die gläserne Kuchenplatte mit den Schnörkeln. »Die Mischung für den Gewürztee steht neben der Kaffeemaschine. Ein Löffel in das Teeei reicht.« Sie sah mich wieder an. »Sind die Kekse gut?«

Ich nickte. »Hast du schon mal daran gedacht, sie Seelentröster zu nennen?«

Ellie lachte. Sie lachte so herzlich und schallend, dass ich nicht anders konnte als mit einzustimmen. Die Unsicherheit war verflogen.

Am Ende meiner Schicht verabschiedete ich mich von Ellie, die mir noch eine Box mit Keksen und zwei Blaubeermuffins mitgab.

Ich radelte durch die Felder nachhause und dachte daran, wie gut mein Leben inzwischen wieder war. Es konnte endlich doch alles wieder gut werden und den ersten Schultag würde ich so rocken!

Ich bog in unsere Straße ein, summte leise ein Sommerlied und fühlte mich einfach wieder frei. Einfach wieder wie sechzehn. So normal wie man sich an so einem schönen Tag nur fühlen konnte, wenn man gerade vom schönsten Nebenjob der Welt nachhause radelte.

Vor dem Gartentor hielt ich an, nahm meine Tasche vom Gepäckträger und hob mein Fahrrad ächzend hoch, während ich umständlich mit dem Ellenbogen, die Klinke herunterdrückte. Da wurde mir das Tor plötzlich aufgehalten und mir wäre um ein Haar mein Fahrrad heruntergefallen.

Bea grinste mit entgegen. Ihre strohblonden Haare hatte sie zu einem dicken Zopf gebunden und die Sonne spiegelte sich in den Gläsern ihrer Brille, die wie immer aussahen, als könne sie kaum noch durchgucken.

»Was machst du hier?«

»Was ich hier mache? Wir haben uns ewig nicht mehr gesehen! Und wir haben Ferien!«

Verwirrt blinzelte ich und überlegte, wann ich Bea das letzte Mal gesehen hatte. Das war auf der Party gewesen, aber wir hatten nicht viel gesprochen.

Breit grinste sie und entblößte ihre geraden Zähne. »Willst du Wurzeln schlagen, oder lieber sehen, was ich dir mitgebracht habe?«

»Du hättest doch nichts mitbringen müssen!«

Bea schüttelte den Kopf. »Das musste ich mitbringen!«

Wenig später saßen wir in meinem Zimmer auf meinem flauschigen rosa Teppich und aßen Ellies Kekse.

»Sucht Ellie noch eine Aushilfe? Wenn man da immer solche Kekse geschenkt bekommt, dann will ich auch für sie arbeiten«, gluckste Bea auf dem Rücke liegend mit einem Schokokeks in der Hand.

Ich zuckte mit den Schultern. »Frag sie.«

Bea rollte sich auf den Bauch und musterte mich. »Du siehst besser aus!«

»Kunststück, auf der Party war ich hackedicht.«

Sie nickte wissend. »Sagte mir Nico.«

»Stimmt das wirklich mit Nico und dir?«

Bea wurde rot und stopfte sich den Keks in Mund, bevor sie nickte. »Hat sich so ergeben«, nuschelte sie und ihre Augen nahmen einen verträumten Ausdruck an. »Er ist wirklich süß und bemüht sich. Was will man mehr?«

Ich zuckte mit den Schultern. Was wusste ich schon, was ich wollte? Hallo? Ich hatte Lukas Stüwe geküsst und mir die Abfuhr meines Lebens abgeholt. Da war ich mir sicher.

»Ich habe da sowas gehört«, begann Bea vorsichtig. »Nona ist echt sauer auf dich! Schließlich hast du ihren Traumtypen geküsst und bist mit ihm abgehauen.«

Blut schoss mir in die Wangen und ich hätte mich am liebsten unter dem Bett versteckt. »Wer weiß davon?«

»Nicht viele. Die meisten denken, sie hat sich das nur ausgedacht, um sich wichtig zu machen. Du kennst sie ja. Was war denn los?«

»Wie gesagt, ich war sternhagelvoll. Er hat sich nur um mich gekümmert, wie es gute Freunde eben tun, und wohnt nicht weit.«

Sie nickte langsam. »Warum hast du ihn geküsst, wenn ihr nur Freunde seid?«

Ja, warum? Weil ich tief in mir mehr sein wollte. Weil ich ihn mehr mochte, als man seine Freunde mögen, sollte? Weil er mir das Gefühl gab, dass alles gut werden würde? Weil mein Herz viel zu oft höher schlug, wenn er bei mir war?

»Es war so ein Impuls. Mensch, Bea, betrunken macht man dumme Dinge!«

Sie lächelte. »Du kannst ruhig zugeben, dass du zu seinem Fanclub gehörst! In Chemie haben sie vor den Ferien sehr heiß seinen Instagramaccount diskutiert. Er ist ja auch hübsch, wenn es nur danach geht, kann ich verstehen, warum du ihn geküsst hast. Aber was Liz so von ihm erzählt …«

»Liz mag ihn nicht und sie sind schon oft aneinandergeraten. Objektiv ist sie da nicht wirklich. Lukas kann nett sein.«

»So war das ja nicht gemeint!« Bea schmunzelte. »Ist ja auch egal!« Sie griff nach ihrer Tasche. »Nun zu dem, was ich dir mitgebracht habe.« Sie hob erwartungsvoll die Stimme und zog mit Spitzenfingern etwas Großes aus ihrem schwarzen Rucksack.

Einen Halbmond, den man sich an die Wand hängen konnte, aus Metall. In ihm waren mit kleinen goldenen Gliedern Stränge von geschliffenen Glasperlen eingehängt und unter ihm baumelten Glasfedern. Er sah aus wie ein Traumfänger, aber auch nicht. Fragend sah ich Bea an.

»Das ist ein Sonnenfänger«, erklärte sie mit glitzernden Augen und hielt ihn an mein Fenster. »Wenn das Licht sich in den Perlen bricht, dann wirft er Regenbögen an die Wände. Ich habe ihn in dem Kunstworkshop gemacht, den ich letzte Woche mit Nico am Strand gemacht habe. Ich will ihn dir schenken.«

Mein Mund klappte auf und langsam wieder zu. Das konnte ich nicht annehmen! Niemals! Das sah teuer aus.

»Er soll dich immer daran erinnern, dass wir da sind, alle deine Freunde und diese fiesen Albträume von dir fernhalten. Deswegen die Federn.« Sie grinste und stand auf. Gezielt ging sie zum Fenster neben dem Schreibtisch und zog meinen Schreibtischstuhl heran. Ehe ich mich versah, hing das Ding schon. »Gern geschehen!«, flötete sie und besah sich ihr Werk.

»Bea …«, fing ich an, aber sie sah mich mahnend an.

»Er hängt und er wird hängen bleiben!« Sie ließ sich wieder neben mich fallen und legte mir einen Arm über die Schulter. »Sieh es als meine Art zu sagen, dass alles wieder gut wird.«

Kapitel 35

Montag. Sieben Uhr dreißig. Ich stand nervös neben dem Fahrradständer der Schule. Die letzte Woche war entspannt gewesen. Liz war viel beschäftigt gewesen, vor allem mit Ole – sie hatten viel telefoniert, aber so hatte ich endlich mal etwas mehr Dressurarbeit gemacht. Lukas hatte wohl recht. Inzwischen sah es wirklich so aus, als wenn meine beste Freundin ihren Willen bekommen hätte und sie sowas wie ein Paar waren. Ich freute mich ja für sie, aber gleichzeitig tat es auch weh. Nur ein bisschen, aber trotzdem sodass ich es spürte, wann immer sie von ihm redete. Lukas sprach schließlich schon wieder nicht mehr mit mir. Ich hatte wirklich in ein Wespennest gestochen!

Jemand tippte mir auf die Schulter. Sofort zuckte ich zusammen und hielt den Atem an. Da lachte es. Liz und neben ihr Charly.

»Guten Morgen und welcome back to the Capital of boredome!«, flötete Charly und machte eine ausladende Handbewegung, die den ganzen Schulhof einschloss. »Ich hoffe, Sie haben Lust, sich gleich eine halbe Stunde Erdkunde bei Frau Schade anzutun. Ich jedenfalls habe noch wenig Motivation und leider, oder auch mit voller Absicht, über die Ferien nicht mehr in die Unterlage gesehen.«

»Wer macht das auch?«, fragte Liz Augen rollend und hakte sich bei mir unter.

»Hast du nicht die ganze erste Woche freiwillig Mathe gelernt?«, stichelte ich grinsend und Liz lief prompt knallrot an.

Charly hob die Augenbrauen. »Ah, jetzt verstehe ich. Ihr Schwede gibt ihr Nachhilfe?«

Ich nickte.

»Jetzt ergibt die Zwei in der letzten Klausur Sinn!« Charly lachte. »Wie läufts mit ihm?«

Liz sah aus, als wenn sie sich am liebsten wegducken würde. »Er war die letzte Woche in Schweden und ist seit gestern zurück. Wir haben uns eventuell auch schon getroffen.«

»Ich will Details!«, forderte Charly prompt und hakte sich auf der anderen Seite bei mir ein, während wir über den grauen Schulhof liefen. »Also raus mit der Sprache, was ist das nun?«

Liz verkrampfte sich und wurde nur noch röter. »Also... Wir... Äh... Ja, sind irgendwie ein Paar.«

Wir blieben stehen. Charly und ich starrten beide Liz an. Ganz langsam schlich sich ein breites Grinsen auf meine Lippen. »Ich wusste es!« Nein. Eigentlich wusste Lukas es. Und zack, da war er wieder. Der kleine Stich in meinem Herzen, wegen dieses Vollidioten mit den Allüren einer Diva und Angst vor Gefühlen.

»Das ist ja ...« Charly schüttelt den Kopf. »Krass! Cool! Ich dachte schon, der bricht dir sowas von das Herz!«

»Er ist ein bisschen schüchtern, aber ein total lieber Kerl.« Liz lächelte verklärt, und zog uns schließlich weiter. »Und lassen wir das Thema auch gut sein. Ich will es nicht an die große Glocke hängen, ok?«

Charly machte den Mund auf, aber sagte zu Abwechslung mal nichts.

Je näher wir dem Eingang kamen, desto mehr bekannte Gesichter blickten mir entgegen. Sie starrten, tuschelten, beäugten. Meine Kehle fühlte sich enger an. Am liebsten wäre ich umgedreht, aber Liz und Charly hielten mich eisern in ihrer Mitte. Auch als Nona an uns vorbeilief und mich ansah, als würde sie mich am liebsten vom Schuldach schmeißen.

Am Erdkunderaum verabschiedete sich Liz von uns und ich folgte Charly in den Raum und zu dem Platz, den sie mir all die Wochen freigehalten hatte. Es war ruhig. Die anderen, die schon da waren, sahen mich einfach nur an, bis auf Nico, der mich anlächelte und mir zunickte, als wenn er wüsste, wie schwer das gerade war.

Frau Schade kam rein. Mit Schwung landete ihre Tasche auf dem Pult und sie strahlte uns alle an. Ich mochte sie, schon seit der Unterstufe.
»Guten Morgen. Endlich sind wir vollzählig. Willkommen zurück Marie!«
Ich wurde rot. Wieder sahen mich alle an. »Danke schön.«
»Dann geht es auch direkt rein in die Materie. Schlagt mal alle im Buch Seite 145 auf. Ich hoffe, ihr habt das Kapitel über die Ferien gelesen.«
Ein Murren ging durch die Klasse.
»Ja, ja ich weiß! Ich war eine böse Lehrerin und habe damit eure letzten Herbstferien versaut. Tut mir leid. Aber wir müssen vorankommen! Deswegen möchte ich auch, dass wir mit Referaten starten.«
Nur noch mehr Gemurre. Mir wurde heiß und kalt zugleich und ich griff nach Charlys Hand, die mich nur irritiert ansah. Wenn ich mit jemandem ein Referat machte, dann mit Charly!
»Aber bevor ich die Gruppen einteile, sprechen wir erst einmal über das übergeordnete Thema.«

Müde schloss ich die Augen und lauschte einfach nur der ruhigen Stimme unserer Erdkundelehrerin. Sie sprach über die grünen Hügel des südamerikanischen Regenwaldes und den dicht bewaldeten Ufern des Amazonas.

Vor meinem inneren Auge konnte ich deutlich die Strom-
schnellen im grünlich, braunen Amazonaswasser sehen.
Die Bäume standen dicht an dicht und hatten so gar nichts
mit unserer heimischen Laub- und Nadelwaldpopulation
gemein. Bestimmt klang er auch anders. In meinem Kopf
klang er wie das Tropenhaus im Hagenbeker Tierpark, aber
irgendwie was das doch falsch. Tonbandaufnahmen, die
in Endlosschleife für gelangweilte Europäer auf der Suche nach dem exotischen gespielt wurde, hatte bestimmt
nichts mit der wahren Klangwelt des Jungles zu tun.

Zoos waren strenggenommen ganz schön dekadent.
Wir hatten Langeweile und besahen uns Tiere, die wir
sonst nur im Fernsehen betrachten konnten, wann immer
wir wollten. Es kostete eigentlich viel zu wenig und …

»Marie, du arbeitest mit unserem Neuzugang zusammen.« Unterbrach Frau Schade meinen Gedankengang.
Ich wollte den Mund aufmachen und protestieren, aber
sie war schneller und wies auf einen unscheinbaren Jungen mit Beanie auf dem Kopf und dunklen Locken, die
unter der senfgelben Mütze hervorquollen. »Euer Thema
ist die Tierwelt im Amazonasdelta.« Dann wandte sie
sich wieder an alle. »PowerPoint! Ich möchte keine Pla-
kate sehen! Wir sind hier nicht mehr im Kindergarten.«

Hilfesuchend sah ich zu Charly herüber, die hilflos
die Hände hob und gekniffen zu Nona blickte. Es hätte mich also auch schlimmer treffen können, als diesen
Typen, der mich ansah, als wenn ich einen dicken Pi-
ckel auf der Stirn hätte. Vielleicht war er ja ganz okay.

»Man, diese …« Charly biss sich rechtzeitig auf die
Zunge und sprach schnell leise weiter. »Echt! Was soll
das? Wir hätten diese Tiere sowas von gerockt und jetzt
muss ich mit Miss Ich-bin-ja-soooo-cool irgendetwas
über Kanibalenstämme schreiben. Zumindest habe ich
vor, das durchbekommen.« Sie grinste schief und angel-

te sich ihre Federmappe, die schon bessere Tage gesehen hatte und viel zu bunt für Charlys sonstige Erscheinung war. »Viel Spaß mit dem Neuen. Komischer Typ.«

Ich wollte gerade protestieren, da war Charly schon mit ihren Sachen auf dem Arm zu Nona gestiefelt. Ihr gutgelauntes »Was geht, Bitch?«, sorgte jedoch nur dafür, dass Nona mal für eine Minute ihre Nagelfeile sinken ließ und mit den Augen rollte. Ich hätte so gerne mit ihr getauscht. Meinetwegen hätte Charly sogar alle brutalen Details, die sie nur so finden konnte, an mir auslassen dürfen. Sogar einen Flashback hätte ich in Kauf genommen.

Der Neue ließ sich auf Charlys Platz sinken und blickte mich einfach nur erwartungsvoll an. Er hatte etwas von einem Pinguin, wenn es so dasaß. Die Mütze trug zu dem Eindruck eindeutig bei, genau wie das Stumme vor sich hin blinzeln. Warum sagte der Typ nichts?

»Hast du schon eine Idee? Ich bin übrigens Marie«, kam es mir heiser über die Lippen. Unbehagen setzte sich in meinem Magen fest, und ich bemühte mich, seinem Blick standzuhalten.

Er blinzelte ein Mal und noch mal, dann öffnete er den Mund und schloss ihn sofort wieder. Das konnte ja etwas werden und trug eindeutig nicht dazu bei, dass mein Bauchgefühl besser wurde. Nach noch mal einigen Minuten des Starrens schüttelte er den Kopf.

Unschlüssig biss ich mir auf die Unterlippe und überlegte das Ganze einfach alleine zu machen. Ich fand ihn zunehmend unheimlich, wie er mich anstarrte. Als wäre ich das siebte Weltwunder, ach das war ich hier in der Gegend ja. Das Mädchen, das überlebte. Könnte auch fast eine Prophezeiung sein. Nur dass meine Endgegner sicher im Gefängnis saßen und wenn ich mich nicht täuschte, das Sonnenlicht nie wieder als freie Menschen sehen würden.

Ich suchte Charlys Blick, die sah aber voller Begeisterung auf ihr Handy und hielt Nona etwas hin, was jene nur bleich werden ließ. Toll. Und ich hatte diesen glubschenden Fisch! Sogar Nona wäre besser.

»Im Buch ist eine Seite.«

Überrascht wandte ich mich wieder dem Fisch zu. »Hmm?« Es hatte gesprochen.

»Seite 217.« Er lächelte verhalten und irgendwie eigenartig. Es war kein typisches Lächeln. Die Mundwinkel ging komisch nach oben, so als ob er sich nicht sicher wäre, und doch irgendwie stolz auf sich. »Äh... Dumme Frage, aber bist du die aus dem Podcast?«

Schnell sah ich weg und zum Fenster. Eine Gruppe älterer Schüler stand draußen und besah sich etwas im Schulgarten. »Ich weiß nicht mal, wer du bist.« Mein Herzschlag hallte viel zu laut in meinen Ohren wieder.

»Ich bin Benji. Stimmt das, dass sie dir den Schädel versucht, hat einzuschlagen?« Er klang begeistert. Gerade zu fasziniert.

Alles begann, sich zu drehen. Ich spürte wieder den harten Betonboden unter mir, das Knie der Huber in meinem Rücken, wie mein Kopf dumpf auf den Boden geschlagen wurde. Mir war schlecht.

Blitzschnell sprang ich auf. Ohne ein Wort hastete ich an Frau Schade vorbei zu den Toiletten. Meine Sicht war verschwommen und ich stolperte mehr, als ich rannte. Um ein Haar hätte ich mich langgelegt.

Erst in einer der Kabinen kam ich wieder wirklich zu mir. Es roch nach Desinfektionsmittel und Seife. An die grauen Wände standen Sprüche mit Filzstift geschrieben. Ich fokussierte mich auf sie, zwang mich diese Belanglosigkeiten zu lesen, da klopfte es. Zaghaft.

»Alles ok? Machst du auf?« Charly! Ich atmete unweigerlich auf.

Mit einem Klacken öffnete ich die Tür und sie schob sich zu mir rein. »Was war los?«

Ich schüttelte den Kopf. Meine Kehle fühlte sich eng an. Ich wusste nicht einmal, ob ich überhaupt noch sprechen konnte.

»Hat er was gesagt?«

Ich nickte.

»Oh Mann! Ich haue gleich mal die Schade an, dass wir tauschen und wir beide uns diese Tiere angucken.« Sie hockte sich vor mir hin und griff nach meinen Händen. »Du zitterst ja.« Mit kreisenden Bewegungen massierte sie meine Handrücken. »So schlimm?«

Ich schluchzte auf. Die Faszination. Dieses Ergötzen an meinem Leid.

»Hey, schon gut! Lass es raus. Ich gehe nicht weg, versprochen!« Sie ließ meine linke Hand los und strich mir eine Strähne aus dem Gesicht. »Kann ich irgendwas machen?«

Ich schüttelte den Kopf. Ich konnte keinen klaren Gedanken fassen. Alles drehte sich. So sehr ich es auch versuchte.

Charly seufzte und fummelte ihr Handy aus der Hosentasche. »Ich rufe jetzt deine Mutter an, aber ich gehe nicht weg, versprochen! Und diesem Typen mache ich in der Pause eine Ansage! Was ein Spaten!«

254

Kapitel 36

Mama hatte mich schlafen lassen. Ich ging am nächsten Tag nicht wieder in die Schule. Ich hatte den halben Tag geheult und mich unter der Bettdecke verkrochen.

So war ich erst wach geworden, als die Sonne schon relativ hoch am strahlend blauen Himmel stand. Sofort hatte es mich zum Fenster gezogen. Es war, hätte ich mich versichern müssen, dass noch alles gut war und ich nicht mehr in einem meiner Albträume steckte. Der Sonnenfänger warf bunte Quadrate an meine Wände und verbreitete damit zumindest etwas gute Stimmung.

Auf den ersten Blick hatte ich Viva auf der Weide zwischen unserem Haus und den ersten Stallungen des Clubs gefunden. Wie immer hatte sie einträchtig neben Haddy und Libby gestanden und gegrast.

Ihr Anblick löste so ein ruhiges Gefühl in mir aus, wie sonst nichts. Immer wenn ich auf die Weide blickte, dann hatte ich das Gefühl, als wäre alles wie früher. Wie vor dem Sommer. Bei ihr schien immer alles in Ordnung. Sie hatte ihre Freundinnen, ab und an, kamen Mama und ich und machten etwas mit ihr.

Seufzend löste ich mich vom Fenster und blickte widerwillig zur noch verschlossenen Zimmertür. Wenn ich jetzt die Treppe herunterging, dann würde Mama mich wahrscheinlich wieder so ansehen. Dieser Blick verunsicherte mich und sorgte nur dafür, dass ich mich noch schuldiger an der Situation fühlte. Ein Satz. Ein Satz hatte gereicht, um das auszulösen. Hatte ich mich in den letzten Wochen so vorgekämpft, stand ich nun wieder zittrig bei null.

»Marie, du musst dir Zeit geben und vielleicht darüber nachdenken, dich stationär behandeln zu lassen, wenn es nicht besser wird.« Das würde Frau Hoffmann zu dieser Situation sagen. Da war ich mir sicher.

Ich schnappte mir ein Paar Kuschelsocken aus meiner kleinen weißen Kommode neben dem Fenster. Wohlig weich schmiegte sich der Stoff an meine Füße, während ich über den Teppich schlich und schließlich vor der Tür stehen blieb, die kalte Klinke in der Hand.

Auch wenn ich mich lieber in meinem Zimmer einschließen wollte und abwarten bis der Tag verging, oder zumindest Liz aus der Schule kam, war das wohl keine Option und damit atmete ich noch einmal tief ein. Dann drückte ich die Klinke herunter und schob die Tür auf.

Schummeriges Licht schlug mir entgegen und ein Wäschekorb stand verloren neben der Treppe. Aus dem Bad konnte ich Mama leise Summen hören. Kurz überkam mich die Illusion, dass ich den letzten Sommer nur geträumt hatte. Alles war so normal. So sehr wie schon immer in meinem Leben.

»Na, wach? Ich habe mit Frau Hoffmann gesprochen. Sie würde dich heute Mittag zwischenschieben und dann gehen wir heute Nachmittag ausreiten.«

Dahin war die Illusion. So schnell sie aufgekeimt war, war sie nun erstickt und wieder begraben worden.

Stumm nickte ich und schloss meine Zimmertür hinter mir. Quälend langsam machte ich einen Schritt zur Treppe. Noch könnte ich mich wieder in mein Zimmer verkriechen und zumindest für ein paar Stunden in der warmen Illusion versuchen zu leben, dass alles nicht passiert war.

»Frühstück steht unten. Ich habe deinen Vater bearbeitet bekommen, dass er zum Bäcker joggt und Croissants mitbringt.« Mama lugte aus dem Bad und grinste so mädchenhaft wie selten. Die halblangen blonden Haare hatte sie mit einer großen rosafarbenen Klammer am Hinterkopf festgesteckt und trug keinerlei Make-up, sie hatte sich also wirklich freigenommen.

Auf dem Küchentisch stand ein Korb mit Brötchen und einem einsamen Croissant, das ich mir einfach schnappte und die Gartentür öffnete. Mit zielstrebigen Schritten hastete ich durch das noch feuchte Gras, das meine Socken durchfeuchtete, und setzte mich schließlich mit meinem Frühstück in der Hand auf den obersten Holzbalken der Weide. Genau dort hin, wo Mama vor Jahren mal die Hecke weggeschnitten hatte, um immer mal auf die Pferde gucken zu können, wenn sie aus dem Fenster ihres Arbeitszimmers im Erdgeschoss guckte.

Viva kam sofort brummelnd angetrabt und bremste schwungvoll vor mir ab. Ihr warmer Atem kitzelte an meiner Hand, als ich ihre Nase zurückschob. Enttäuscht wackelte sie mit der Oberlippe und brachte mich damit zum Lachen.

»Das ist nichts für Pferde!« Ich riss mir ein Stück von dem Gebäck ab und schob es mir in den Mund. Libby und Haddy kamen auch langsam in unsere Richtung.

Ich kraulte Viva hinter den Ohren, während ich kaute. Eigentlich hätte ich jetzt Mathe. Vielleicht gar nicht so blöd zu fehlen. Bea würde mich wahrscheinlich vermissen. Sie hatte nun niemanden, dem sie alles noch mal erklären konnte.

Viva streckte schon wieder den Kopf und wollte in mein Croissant beißen. Schnell zog ich die Hand weg und musste kichern, als sie mich vorwurfsvoll ansah. Ihr rotbraunes Fell glänzte im Sonnenlicht wie mit Gold überzogen, und die Blesse strahlte so weiß wie selten. Sie standen wohl noch nicht lange draußen, sonst sähen sie schon mehr nach

Schwein, als nach Pferd aus.

Ich biss schließlich in mein Croissant und ließ den Blick schweifen. Hier könnte ich auch bleiben. Bei den Pferden, in den letzten Zügen des Morgens und mit einem der besten Croissants in ganz Kleinblommen versorgt.

Vom Stall her winkte jemand und ich musste kurz blinzeln, um zu sehen, dass es Hannah war, die direkt vor dem Stalltor stand und eine Schubkarre vor sich abgestellt hatte.

Grinsen hob auch ich die Hände und winkte ihr. Dabei wurde Viva wieder zur Giraffe und versuchte, an das Croissant zu kommen.

Diese Idylle hier draußen war etwas Schützenswertes. Wo hatte man sowas noch direkt vor der Haustür?

Haddy traute sich jetzt zu uns und versuchte ihr Glück, an etwas von dem Croissant zu kommen. Lachend schob ich auch sie weg. Viva und sie standen so blöd, gucken nebeneinander, dass man, wenn man sie jetzt fotografieren würde, dem Bild den Titel Dumm und Dümmer geben könnte.

»Ach, lasst ihr mein Mädchen nicht frühstücken?« Mama ließ sich neben mich auf dem rauen Balken nieder. Sie hatte schon ihre liebste dunkelgrüne Reithose an und ein paar getrocknete Hagebutten in der Hand. Viva machte sofort eine ihrer Faxen, bei denen sie die Oberlippe hochzog, dass es aussah, als würde sie lachen. Mama musste sofort den Kopf schütteln und lachen. »Na, wer hat dir den Mist nur beigebracht?« Sie knuffte mich dabei in die Seite. Viva setzte derweil ihren besten und niedlichsten Blick auf. Mit dem Kopf nickte sie und machte dabei immer wieder das Maul auf und zu, als wolle sie »Bitte, Bitte, Bitte«, sagen.

Ich schob mir noch den Rest meines Croissants in den Mund und nahm Mama eine Hagebutte aus der Hand. Viva streckte sich sofort in meine Richtung und ihr warmer Atem strich über meine Hand, als sie die Hagebutte erschnüffelte. Auf der flachen Hand hielt sie ihr den kleinen Snack hin, den sie sofort verspeiste. Mama verteilte derweil je eine an

Haddy und Libby.

»Die drei von der Tankstelle«, kicherte sie, als alle drei bettelnd nebeneinander am Zaun standen. Sie zog ihr Handy aus der Hosentasche. »Das muss ich Lena schicken. Die wird sich bestimmt freuen, ihre Königin so bodenständig zu sehen.«

Lady Liberty war vom besten Dressurblut, das man derzeit auf dem Markt bekommen konnte, und eine Königin, sobald sie das Viereck betrat. Sie passte zu Lena. Beide waren unheimlich elegant und wirkten viel zu oft wie nicht von dieser Welt.

Dagegen sahen die Papiere von Haddy und Viva aus wie die der letzten Ackergäule, aber auf Papieren konnte man ja schließlich nicht reiten.

Viva pustete mir forschend den warmen Atem ins Gesicht und wandte sich dann reichlich enttäuscht Mama zu, die ihr noch eine Hagebutte zusteckte, ehe sie einen Arm um mich schlang und die Augen schloss.

»So lässt es sich doch leben, oder? Gutes Wetter, noch besseres Frühstück und die Pferde beinahe direkt im Garten.«

»Mhm«, machte ich und dachte zum ersten Mal an diesem Morgen mit nicht einer Zelle meines Körpers an die Geschehnisse des letzten Sommers. Da war nur die Idylle und keine Therapeuten mit schlauen Sprüchen, oder Albträume. Nur Vogelzwitschern, die drei von der Tankstelle und Mama und ich.

Diese Idylle war allerdings kurz darauf schon wieder Geschichte. Ich saß bei Frau Hoffmann auf dem Sofa und sie sah mich mahnend an. »Was ist passiert?«

Ich blinzelte und sah zum Fenster. Zum ersten Mal regnete es nicht. »Jemand hat in einer Gruppenarbeit etwas Dummes gesagt.«

»Was hat er gesagt?«

Ich musste schlucken. »Ich … Ich …« Fest presste ich die Lippen zusammen und kämpfte gegen die Bilder, des immer schneller näherkommenden grauen Bodens.

»Hat derjenige nach der Tat gefragt? Nach etwas Spezifischem im Tathergang?«, hörte ich die Stimme von Frau Hoffmann wie durch Watte.

Mechanisch nickte ich. »Ich … ich bin nur gerannt. Eine Freundin war bei mir.«

»Gut. Sehr gut, dass du nicht allein warst. Was hast du gefühlt?«

Ich zog die Schultern hoch und verkroch mich tiefer in meinem Hoodie. »Mir war schlecht, ich konnte kaum was sehen und da war dieses Gefühl.«

»Körpererinnerungen?«

Ich nickte. Tränen stiegen mir in die Augen. Da war es wieder, das Knie in meinem Rücken. Ich erschauderte und rutschte auf dem Sofa hin und her. Ich wollte dieses Gefühl loswerden. »Es soll aufhören! Endlich aufhören!«, hörte ich mich selbst immer wieder flüstern.

»Ich will dir helfen. Hörst du? Ich bin nicht dein Feind. Auch wenn ich sage, dass ich dich gerne in eine Einrichtung schicken würde. Marie, es wäre besser, da hast du mehr Zeit, bist von allem weg und kannst durchatmen.«

»Ich will aber nicht durchatmen! Ich will auch nicht weg. Die letzte Woche war so verdammt gut. Ich habe mich so normal gefühlt.«

Frau Hoffmann legte ihr Notizbuch weg und rutschte näher. »Normal gibt es nicht mehr. Es ist schön, zu hören, dass du eine gute Woche hattest, während ich im Urlaub war.« Sie senkte den Blick. »Aber du bist mir zu instabil für …«

Ich unterbrach sie. »Ich bin nicht instabil! Der Typ hat es drauf angelegt! Sowas fragt doch niemand!«

»Marie.« Sie senkte die Stimme. »Es ist normal, dass dich das zurückwirft. Ich glaube nur, dass eine stationäre Behandlung, dir besser helfen kann, als ich.«

Ich schüttelte den Kopf. Niemals! Nicht wegen dieser einen Frage! »Ich bin einfach nur ausgeflippt. Können wir es nicht dabei belassen? Ich war so nah dran, mein Leben zurückzubekommen. Ich gebe doch jetzt nicht auf!«

Sie lächelte matt. »Das hat mit Aufgeben nichts zu tun. Wie stellst du dir das vor?«

»Ich … Ich mache alles wie früher. Das klappt schon!«

»Damit du übermorgen wieder hier sitzt?« Sie seufzte. »Du musst über die Nacht reden. Bisher hast du das immer vermieden. Da liegt der Schlüssel und da müssen wir ansetzen, um Lösungen zu finden.«

Ich schluckte schwer. »Ich kann das nicht!«

»Das verstehe ich, aber ich würde dich bitten, es zu versuchen. Ich kann dir nicht helfen, wenn du mir immer nur Strohhalme gibst. Du redest nur über Aktuelles. Wie kam es zu dem Ganzen?«

Zittrig atmete ich ein und dachte an das Tagebuch, das nun bei Oma und Opa neben einem Foto von Lina auf dem Regal im Wohnzimmer stand. »Ich habe nur etwas gesucht.« Vor meinem inneren Auge wurde der Einband deutlicher. Die Sticker, ihre Handschrift. »Da war dieses Tagebuch.«

Und dann fing ich an, zu erzählen. Ich erzählte vom Schweigen, von den Tränen auf den Seiten, davon, wie ich sie gelesen hatte. Und hörte dann auf, als es zu dem Abend kam. So weit konnte ich nicht mehr.

262

Kapitel 37

Ich hatte mich den Rest des Tages gerädert gefühlt. Auch der Ausritt mit Mama hatte daran nichts geändert. Trotzdem hatte ich meinen Dickkopf durchgesetzt und war am nächsten Tag wieder in die Schule. Mama hatte mir das Ausreden wollen, aber ich musste hin. Ich wollte diese Niederlage gegen meinen Kopf nicht akzeptieren. Ich ließ sie gewinnen, die Monster, dabei sollten sie schon längst verschwunden sein. Sie konnten nur kleiner werden, wenn ich einfach nicht aufgab. Ich lebte und das hieß auch, ich musste alles tun, um zu leben.

Am Fahrradständer war mir schlecht und schwindelig. Gefühlt sahen alle zu mir, dabei waren die meisten von ihnen zu müde, um mich überhaupt zu registrieren.

Ich hörte Liz schon bevor sie neben mir stand und wortlos die Arme um mich schlang. »Geht es dir gut?«

Ich nickte. Mein Mund fühlte sich trocken an und mir wurde nur noch übler, als ich den Neuen sah. Er blickte zu uns herüber, aber schnell weg, sodass ich nur für einen kurzen Augenblick sein blaues Auge und die aufgeplatzte Lippe sehen konnte. Das war eindeutig Charly gewesen. Vielleicht zusammen mit ein paar Jungs aus dem Sport-LK, die ihn festgehalten hatten.

Liz strich mir über den Rücken. »Wenn irgendetwas ist, wir sind da. Deine Mutter hat uns gestern angerufen und uns gesagt, was wir machen sollen, sollte sowas wieder passieren. Du bist nicht allein.«

Ich griff nach ihrer Hand und drückte sie. »Danke.«

»Dafür nicht!« Liz drückte meine Hand zurück. »Du würdest dasselbe für jede von uns tun. Bea wartete schon an der Tür. Ihr habt zusammen Bio. Nico ist auch dabei. Sie haben versprochen, dass sie dich in ihre Reihe setzen. Ganz hinten direkt am Fenster und Bea neben dir.«

Gemeinsam liefen wir los und zum Nebeneingang. Dort war weniger los und wir näher an den Fachräumen. Bea kam uns schon entgegen und lächelte mich warmherzig an. »Da bist du ja. Wir lassen dich nicht aus den Augen und wenn wir Gruppenarbeit machen müssen, dann hast du nur mich an der Backe! Ich kämpfe dafür und riskiere im schlimmsten Falle auch meine gute mündliche Note.«

Ich musste schmunzeln. Was ein Ritterschlag.

Nico sah verloren aus, als er uns sah. Er winkte und lächelte verhalten. Ich winkte zurück. Wie sehr mussten die Anderen sich erschreckt haben, als ich einfach so raus gestürzt war. Er räusperte sich verlegen, als wir stehen blieben. »Alles so weit wieder ok bei dir?«

Ich nickte. »Keine Sorge. Ich renne nicht wieder einfach so raus. Tut mir leid, wenn das etwas …« Was war ein Wort dafür?

»Du musst dich nicht entschuldigen. Charly hat den Neuen danach hinter der Sporthalle verdroschen und alles erzählt.« Nico lächelte matt und fuhr sich durch die kurzen dunklen Haare. »War ein scheiß Move von ihm.«

Ich war Charly jetzt eindeutig etwas schuldig!

»Wir müssen hoch, bis zur Pause, Liz, und dann musst du mir dringend mal erklären, wie du das mit der zwei in Mathe gemacht hast. Das grenzt ja fast an ein Wunder!« Bea fasste mich an der Schulter und schob mich vor sich durch die große Glastür.

Liz lachte leise. »Klar, Bea, aber so viel Zauber war da nicht dabei.«

»Unmöglich! Ich will den Schamanen kennenlernen,

der dir den Kopf zurechtgerückt hat. Vielleicht kann der auch noch, was bei meiner Sportnote machen.«

Liz drehte sich einfach um und verschwand in der Menge.

»Weißt du mehr?«, fragte Bea sofort.

»Liegt alles an ihrem neuen Freund«, murmelte ich und warte auf der Treppenstufe, dass sie neben mir laufen konnte.

Nico schnappte nach Luft. »Den, mit dem sie auf der letzten Party geknutscht hat?«

Das war mir neu. »Die haben geknutscht? Ich weiß nur von einem Kuss.«

»Und ich weiß von gar nichts? Geht es hier um ihren Schweden?« Bea sah zwischen uns hin und her.

Wir nickten beide.

»Oh!«, machte sie und grinste. »Alles klar. Ist das so eine Leuchte?«

Ich zuckte mit den Schultern. »Auf den Kopf gefallen ist er auf keinen Fall. Ich habe mich ja schon ein paarmal mit ihm unterhalten. Er ist supernett, sehr reflektiert und einfach ein unkomplizierter Typ.«

Bea atmete auf. »Das braucht Liz. Jemand, der klar denken kann und sie auch mal bremst. Sonst macht sie nur Mist!«

»Ich fand den bisher auch immer sehr angenehm«, schaltete sich Nico ein. »Sehr freundlich und wenn der da seinen besten Freund eingesammelt hat, aber auch sehr eindringlich. Also Verantwortungsbewusstsein hat er.«

»Auch gut für Liz!«, seufzte Bea und bog vom Treppenhaus in den Flur mit den Fachräumen ein. »Hast du noch Kontakt zu Lukas?«

»Wie kommst du darauf?« Ich wollte nicht an ihn denken. Nicht daran, wie er mich angesehen hatte.

»Er hat auf den Partys immer nach dir gefragt, bevor er sich die Kante gegeben hat.« Bea seufzte. »War ein bisschen eigenartig. Als wenn er erst sichergehen musste, dass du nicht da warst oder sowas.«

Ich hielt die Luft an. Das erklärte die letzte Party! Das erklärte, warum er nüchtern gewesen war. Er war kein emotionaler Krüppel! Ich war es! Scheiße!

Ich tastete nach meinem Handy, aber da waren wir schon im Bioraum.

Auch in der Pause hatte ich keine Möglichkeit, ihm zu schreiben. Einfach mal alles aufzuschreiben, was ich verbockt hatte, und Danke sagen.

Und auch in den nächsten Tagen war immer etwas los. Ich kam nicht dazu, in Ruhe zu überlegen, was ich schreiben wollte.

Vielleicht ging ich auch deswegen mit auf diese Party.

Kapitel 38

Freitagabend. Dieses Mal würde es die letzte Strandparty werden! Das hatte Nico uns versichert.
Ich hatte mich für eine Jeans, einen Hoodie und
eine rote Fleecejacke entschieden. Der Wind drückte
kalt vom Meer, aber tat der Stimmung keinerlei Ab-
bruch. Es wurde gelacht, gesungen und getanzt.

Emma und Bea standen an der Bar und redeten mit Nico,
der wirklich richtig in Ordnung war. Er passte zu Bea.
Charly stand neben mir. Liz war vor wenigen Minuten
verschwunden, um nach Ole zu suchen, der ihr geschrieben
hatte, dass sie auch da waren. Ich hoffte, Lukas zu sehen.
Er war heute Nachmittag nicht beim Training gewesen und
hatte sich von Ole entschuldigen lassen. Ich hatte mich
sofort gefragt, ob das etwas mit seinen Plänen zu tun hatte.
Da war er. Der Wind spielte mit den etwas vorwitzigen Strähnen, die ihm so gerne ins Gesicht fielen und ihn
aussehen ließen, wie eine junge Version von James Dean
gemischt mit einem Polomodel. Sein Kiefer angespannt,
als wenn ihn schon wieder etwas stören würde. Unruhig
wanderte sein Blick über die Gesichter, der Umstehenden.
Ich hielt die Luft an. Suchte er nach mir?
Lass ihn nach mir suchen! Bitte!
Nona sprach ihn an, aber er warf ihr nur einen strafen-
den Blick zu. Wie konnte sie es auch wagen, ihn anzu-

sprechen? Deswegen fanden ihn wohl so viele arrogant.

Charly stieß mich gegen die Schulter. Widerwillig löste ich mich von seinem Anblick. »Ich hole mir noch was zu trinken. Kommst du mit?«

Ich schüttelte den Kopf. »Ich warte hier.«

Sie öffnete den Mund, aber folgte dann meinem Blick, den ich wieder auf Lukas gerichtet hatte. Vielsagend räusperte sie sich und zog ohne ein weiteres Wort ab.

Er hatte mich endlich entdeckt. Wir sahen einander einfach nur an. Keiner bewegte sich. In seinem Blick lag eine solche Schwere, dass meine Knie weich wurden. Ich fühlte mich plötzlich ganz schwach.

Mir war schummrig, aber ich hielt seinem Blick stand. Wir mussten reden. Ich konnte das nicht ohne ihn! Ich würde diesen Heilungsprozess nicht durchstehen, ohne auch ihn an meiner Seite zu wissen.

Langsam schob er sich durch die Menge zu mir. Mir kam es vor wie eine Ewigkeit, bis er endlich vor mir stand. Unverwandt sah er mich an, sagte kein Wort.

Ich schluckte meine aufkeimende Unsicherheit runter. »Tut mir leid«, wisperte ich in den Wind gegen die Musik und das Gelächter.

Er hatte mich trotzdem verstanden und nickte kaum merklich. »Ich weiß. Vielleicht hattest du sogar recht.«

»Nein!« Ich hatte total daneben gelegen. Nur weil er sein Herz nicht auf der Zunge trug, heiß es nicht, dass er gar nichts mehr fühlte. »Ich …«

Er unterbrach mich. »Ich will nicht wissen, warum du das gesagt hast. Es ist gesagt, man kann Worte nicht ungeschehen machen.«

Erleichterte atmete ich auf und hätte ihn am liebsten umarmt, aber das fühlte sich einfach nicht richtig an. Oder vielleicht war ich nicht besoffen genug, um so einen Vorstoß zu wagen. Ich wollte seine Nähe, aber ich hatte auch zu viel Angst vor der Zurückweisung.

Stimmen kamen näher.

Ich konnte Liz Stimme heraushören. Zwei weitere männliche Stimmen und Charly.

Lukas machte sofort einen Schritt von mir weg und sah sich nach den anderen um. Mit einem schiefen Grinsen begrüßte er einen weiteren Jungen mit wuscheligen dunkelblonden Haaren und einem vorwitzigen Glitzern in den Augen. Neugierig musterte er mich, sagte allerdings nichts und wandte sich lieber an Lukas.

Charly unterhielt sich mit Ole, an dem Liz quasi nur so klebte, der das aber, wie es schien, mit Humor nahm. Ich versuchte irgendwie, in alle Gespräche hineinzukommen, aber scheiterte. Es war also doch eine Party wie immer. Ich war die Außenseiterin.

Am liebsten hätte ich mich in den Sand sinken lassen und darauf gewartet, dass mich wieder jemand wahrnahm, aber dafür war es eindeutig schon zu kalt.

Der Bass wummerte so laut wie noch nie zuvor. In der Distanz sah ich schon das erste knutschende Pärchen abseits des Geschehens stehen.

Plötzlich legte sich eine Hand auf meine Schulter. Emma drückte mir einen Becher in die Hand. »Nur Fanta«, erklärte sie. Sie schmiegte sich an meine Seite und musterte Liz und Ole. »Schon süß.«

»Hmh«, machte ich nur und dachte daran, wie gerne ich Liz gerade eigentlich bei mir hätte.

Sie knuffte mich in die Seite. »Kannst du mich vielleicht endlich mal deinem Lukas vorstellen?« Sie wies mit dem Kinn in seine Richtung.

Ich wollte gerade protestieren, dass er nicht mein Lukas war, da hörte ich plötzlich den Kumpel von Ole und Lukas sagen, »Ist doch irgendwie langweilig! Wie sieht es aus? Wie wäre es mit einer Mutprobe?«

Es herrschte Stille. Alle sahen ihn an.

Charly war die Erste, die etwas sagte. »Bin dabei. Was schlägst du vor?«

Er zuckte mit den Schultern. »Irgendwas mit Gruselfaktor.«

Sie grinste. Natürlich war das genau nach ihrem Geschmack. »Klingt gut. Sprich weiter.«

»Leo, was soll das?«, warf da Ole ein, der eher wenig begeistert aussah. »Es ist die letzte Party des Jahres. Können wir das nicht einfach genießen?«

Leo schüttelte den Kopf. »Langweiler! Ein bisschen Grusel ist doch lustig!«

»Daran ist gar nichts lustig! Und außerdem, was soll hier bitteschön gruselig sein? Das alte Bootshaus? Da ist nur die Statik hinüber und betreten nicht umsonst verboten.« Wirklich gute Argumente, die Ole da anbrachte. Mir fiel auch kein Ort ein, der wirklich gruselig war. Außer … Nein!

Plötzlich grinste Leo über das ganze Gesicht. »Ich habs! Dieser Mörderhof! Lass da rein. Traut sich doch eh keiner.«

Lukas machte einen Schritt auf ihn zu, baute sich bedrohlich vor ihm auf. »Das ist nicht lustig! Du weißt, was da passiert ist!«

»Ich hätte nicht gedacht, dass ausgerechnet du nicht dabei bist. Was ist los mit dir? Vor ein paar Wochen wärst du noch dabei gewesen.« Leo sah zu Charly. »Bist du dabei?«

Sie zögerte kurz, dann nickte sie. »Ich habe keine Angst. Was soll man da schon sehen? Ein paar Stallgebäude, na und?«

Leo grinste. »Seht ihr? Was soll da schon sein!«

Lukas knirschte mit den Zähnen, dann sagte er etwas, von dem nicht dachte, dass er es sagen würde. »Ok. Lass es uns machen!«

Kapitel 39

Die Grillen zirpten und nur vereinzelte Sterne blitzten hinter der Wolkendecke hervor. Die Gräser bogen sich, als wir über den Feldweg am Waldrand gingen. In der Ferne sah man schon die Umrisse des Stallgebäudes.

Warum war ich mitgegangen? Ich hatte nicht allein bleiben wollen mit Bea und Nico, die mehr mit sich selbst beschäftigt waren, als mit allem anderen. Selbst Emma war mitgekommen und die schaffte es nicht einmal einen Nordic-Noir Krimi bis zum Ende zu gucken.

Ich lief am Ende. Emma neben mir, die immer wieder zu dem Gebäude schielte. »Dumme Idee! Ganz dumme Idee!«, murmelte sie und griff nach meiner Hand. »Wir hätten am Stand bleiben sollen!«

Wir könnten jetzt umdrehen, aber damit ständen wir wohl ziemlich blöd da. Ole und Liz waren auch dabei. Allerdings eher als moralische Instanz wie es mir vorkam.

Leo und Charly liefen vorweg. Hinter ihnen Lukas. Die Hände tief in den Jackentaschen vergraben und den Blick auf den Weg gerichtet. Er sah verspannt aus, als wenn er auch überlegen würde, wie er aus der Nummer wieder rauskäme.

An der Hecke, über die ich damals auf den Hof gekommen war, stoppten wir.

Charly zückte ihr Handy und machte die Taschenlampe an.

Der Hof lag grau und komplett still da. Die Hecke war verwilderter, als das letzte Mal als wir da gewesen waren, und man konnte Wind durch hohes Gras streichen hören.

Ein Knoten bildete sich in meinem Bauch. Vor mir sah ich wieder die Pferde am Anbinder stehen und wie der Tierarzt die Spritzen aufzog. Ich spähte zum Balken, aber am Holz hing nur ein alter Führstrick im hohen Gras, das sich auch langsam durch die Fugen der Steine bohrte. Es sah gespenstisch aus. Wie aus einem Horrorfilm.

Gänsehaut bildete sich auf meinen Armen und ein Schauer flog mir über den Rücken, als ich sah, dass Charly die Hecke teilte und runter auf das Pflaster stieg. Erwartungsvoll sah sie in die Runde. »Worauf wartet ihr?«

Emma ließ meine Hand los und machte vier Schritte zurück. »Vergiss es! Nein! Da gehe ich nicht rein!«

»Charly, komm da weg! Das ist doch dumm! Was ist, wenn sie hier inzwischen einen Wachdienst haben? Willst du wirklich von deinen Eltern bei der Polizei abgeholt werden?« Liz schüttelte den Kopf und sah zu Emma. »Ich gehe da auch nicht rein.«

»Ich bin da absolut bei ihr. Das kann nur Ärger geben.« Ole sah dabei explizit zu Lukas, der sich wie selbstverständlich mit Leo zu dem kleinen Loch in der Hecke begeben hatte. »Vielleicht sollte ich deine Mutter schon mal auf Kurzwahl setzen.«

»Was soll schon passieren?« Lukas hielt in der Bewegung inne, hinter Leo auf das Pflaster zu klettern.

Ole atmete scharf ein. »Ich glaube nicht, dass Konfrontationstherapie das richtige ist.«

»Dann hör auf, zu glauben!«, damit drehte er sich um und kam schließlich neben Leo und Charly auf dem Pflaster auf.

Das war doch bescheuert! Warum machte er das?

Liz sah mahnend zu mir, aber ich schüttelte den Kopf. »Ich gehe da auch nicht runter!«

»Dann steht halt Schmiere!«, rief dieser Leo.

»Die beiden zusammen, das gibt immer nur Ärger!«, murmelte Ole und holte tatsächlich schon mal vorsichtshalber sein Handy aus der Jackentasche.

Liz strich ihm über den Rücken. »Die kommen gleich schon wieder!«

»Lena wird ihnen den Hals umdrehen. Gerade Lukas! Der macht das doch nur, um sich selbst etwas zu beweisen!«

Liz seufzte. »Er wird schon sehen, was er davon hat.« Sie drehte sich zu mir. »Ich bin nur froh, dass du nicht mitgegangen bist.«

Ich fröstelte. Allein bei dem Gedanken daran wieder auf dieser Stallgasse zu stehen wurde mir schwindelig. Ich würde keine fünf Sekunden da untern aushalten!

Taschenlampen zuckten über den Platz vor dem Stall, leuchteten in das geöffnete Stalltor. Ich sah nur noch schemenhaft die Umrisse der drei, dann verschwanden sie auch schon im Stall.

Emma griff wieder nach meiner Hand und drückte sie. »Ich finde das gerade ganz schön tapfer von dir!«

Ich fühlte mich nicht tapfer. Ich rechnete innerlich damit, dass jeden Moment ein Auto vorfahren würde und die Hubers ausstiegen. Flinte und Spaten natürlich dabei. Dann war ich es, die zusehen musste und nichts tun konnte. Ich konnte beinahe hören, wie sie damals in der Stallgasse nach mir gerufen hatte. Unruhig trat ich von einem Bein auf das andere.

Immer wieder sah ich das Licht der Taschenlampen in den dreckigen Fenstern flackern. Wir alle starrten auf den Hof.

In mir wuchs die Anspannung. Ich wollte gehen. Am liebsten jetzt, aber ich konnte nicht gehen, auch wenn Emma wahrscheinlich mitgekommen wäre. Nicht ohne Lukas!

Ging es ihm gut? Ich wollte mir nicht vorstellen, wie er dort allein in der Gasse stand und alles auf ihn einprasselte.

Die Abendluft frischte auf. Ich zog meine Jacke fester um mich und wandte den Blick vom Stallgebäude ab. Ganz weit im Hintergrund ließ sich das andere Gebäude noch erkennen. Dort, wo die ganzen Ponys gestanden hatten. Ich dachte an das Pferd mit Rehen, das sie an dem Abend getötet hatten. Wie ging es wohl dem Pony mit dem deformierten Kiefer? Und der Stute mit ihrem Fohlen? Hatte sie die Geburt überlebt?

Es knackte vor uns.

Ich zuckte zusammen. Mein Atem beschleunigte sich und ich rechnete fest damit, den ungepflegten Lockenkopf der Huber zu sehen, aber es war nur Charly.

Lachend ließ sie sich vor uns in das Gras fallen. »Ihr hättet eure Blicke sehen sollen! Buh! Ich bin das Hofgespenst!«

Liz boxte sie gegen die Schulter. »Nicht witzig!« Prüfend warf sie einen Blick auf mich, aber ich sah zur Hecke, die sich wieder teilte.

Neben Charly purzelte Leo in das hohe Gras und kicherte. »War wirklich nicht so schlimm. Riecht nur noch ein bisschen nach Pferd.«

Ich starrte immer noch auf das Loch, aber nichts tat sich.

»Trotzdem war es eine dumme Idee! Aber gut, dass ihr wieder da seid. Jetzt müssen wir nur noch darauf warten, dass auch Lukas wieder auftaucht, und können gehen«, hörte ich Ole wie durch ein Rauschen sagen.

Immer noch tat sich nichts. Mein Herz wummerte. Wo war er?

Charly steckte sich. »Der war doch hinter uns, oder nicht?«

Leo zuckte mit den Schultern. »Was weiß

ich? Ich bin nicht sein Babysitter!«

»Toller Freund! Wirklich ganz toller Freund!«, zischte ich. Alles drehte sich. Er musste auftauchen. Jetzt!

»Was? Er wollte mit! Wir haben ihn einfach verloren. Kann passieren. Der taucht schon auf«, versuchte Leo sich zu verteidigen.

Meine Kehle wurde eng und brannte. Fanatisch suchte ich mit dem Blick nach nur der kleinsten Regung auf dem Hof. Nichts. Auch Ole wurde zunehmend unruhig.

Nach zehn Minuten konnte ich nicht mehr klar denken. Während Ole Leo einen Vortrag hielt, wie man seinen besten Kumpel ausgerechnet an so einem Ort verlieren konnte, setzte ich mich wie mechanisch in Bewegung. Ich konnte ihn da nicht allein lassen!

276

Kapitel 40

Den Protest der Anderen nahm ich kaum wahr, als ich durch die Hecke kletterte und schließlich auf dem Pflaster aufkam. Meine Haare verfingen sich leicht in den Zweigen, aber ich ignorierte das Ziehen. Ich suchte mit dem Blick nach ihm. Nichts. Kein Zucken der Taschenlampe, gar nichts.

Meine Brust war eng, als ich meine Schritte gespenstisch über den Hof hallen hörte. Alles war still. Nicht mal ein Vogel rief. Ich schwor mir nicht stehenzubleiben.

Mit schnellen Schritten hastete ich zum Tor, das nur noch auf einer Seite in den Angeln hing und den Schriftzug »Mörderstall« verpasst bekommen hatte. Kurz blitzte das Bild vom Sommer in mir auf, als die Tür geschlossen gewesen war und ich durch einen schmalen Spalt in mein Verderben gerutscht war.

Ich sammelte all meinen Mut zusammen und atmete tief ein, bevor ich einen Fuß auf die Stallgasse setzte. Fahl roch es nach Pferd. Die Gasse war blank ausgefegt, die Boxentüren standen weit offen.

Meine Atmung wurde schneller. Ich rechnete fest damit, wieder dieses Geräusch zu hören. Das Geräusch von Fingern, die über die Gitterstäbe strichen, von Pferde, die sich nur Millimeter im Stroh bewegten, aber da war nichts. Ich spähte zum Büro. Auch hier stand die Tür weit offen. Von den Papieren war nichts mehr zu sehen, auch der Computer stand nicht mehr auf dem Schreibtisch. Stattdessen lagen überall Bierdosen, als wenn irgendwelche Jugendlichen erst vor kurzem eine Party gefeiert hätten. Mit zittrigen Fingern zog ich mein Handy aus der Hosentasche und machte die Taschenlampe an.

Ich rechnete fast damit, ihn hier sitzen zu sehen, die Bilder an betrachtend und mich ansehen, als wenn ich ihn stören würde. Aber er war nicht da. Niemand war da. Nur die Personen auf den Fotos aus einer Zeit, als hier noch Reitbetrieb war. Tief atmete ich ein. Ich musste also weiter in die Stallgasse.

Mir wurde wieder schlecht und ich atmete zittrig ein. Ich musste mich jetzt zusammenreißen! Wenn nicht für mich, dann für ihn. Vielleicht war ihm was passiert. Wer wusste schon, wie viel der Vandalismus hier angerichtet hatte.

Meine Beine fühlten sich an wie aus Gummi, als ich aus dem Büro trat und in die Stallgasse leuchtete. Die Boxenschilder hingen noch. Sie waren sogar noch beschriftet. Kurz blieb ich bei der Box der Haflingerstute stehen, bei der ich mich versteckt hatte. Kurz sah ich das teilnahmslose Tier wieder vor mir. Diese leeren Augen … mit hochgezogenen Schultern und schnellen Schritten hastete ich die Gasse entlang. Nichts. Niemand.

Die ganze Zeit versuchte ich krampfhaft, nicht an das zu denken, was passiert war. Verdrängte die Geräusche und Stimmen, die immer lauter wurden. Das Gefühl, wieder vor dieser Frau wegrennen zu müssen.

Ich rannte aus dem Stall, vorbei an der leeren Reithalle, in der, soweit ich das sehen konnte, nicht einmal mehr Sand war. Die Stille war immer noch erdrückend und gespenstisch, als wenn wirklich jeden Moment ein

Monster aus dem nächsten Busch springen würde.

Ständig saß mir ein dumpfes Gefühl im Nacken, dass ich nicht hier sein sollte. Dass ich wegmusste, aber ich würde nicht ohne ihn gehen. Er hatte mir hier damals das Leben gerettet. Ich konnte nicht einfach gehen. Ich fühlte mich, als wäre ich ihm das schuldig.

Immer schneller rannte ich. Sah mich um. Plötzlich, da! Ein Flackern einer auf dem Boden gerichteten Taschenlampe. Ich stoppte. Atmete kurz ein. Blinzelte. War er das? Oder bildete ich mir das nur ein?

Doch! Doch das war er. Seine Statur würde ich überall wiedererkennen! Erleichtert atmete ich aus, aber hatte gleichzeitig auch Angst, mir das nur eingebildet zu haben.

Mit wild pochendem Herzen lief ich in seine Richtung. In meinem Kopf setzen sich die unterschiedlichsten Horrorszenarien zusammen, immer mit den Hubers in der Hauptrolle und eins schlimmer als das andere. Wie ein Mantra rief ich mir in Erinnerung, dass sie nicht mehr da waren. Sie waren im Gefängnis, warteten auf den endgültigen Prozess. Sie konnten mir hier nichts tun!

»Lukas?«, rief ich kurz bevor ich bei ihm war.

Er wirbelte herum. Das Licht der Taschenlampe blendete mich und ich hob eine Hand, um die Augen abzuschirmen.

»Was machst du hier?« Es war mehr ein Wispern, aber er klang unheimlich schockiert. So als wenn es ihm egal wäre, dass er gerade an der Baugrube stand, in der sie mich hatten entsorgen wollen. Er ließ den Lichtkegel sinken. »Bist du bescheuert?«

Ich biss mir auf die Unterlippe. Meine Hände zitterten. »Du … du warst nicht bei den Anderen«, stammelte ich kraftlos. Mein Blick fiel in die inzwischen verwildert aussehende Grube. Ich konnte immer noch schemenhaft ausmachen, wo sie mich hatten verscharren wollen.

Das Strohband, das in meine Handgelenke schnitt. Das Geräusch vom Spaten, der die Erde aushob. Die

Stimme der Huber, als sie mir erzählte, wie leid ihr das alles doch tat. Alles brach über mich hinein. Lähmte mich. Ich wollte am liebsten schreien, mir die Ohren zu halten, aber es ging nicht. Ich war wie festgeklebt.

Hände auf meinen Schultern. Ich wurde zur Seite gedreht. Eine dumpfe Stimme übertönte die Spatenstiche. »Es ist vorbei! Hörst du? Schau mich an!«

Ich wollte ja, aber ich sah nur verschwommen! Ich sah nur den Lichtkegel des Autos, das damals in die Grube geleuchtet hatte. Ich spürte nur die kalte Erde unter mir.

Ich verlor den Boden unter den Füßen, aber fiel nicht. Jemand hielt mich fest. Sanft kam der Boden näher. Hände, die sich an meine Wangen legten, zwangen mich, die Gruber nicht mehr anzusehen. Langsam kam ich wieder zu mir. Wurde mir der kühlen Herbstnacht bewusst, die nichts mehr mit dieser Sommernacht gemein hatte. Ich lag auch nicht auf kühler Erde, sondern halb auf den Pflastersteinen, halb in Lukas Armen, der mich einfach nur festhielt. Das Geräusch des Spatens wurde durch das Klingeln eines Handys ersetzt. Keiner von uns beiden rührte sich.

»Warum bist du hergekommen?«, leise anklagend. Ich wollte mich aus seinen Armen winden, aber er hielt mich fest. »Ich konnte dich hier nicht allein lassen!«

Er schüttelte den Kopf. »Das ist meine Art, mit den Dingen umzugehen. Nicht deine. Du hättest oben bleiben sollen.«

Tränen stiegen mir in die Augen. Wie sollte ich ihm die Angst erklären? Wie sollte ich ihm erklären, dass nur er in meinem Kopf gewesen war und ich ihn schon verletzt irgendwo liegend gesehen hatte?

Er drückte mich fester an sich. Er roch wie damals. Es lullte mich ein, beruhigte mich, als wenn das das Zeichen war, dass nun alles vorbei war. »Ich musste sehen, dass es vorbei ist«, flüsterte er leise mit rauer Stimme. »Aber das ist meine Art.«

Wieder klingelt ein Handy, wieder rührte sich niemand. Die Anderen waren wahrscheinlich nur noch einen Steinwurf davon entfernt, die Polizei zu rufen.

Ich schmiegte mich an ihn, hoffte, dadurch den Halt zu finden, den ich so eben verloren hatte. Es drehte sich zumindest alles nicht mehr. »Können wir gehen?«

Er nickte, half mir hoch und schließlich eine halbe schweigsame Ewigkeit später durch das Loch in der Hecke.

Liz begrüßte mich halb schimpfen, halb weinend. Emma griff wieder nach meiner Hand und ich bekam mit einem Ohr mit, wie Ole Lukas die wüstesten Beschimpfungen in allen ihm zur Verfügung stehenden Sprachen an den Kopf warf. Er drohte sogar damit seine Mutter anzurufen, aber ein Blick auf Lukas sagte mir, dass er mit diesem Ausflug Frieden gefunden hatte.

Noch auf dem Weg zurück zum Strand gestand ich mir ein, dass Frau Hoffmann recht hatte.

Schon am nächsten Morgen rief ich sie an und packte nur wenige Stunden später meine Tasche.

282

Kapitel 41

Die letzten Monate waren komisch gewesen. Weg zu sein, hatte tatsächlich gutgetan. Inzwischen war ich aus dem stationären Aufenthalt raus und ging wieder einmal wöchentlich zu Frau Hoffmann. Sie hatte recht gehabt. Mir ging es sehr viel besser. Dort hatte ich die Hilfe bekommen, die ich gebraucht hatte. Die Albträume kamen nur sehr selten und auch die Erinnerungen hatten endlich die Chance zum Verblassen gehabt.

Auch im Sattel war ich wieder zu mehr zu gebrauchen und das zeigte sich bei jedem Training. Es war, als hätte ich diesen Reset gebraucht. Mama hatte endlich eine Therapie angefangen. Sie hatte eingesehen, dass sie sich nicht um alles kümmern konnte und sich selbst dabei vergessen. Sie lachte wieder mehr.

Und dann war da noch Lukas. Diese Nacht hatte uns wieder zusammen geschweißt. Er war wieder ganz der Alte. Immer einen frechen Spruch auf Lager und auf der Suche nach einem Abenteuer. Ich hatte ihn inzwischen schon wieder ab und an auf der kleinen Geländewiese gesehen, auf der Hannah vor ein paar Wochen ein paar kleinere Geländehindernisse aufgestellt hatte. Er war in seinem Element gewesen und das Vollblut so lammfromm, dass man kaum glauben konnte, dass der hübsche Blaze eigentlich ein Steiger sein sollte. Es war, als wenn beide in den Natursprüngen ihren Frieden finden würden.

Dennoch freute ich mich immer, wenn wir dann doch mal ausreiten gingen, wie heute.

Die Luft war kalt und klar. Es schmeckte nach Winter und es war wohl nur eine Frage der Zeit, bis es schneien würde.

Wir ritten zum Deich, der einsam und ohne seine Schafe dalag.

Viva hatte Probleme mit Pantas Schritt zu halten, der mit nach vorn gerichteten Ohren neben uns durch die Tannenschonung trottete. Lukas saß wie immer beneidenswert grade im Sattel und tastete mit einer Hand nach dem Sattelgurt.

»Sollen wir anhalten?«, bot ich sofort an.

Er zögerte. »Ja, ich glaube schon. Dieser verdammte Stollengurt! Ich habe den neuen Elastik natürlich zu Hause vergessen.«

»Warum hast du ihn überhaupt dran? Auf dem Turnier seid ihr doch ohne Stollen unterwegs gewesen, oder braucht man die jetzt neuerdings, wenn man auf Sand springt.«

»Lustig! Der alte ist mir nach dem Turnier gerissen und war das die einzige Alternative im Schrank, ohne dass ich Ole hätte anhauen müssen.« Er gurtete umständlich nach und ließ sein Bein dann wieder in die alte Position sinken, nachdem er alles sortiert hatte. Pantas kaute gelassen auf seinem Gebiss. Die Tannen um uns wogen sich.

»Weiß deine Mutter, dass du mit Blaze eine Indoorgeländeprüfung nennen willst?« Das brannte mir schon die ganze Woche auf der Zunge, seit ich ihn mit Steffi darüber hatte reden hören.

Er schüttelte den Kopf. »Sie weiß es besser erst, wenn es schon passiert ist. Für mich ist das reine Vorbereitung. Was soll da schon passieren?« Er grinste mit sich selbst mehr als zufrieden für diese Entscheidung.

Ich stutzte und ließ Viva die Zügel länger. »Wie? Reine Vorbereitung?«

Er sah weg. Ein mulmiges Gefühl machte sich in mir breit. »Ich werde nach dem Abi zurück nach Wales.«

»Aber …?« Ich dachte, er würde studieren, irgendwas mit Wirtschaft. Das konnte er doch auch hier und dafür musste er nicht nach Wales. Ungläubig sah ich ihn an.

Ein bescheidenes Lächeln schlich sich auf seine Lippen. »Ich habe einen Studienplatz in Cardiff und kann in der Zeit für das Gestüt reiten. Klingt verdammt gut, oder?«

Bum – das schlug ein wie eine Bombe! Mein armes, armes Herz, das sofort anfing zu schmerzen, bei dem Gedanken daran, ihn nicht mehr jeden Tag sehen zu können, oder wie Liz es nannte, ertragen zu müssen.

Ich wollte den Kopf schütteln, aber stattdessen nickte ich brav. Mein Körper gehorchte meinem Herz nicht. War damit all das hier vorbei? Unsere Freundschaft? Das, was hätte sein können?

»Freut mich für dich.«

Dass das nur der Anfang vom Ende war, konnte ich zu dem Zeitpunkt noch nicht wissen, sonst hätte ich wohl an dem Tag anders reagiert. Ganz anders reagiert. Sonst wäre ich nicht mit auf die Abi-Afterparty gekommen. Sonst wäre ich nicht mit ihm von dieser Party abgehauen. Aber dann wäre wohl vieles andere nicht passiert!

Ende Band 2

weiter geht es in »Verlassen«

Ab November 2024

Was ist wenn dir die Liebe deines Lebens wieder vor der Nase steht? Völlig unvermittelt und genau in dem Moment, in dem du am einsamsten bist?

Maries Leben ist einfach weitergelaufen nachdem Lukas seine Sachen gepackt hat und ohne ein Wort verschwunden ist. Sie studiert Tiermedizin, lebt immer noch Kleinblommen und reitet weiterhin sporadisch das ein oder andere Turnier.
Schalgartig ändert sich alles, als nicht nur Liz nach Schweden auswandert, sondern auch Lukas zurück aus seinem Loch kriecht. Und kaum ist er wieder da, steht Maries Leben nur noch mehr Kopf!

Mehr von Marina:

Chefinnen küsst man nicht

Ein Gestüt, ein charismatischer Pferdewirt mit Bindungs-
phobie und eine Chefin, vor der alle in die Knie gehen.

Justus kann es kaum fassen, als Annabelle Muhlsee
das Gestüt Birkengrund übernimmt. Die hübsche junge
Frau bringt nicht nur alles durcheinander, sondern dro-
ht auch mit Kündigungen, sollten die Mitarbeiter ihren
Ansprüchen nicht genügen. Er ist fest entschlossen, dieser
Frau aus dem Weg zu gehen- soweit das als Stallmeister
eben möglich ist. Das ändert sich schlagartig, als durch
sie der beeindruckende KWPN Wallach Belle Valentino
in sein Leben tritt und seine längst verdrängten Träume
plötzlich wahr werden könnten. Doch auf dem ersten
Turnier geht alles schief, und Justus muss nach einem Plan
B suchen um seinen Job zu retten, dabei tappt er genau in
ihre Falle.
Damit nimmt das Verhängnis seinen Lauf.
Eine leichte, herbstlich/winterliche Lektüre im Reitsport-
setting.

Die komplette Reitclub-Reihe

Band 1 "Verschwiegen"
ISBN: 978-3-758318269

Band 2 "Verfolgt"
ISBN: 978-3-769303124

Band 3 "Verlassen"
ISBN: 978-3-769306774

Über die Autorin

Marina Blue ist 2000 in Westfalen geboren. Ihre Kindheit verbrachte sie mit Lesen, Schreiben und Reiten. Ihre Leidenschaft gilt auch nach über 20 Jahren immer noch den Pferden und dem gepflegten Umgang mit ihnen.

Ihr erstes Schülerpraktikum machte sie daher mit 16 auch auf einem Haflingergestüt. Mit 17 fing sie an, als Trainerin im Kinderbereich ihre damalige Reitlehrerin zu unterstützen. Aus dieser sehr lehrreichen Zeit konnte sie viel für ihre eigene Reiterei, den Blick auf den Reitsport und ihr Schreiben mitnehmen. Ihre Zeit im Sattel endete je, als sie mit 19 nach Schweden zog und dort keinen Zugang mehr zu Pferden hatte. Ihre Universitätszeit verbracht sie daher im Ruderboot. Die Liebe zum Reitsport blieb erhalten.

2021 schrieb sie ihren Bachelor über den Export von Sportpferden. Diese Recherche hat ihre Sicht auf den Sport und die Zucht noch einmal grundlegend verändert. "Mit Chefinnen küsst man nicht" erschien 2023 ihr Debüt, in dem sie vieles anspricht, was sie als problematisch im Pferdesport betrachtet.

Heute lebt sie wieder in Westfalen, gemeinsam mit ihren Hunden Tilda und Tova. Sie hat inzwischen einen Master in Strategic Entrepreneurship und gibt ihr Wissen, als Autorin auf YouTube in kleinen Videos weiter.

Instagram: @marinablue_autorin
Patreon: Marina09Blue
Wattpad: Marina09Blue